U0119514

博客思出版社

當代觀察6

來自大陸的報告

少君 著

來自大陸的報告 | 目錄

來自大陸的報告之一：南方的誘惑

當秋天的涼風已吹遍北國時，南方依然是一股溫濕的潮味。儘管北京的政治氣候風雲變幻，但上海、廣州、武漢、成都這些以商業為榮的城市，仍然按照過去的腳步悄悄地向西行進。於是，政府以掃黃為藉口，開始對不願俯首聽臣的南方試刀。這時，記者開始了南巡諸城，為海外華人展示一幅真實的南方景色。

一、酒吧林立的上海灘

當我飛抵上海時，暮色已籠罩了這個中國第一大都市，但從飛機眩窗望去，卻是黑壓壓的一片，一點兒也沒有大都市燈火點點的壯觀景色，整個大上海的燈光還不如美國西部小鎮，鬼火一樣散落的燈火時明時暗，只有當飛機降到二百公尺以下後，才剛剛能看清南京路灰暗的路燈。面對這失望的城市燈火我情緒不免有些低落，接我的小劉見狀道：「老兄先別有主見，您從海外來，明光閃閃的大城市燈光當然不能與缺電少燈的上海比，但我們大上海的夜生活絕不遜色，不信，你先別去酒店，跟我先轉轉夜上海，怎麼樣？」反正只坐了一個多小時飛機，我看他滿有興致的樣子，立即拍手同意。小劉是上海一家大報的記者，這幾年撈寫作外快買了一部菲亞特一二六P微型轎車，雖然只有一萬多元人民幣，但在這大上海則威風十足。菲亞特以最快的速度把我從虹橋帶到了燈紅酒綠的外灘和平賓館東側，在一家酒吧門前停下。不斷閃爍著的霓虹燈映出「紅酒吧」三個大字，輕柔的港臺歌曲使我想起了三十年代的大上海。面對設計奇巧的玻璃門和那鑲在牆上的半截酒筒，我不禁無限感歎上海的迷人。仿佛得到了什麼暗示，我停住腳左右望去，沿著長長的黃埔江堤，緊挨著各式各樣、裝潢考究的酒吧和咖啡廳，和馬路對面那一對對擁抱著的無數對情侶構成一幅詩的畫面。「天使」、「可可樹」、「小溪」、「吻」等五彩繽紛的招牌使一向平淡無奇的上海之夜變得神秘而又充滿活力和刺激性。

「上海現在有這類酒吧、咖啡廳、音樂茶座五百家，還有一些臺灣人開的卡拉OK，天天客滿為患，特別是六四之後，人們反正看透了，知道政治、經濟理論沒啥搞頭兒，眼看著潘維明（原上海市委宣傳部長）等一個個被抓，過去蔑視這裡的得意派們也開始往這種地方鑽。於是，最低級的地方和最高雅的人士混和，變成了又一種上海特色——雞尾酒式的沙龍。小劉不無感慨地對我講：「上海人是中國最現實的人，吵架比誰罵得都凶，動手比誰都怕。在這樣一種市民結構下的城市能發生八六年底學潮，八九年光新路臥軌事件，已屬難能可貴了。幾十年的政治運動，上海市爬上去的人最多也最快，但都沒有好下場。明天你去美國、日本、澳大利亞領館看看，多少上海人在往外跑，現在你站在外灘大喊一聲你有綠卡，願找一位上海小姐，我敢保證對面那一對對抱著的情侶會立刻分開一半，一半的一半會朝你走來，這就是上海青年的現代心態，不要不相信，要不試試？阿拉也是上海人。」小劉的話不免有些偏激，但看見眼前這情景，再想想紐約街頭《中報》、《華僑日報》中的那一個個徵婚廣告大都是上海姑娘，心中不免為這座曾經使中國人驕傲過的大都市叫屈。

推開那扇茶色的大玻璃門，二十平方米大的空間別有一番異國情調，未及仔細打量，一張精美的酒單伴著一聲嬌柔的問候送到你的手上：威士卡每盎司廿元、朗姆每盎司廿五元、拿破倫每盎司廿二元、法國人頭馬每盎司六十元、XO每盎司……即使一罐珠江啤酒，售價也在七元以上。坐在高靠背的廂座裡，只聽見王祖賢在唱「我難離你的懷……」，豪華的轉燈搖動著五光十色的天花板，四周是一對對依偎著的男女，好像又到了香港西洋菜街。我很難想像這些人怎麼會有如此高的消費水準，一夜消磨不是二、三百元可以打住的，一個不容置疑的事實是：進酒吧的人是有錢的，開酒吧的人也是很有錢的。

小劉看出我的疑惑，掏出上海最大報紙的記者證找來了老闆，並介紹我是全美最大最暢銷的中文雜誌的記者。

「是的，開酒吧目前在上海是最賺錢的，但投資本錢也大，我這個小酒吧每年光上繳稅金要十幾萬，利潤嗎？你從國外回來不瞞你說

在四倍左右。」

老闆身上的西裝是英國名牌，自負的眼光中有一種忍耐，在共產黨眼皮底下幹這種營生，沒有一定的手段和本事是玩不轉的。

「你老兄一看就內行，我們是公安局、安全局、工商局、稅務局重點注意的對象，一不當心，罰款停業是小事，搞不好就「上山」了（監獄）。我也是幾次進『山』的人了，幹別的才不怕他們呢，可幹這行不一樣，顧客一見穿制服的進來，喝下去的酒都會吐出來，晦氣。所以我都讓他們白天來，什麼條件都答應，八方擺平就是了。……你說這方面的破費？和稅金差不多，六位數以上，有時還得供應女孩。」

老闆一揮手，一個濃裝豔抹的女孩端過一盤點心，這位三十多歲的業主道：「這是送給你們的。我很佩服知識份子的膽量，不過現在情況下還是小心從事。」

我十分驚訝地看著他，小劉狹點的一笑，說：「別怕，小老闆的為人我早清楚，否則也不會帶你到這兒來。」

酒吧的女孩子特別多，大都長得很漂亮，年齡在十七、八歲左右，像香港一樣，只要四目一對，對方就會迎面走來，坐到你身旁，俏手一揮要一杯名酒，當然費用自然是男的付了。大概是我四顧張望的結果，我和小劉身旁已坐下了三個妙齡女郎。突然從鄰座站起三個人，一個老外一手摟著一個小女孩，動作極其親熱地朝外走去。一看就是去「刷夜」。陪我們喝酒的三個女孩嘰哩哇啦地議論著，我隱約聽懂這麼幾句話：「今朝迪格小姑娘要被伊弄死脫了。」「儂搞啥！有跟不跟猜頭三！」。

與三位小姐邊喝酒邊聊天中，我才知道上海目前每個酒吧都有陪酒女郎，而且素質頗高，有些還是大學畢業，一般都能說幾句英語，以攬老外的生意。老闆告訴我小姐與業主之間並沒有什麼合同，只是一種默契，陪酒女多了，酒店生意自然好，但「刷夜」（賣淫）的多

了，公安局就會找上門來，所以大家格外小心為是。

「過去這些小姑娘出來混，無非是想找個海外關係或高幹子弟結婚同居，現在則變成職業性質，市長兒子又怎麼樣，能每天給她三百元鈔票嗎？她們白天在班上混混，晚上陪舞一小時三十塊，陪酒三十五，睡一覺要三百塊，哪個男朋友供得起？現在淮海路（上海高幹住宅區）那幫子弟有幾個來得起這裡？」

在酒吧裡得益非淺，找到延安賓館住下已是夜裡二點多鐘，洗完澡突然電話鈴響起，拿起話筒只聽一女孩柔聲問：「儂單檔？李先生」我應了一聲還沒醒過味來，對方嗲聲嗲氣道：「儂放開心，嘗嘗美味的人生宵夜，那事體我保證叫儂滿意，可以先給一個大花（一百元），事後滿意再給另外一半。」我掛斷電話後，實在難以相信我住在中國上海。

第二天去復旦大學。校園裡空蕩蕩的，只有圖書館像過去一樣坐滿了同學，幾乎每一個佈告欄都貼著各種「託福」、「GRE」的速成班廣告，大學生臉上失去了往日的歡笑，表情嚴肅地匆匆走在校園內。

當飛機從虹橋機場起飛時，我俯瞰著這座世界第三大城市，灰色覆蓋著這支撐中國三分之一財政的工業大城，一種若有所失的情感湧上心頭，腦海裡，只留下那五彩繽紛不斷閃爍著的霓虹燈下的酒吧，仿佛提醒我上海人為追求和嚮往，一種悄悄向西行進的腳步聲伴隨著飛機的騰起離我遠去，在雲霧之中。

二、人輕色重的海南島

自從海南開放建省以來，門戶大開，八面來朝，有來自大洋彼岸的當代文明和自由民主之潮，也有來自港臺的濁煙毒霧把過去貧窮質樸的海南變成了兇險與媚態兼備、榮華與醜惡共有的大雜燴。幾十萬從全國各地湧來的「闖海者」們，從大學生到流氓小偷，從創業者到撈肥者應有盡有。大街小巷到處是人，坐在路邊的粥攤上，你會發現攤主原來是內地某大學的講師。走過一個賣報的小姐，她用一口標準

的普通話告訴你她畢業於北京某大學研究生院，請你幫她找工作。在飯店、在車站處處都是這些不顧一切到海南「碰大運」的人，突然間的人流使海南驟然間變成了一個大賭場。

在海南，到處是「五子登科」太子、騙子、浪子、票子、婊子。太子從趙紫陽二公子到梁湘大公子，堂而皇之地把「海華經濟開發公司」和「康華發展總公司海南分公司」等大牌子豎在了省委、軍區招待所門口，開著日產本田飛馳在這塊不大的土地上，撈足了錢也撈夠了官和女人，手揚三國護照，成為海南一霸。雖然婊子名利最後，但它比騙子、浪子、票子更代表海南特色，茶餘飯後，人們議論最多的還是她們。接待我的老同學，現任職於省委機關某廳副廳長的老王說：「賣淫雖然醜惡得令人難以接受，但畢竟是海南一怪，是最富於刺激性的一大話題。凡從內地來這裡出頭的人，三品以下（廳局級）的均明言對此感興趣，明日見職。現在來海南出差旅遊的人，賣淫及其它色情業諸如桑拿浴、黃色書刊、錄影帶對其最有吸引力，名聲遠遠超過了鹿回頭、大東海、牙龍灣、五公祠等風光綺麗的旅遊區了」。

我漫步海口街頭，從海口華僑賓館到市府大院的路邊，淫穢書刊和X級錄影帶幾乎公開出售放映。港版「新潮小說」如《粉脂狂龍》、《威威隸奴記》、《野性風流》等比比皆是。裸體性交的彩畫高聲出價，連紐約四十二街也望塵莫及。

在乘環島旅遊的遊纜車上，導遊告訴我，在海南各市縣城及農村小鎮，錄影室無數，二十四小時放映，一塊錢一張票。誰要是尋求刺激又不想嫖妓或無錢洗桑拿浴，錄影廳是最好的去處，海南有一句話：「高檔玩情婦、中檔去桑拿、低檔看錄影。在瓊崖縣城我走進一錄影廳，裡面大約二、三十人，熱臭氣令人作嘔。一部XX級片全是赤裸性交動作，突然間我發現坐在我身旁的竟是個十一、二歲的小男孩，他看得津津有味，我心裡一陣悚然。

即使在美國，X級電影也絕不會讓兒童看，資本主義也知道保護少

年兒童的心靈健康。而在社會主義的中國海南島，這些錄影放映者，連最起碼的人類良心和責任都喪失殆盡了。

在三亞市，我向我過去認識的一個副市長提出這個問題。他說：「最近我們沒有發現黃色錄影，據群眾反映個別地方有這方面的情況。」

我告訴他我是親眼所見，而且多不勝數。

他苦笑道：「你看見了，我沒有看見。也沒有材料報到我這兒來。我們每年都清查黃色錄影，下了檔，好幾天，屢禁不止。三亞最大的事是缺電缺水缺菜，你說什麼重要？老兄，美國一個副市長掙多少錢？我一個月只有四十美金。」

為了瞭解更多的實際情況，我兩天後搬出了鹿回頭賓館，住進一家叫三亞水利招待所的地方，與我同房的是一個自來熟的東北老客，他為做藥材生意已經在這裡住了半年多了，對三亞各方面的情況都很熟悉。在海角天涯相識，又都是北方人，幾杯酒下肚，話題自然扯到三亞賣淫業上來。東北老客一聽我說從沒有見過，大腳一拍，很痛快地說：「走，我帶你去開眼！」

我跟著他來到三亞大橋附近的一條陳舊的街道上。這條街狹窄擁擠，兩旁擺滿了各種書攤、服裝攤、水果攤，還有眾多的茶座餐廳。差不多每隔十幾步，便會出現一家髮廊。看上去這些髮廊生意都很清淡，大部分髮廊小姐都倚門而坐，有的哼小曲，有的嚼著口香糖，有的互相打鬧嬉喜。東北老客告訴我，這就是妓女。我有點不大相信，那些女孩最多十五、六歲，怎麼會接客？而且髮廊哪有地方？老客說：「你隨便進一家試試，就清楚了。」說著他推我走進一家叫「天涯」的髮廊。

「先生，理髮嗎？」一位十八、九歲的小姐熱情地向我打招呼。

我隨口問：「多少錢？」

「八塊」。

「好貴呵！」

「不貴呀，我們服務周到嘛。」

「還有什麼服務？」

「你想要什麼服務？想玩玩嗎？」

「玩玩多少錢？」

「打一炮五十塊，二炮八十。」

「太貴了。」

「便宜點也行啊，你給多少？」

「跟誰玩？」

「跟我呀，你看我靚不靚呀，不信上樓試試，保證讓你滿意。」

上帝，她販賣自己就像賣椰子波蘿一樣坦然、坦蕩、理直氣壯。我只好「色大膽小」，溜之大吉。

東北老客一路埋怨我的怯陣，又帶我走進一家茶樓。這裡幾乎沒有生意，破舊而骯髒的茶桌上只有兩三個懶洋洋的老頭，無精打采地望著窗外。裡面一張茶桌上，老闆娘和四個服務小姐在打麻將。老客俯耳道：那幾個都是婊子，你看中哪個，就可以叫她上樓「打炮」。

我正感到不自在，從樓上竹梯下來一個五十多歲的男人，滿臉通紅，嘴角上還掛著難堪的苦笑。他的身後，跟著一個穿睡袍的姑娘，淫蕩地說：「先生，別灰心嘛，養足了勁再來。」

老闆沖著嫖客笑了笑：「怎麼樣？滿意嗎？」

嫖客嘟噥了一句什麼，悻悻地走出門。

老闆娘繃著臉問那位穿睡衣的小姐：「怎麼回事？」

小姐低聲道：「怪他自己繃不住，打飛機了。」

茶館裡發出陣淫蕩且開心的大笑，這笑聲令我不寒而慄。

東北老客看我一臉失望，說道：「看來你也是讀書人，喜歡高雅一點的，我帶你去找大學生。」說著，截住了輛計程車，來到三亞最大的旅遊賓館「天涯海角」。沒想到老客居然認識大堂副理，給他掛了一個電話，告訴我們房間號碼。

這是一個套間，裡面有三個人，兩女一男，三十出頭的男人正專心看電視錄影，顯然是房間的主人，兩個很年輕漂亮的姑娘正在看雜誌，看來東北老客在這裡輕車熟路，推門叫一聲老闆，就和那男的坐在了一起互致問候。一位小姐一見老客，立刻撲上來，東北人順手摟住親了一口，肉麻地說：「寶貝，想我沒想？」說著又衝動地抱成一團。

另一位小姐很文靜，手裡竟拿著一本「英語精讀」，見我們進來，只是面帶春風地給我們讓了讓座，又低頭看起了書。

正當「寶貝」與東北老客打情罵俏時，又進來一個嫖客。典型海南人，矮矮瘦瘦的，渾身油墨，高顴骨。老闆見人哼一聲，只見那個文靜女孩站起來，滿臉堆笑地迎上去，嫖客便摟住親嘴，當著我們的面，將小姐連衣裙一脫到底，原來小姐連乳罩內褲都沒有穿，兩人連摟帶抱地進了裡屋，門都不關，只聽裡面傳出不堪入耳之聲，令人想吐，但觀其他三人無動於衷，仿佛司空見慣一般。五分鐘後，海南人一句話沒說開門離去。「文靜小姐」大概是進入「工作狀態」了，洗浴完畢，套上件睡衣在我身旁坐下。

「先生，你不想來一下？」

我搖搖頭。

「怕什麼？」她摟住了我的脖子。

「怕得病」我順口說。

「我保證沒病，不信你來看看。」說著她拉我進了裡屋，躺在床上撩開了睡袍。

我制止住她，問道：「你從哪來？為什麼要幹這一行？」

　　小姐見怪不怪地道：「別打洋腔了，問我的人我多了，又能怎麼樣？」

　　我告訴她我從美國來，也許能幫助她。她不相信地說：「告訴你也沒用，你能帶我去美國嗎？我從柳州來，是柳州醫學院畢業的，所以保證沒病，我自己是大夫。」

　　「你今年多大了？」

　　「二十一歲。」

　　「為什麼要幹這個？」

　　「賺大錢呀，我也想出國留學，可沒錢。」她眼光中露出一絲哀怨，仰望著天花板。

　　「我沒有一個當官的爸爸，也沒有一個有錢的國外親戚，只有靠自己救自己，在中國這片土地上，活著和死了有什麼不一樣，北大的學生勇敢，大兵一開槍，死的死，傷的傷、逃的逃，又能把共產黨怎麼樣，我來海南三年，什麼工作沒有幹過？想來想去還是這個來錢快，掙夠錢道一聲「拜拜」，我永遠不會再回來了，怎麼樣，滿足了吧，想知道我身世的人多了，美國人、日本人、臺灣佬和你們這些假洋鬼子。無所謂，人生就是這樣的真實的，對不起，不打炮也要付錢，一百五十塊。」她一本正經地坐起來，伸出一隻纖細的手。

　　我遞過二百塊錢道：「難道你不知道這是一條危險的路嗎？你應該憑自己的知識和本事混碗乾淨飯吃。」

　　「哼！你說得可真輕巧，在開放的特區，哪一碗飯是乾淨的？當官乾淨嗎？他們花天酒地、紙醉金迷、揮霍著人民的血汗錢，做秘書、公關小姐哪一個不是經理的情婦，自賣自身，還不能自由支配自己。做醫生，一個月一百塊，何時才能離開這塊土地？⋯⋯

　　她越來越氣憤，「文靜」的臉蛋漲得通紅。

　　我心裡一陣陣發緊。是的，生活中本來就沒有一塊淨土，海南較

之內地就更無乾淨處而言，在海南，像她這樣的小姐千千萬萬，在桑拿浴、芬蘭浴、按摩中心，哪一處不是婦女賣淫的場所。

晚上，「文靜」小姐如約按時來到三亞大酒店的咖啡廳，一身素雅的連衣裙和淡淡的紅唇，怎麼也無法使人相信她就是我白天見到的「妓女」。

「對不起，我不能久留，我已約好了一個美國客人『出鐘』，因為你的誠意，也因為你付我的錢，我可以給你一份我寫的東西，也許它會幫助你瞭解我的過去，瞭解千千萬萬個女孩是怎樣在海南生存下來的。」

她走了，不知道她叫什麼，也不知道她將到哪裡去。

回到旅館，東北老客又「泡妞」去了，今晚不回來了，翻開字跡工整的筆記，一字一句讀下去……

這是一篇作者經歷的自述，血與淚的描寫令我整夜失眠了。

上帝保佑，我必須儘快離開這兒，離開這原來美麗而被污染了的海島，我無法承受這不可否認的現實，抵抗不住這南方的誘惑，我必須離開，去尋找一片淨土。

(原載美國《中國之春》月刊一九九〇年二月號，署名：李遠)

來自大陸的報告之二：失落的冬天

中國老百姓畢竟是東方民族，他們心中想的是民主和自由，可表現出來的言行卻仍然是那種消極、忍耐和失落的情感。國外很多讀者非常關心國內的普遍狀態，希望瞭解大陸真實的表面現象。為此，筆者用近二個月的時間，走訪了北京、廣州、上海、西安、南京、成都、深圳等地，就一些現象進行了認真的觀察，實錄了六四之後中國大陸的世態百象，供讀者自己去觀摩、思考……

一、大學生和TOEFL

學潮過後，北京各大學的學生幾乎全部沉默了，與此同時，原本生意蕭條的各種「託福」、「GRE」輔導班、英語補習學校突然生意興隆，像匯文、京東、興華比較有名氣的民辦外語學校，竟在招生時排起長隊，使校方不得不擴大名額編新班。一位畢生致力於民辦學校的老者對筆者說：「這是中國四十年來所未曾有的現象。」面對這給他和他們同事帶來巨大經濟收入的現象，老先生感到有些憂愁。包括大學生自己也知道這現象的背後是什麼情感。但面對中南海高高的紅牆和天安門城樓上那從沒變樣的老毛畫像，「我們也不知道出國是不是一條最好的路？我們的前途無法預測，但畢竟這裡是生我養我的祖國。」一位戴眼鏡的女大學生說。她看到我拿起照相機在照排長隊的人群，拉了一下我的胳膊說：「請你饒恕你的同類，我不希望幾十年後，有人看到你這張照片，說我們這一代是逃亡者。」她看我放下繼續說道：「我知道有一天，我們，包括現在在海外的五萬名留學生，一定會後悔我們今天的行為，因為中國人國粹的天性註定留洋的人不能為民眾所接受，從而也就註定要失去他們在國內所能起到的作用。但面對今天，我們只有這一條路可走，假如你不願當順民。」

走進北大、人大的校園，圖書館內滿滿的座無虛席，掃一眼桌上的書，英文書竟占了大部分。像臺灣出版的《清華託福題解》、《託福字彙的突破》、《GRE入門》幾乎人手幾冊，冷落了二年的《出國人

員實用英語》再度暢銷。據北大新華書店一個店員告訴我：「現在最好賣的書是《託福題解》和《論持久戰》。」

　　幾乎所有的佈告欄上都貼有託福補習班招生廣告，費用高達一百五至二百五十元，仍然人滿為患。特別是聽說今天一月十三日的託福考試是最後一次，報考託福的人到了打破頭的地步。據說到十月底為止，報考人數已遠遠超過託福測試中心預計在北京的最高人數，各報名點從去年十月二十日就不再受理報名事宜，如今天在北京，誰能報上名，可謂是京城「路子最野的主兒」。

　　三十美元的考試費和十五塊錢的手續費，加上走後門的開支和上補習班的幾百元錢，對赤貧的中國大陸家庭來說，無疑是一筆沉重的負擔，但筆者所接觸過的家長無一有怨言。他們異口同聲地稱只要孩子逃脫虎口，自己死而無憾。中國人為父母者實在是鞠躬盡瘁。儘管絕大多數大學生和他們的家長都在做著留洋夢，但託福之後還有很多現實問題他們都沒有認真地考慮過。幾乎每個大學生都天真地認為美國、日本的大學會給他們獎學金。談起經濟擔保之類的實際問題，他們茫然不知所措。學潮之後西方國家對民運人士並不熱情的態度，臺灣當局躲躲閃閃的樣子，日本、澳大利亞正在變化的留學政策，他們一無所知。反而對美國正在進行的波洛西有關J1簽證的法案他們倒是十分關心。也許是受中共宣傳的影響，也許關係到他們切身利益，他們幾乎一致不滿，美國的中國留學生所採取的「保護自己」的行動。用北大國政系一研究生話說：「他們到美國都學會自私了，為了留在美國享受，把國內幾十萬大學生的出路都堵死了。」是非曲直，各有說辭。

　　就目前看，只要鄧小平還活著，出國留學這條路還不會斷掉。但如果美國的行為激怒中共高層，關閉出國之路也不是不可能。如果中共真的將這幾十萬大學生認為唯一的一條生路堵死，將留在國內的那些做夢都在念託福的少男少女們可真要發瘋了。

　　記者有個同學在國家教委當副司長，屬於直升飛機派。他埋怨

學生太任性，導致現在的大倒退。對於出國留學政策一事，他透露國家有關方面正密切注意美國國會的反映，並調整了在美各領館教育參贊和領事，加強了留學生情報回饋，希望扭轉前一段留學生失控的情況。關於公安局發放出境卡的問題，他嘲笑國外同學太不瞭解共產黨：「為什麼要卡呢？沒必要。把不滿情緒的人都放走才好呢！都走了不就安靜了。」同樣的話，筆者從另外一個在高層當大秘的同學嘴裡也聽到過。他說：「國外也把共產黨看得太簡單了，特別是那些從大陸出去的留學生也幼稚得令人可笑。如果沒有內部原因，能有大批學生、作家個體戶跑到香港、法國和臺灣？中國大陸邊防歷來「鐵壁銅牆」，幾十人、幾百人成批越境，好像演電影，怎麼可能？就像方勵之，如果沒有最高層授意，從八八年就被二十四小時監視的方氏夫婦怎麼可能，在中共情治機關鼻子底下進入美國大使館？你知道美國大使館從秘書到傭人雇了一百多個中國人，而他們百分之百是國家安全部的職員，就算方勵之有神助走得進使館，又怎麼能活到今天？美國佬從四十年代就讓中共耍著玩，從馬歇爾到布希，二百年的文化怎麼鬥得過二千年的歷史？告訴你，到八九年十二月底為止，從閩（福建）、粵（廣東）、滇（雲南）邊境共逃出二千人，國安部上月報財政部海外開支增加三百萬美元，這就是說，這二千人中最少有百分之五是派出去的「民運人士」，讓敵人安置自己，這才是共產黨使的高招。所以今年元旦老頭們看臺灣《中央日報》社論說「八九年大陸民主大逃亡」，賈春旺笑著說：「這是民主大派遣，要抓的我們都抓了，該放的我們早放了。老兄，在美國待幾年別把共產黨手段都忘了。」

又見了幾位在老頭們身邊做秘書的朋友，大致看法和所閱到的檔案都證實了上述說法。這也就是為什麼讓方勵之進入美國領館，為什麼抓王丹一定要抓在臺灣記者手裡；為什麼抓陳子明、王軍濤一定要和港支聯的人一起抓。這不就證實了八九民運是美蔣反動勢力是黑後臺的宣傳？在這一點上，共產黨不愧是老手。

二、舞廳、歌手、爵士樂

　　十年前，中國漸進的經濟和漸開化的文化意識，在九百六十萬平方公里土地上，刮起了一股跳舞熱潮。覆蓋面之廣，發展之迅速，皆出乎人們預料，故當時有人把它稱為繼文革「忠字舞」之後又一次「全民皆舞」。還記得，那時的「舞廳」和可供跳舞的地方並不多，而且常在公園的廣場、草坪或機關的廳堂、球場、食堂裡，沒有樂隊、歌手伴奏，常常以擴音機和高音喇叭就「蹦恰恰」地跳起來，想起來令人回味。

　　到了八十年代中期，舞會進入高層次，一批專業豪華舞廳和伴舞小姐應運而生，但很快又被電視錄影和酒吧業擠出市場。六四之後，該種行業像託福補習班一樣異軍突起。因為錄像帶凡國外的均被「掃黃」，政治又不能談。國民心態一度頹廢，而頹廢的最好表達，便是跳舞與醉酒。

　　成都，曾是大陸舞廳業最發達的地區之一，走在人民南路、春熙路等主要大街上，幾乎給你一種感覺：家家皆舞廳。據官方統計，從八九年六月至今，成都的音樂茶座和舞廳，如雨後春筍般迅速恢復營業，每晚顧客幾萬人，使成都市公安局不得不每天專派幾百名警員到各舞廳「督察」。記者找到原在國際經濟諮詢公司的一位朋友，他現在下海成為成都民間舞會協會的理事長，專門負責協調各舞廳的樂隊和歌手，同時兼管保安，好似香港黑社會老大。據這位朋友介紹，從六月四日到六日成都人民南路警民衝突之後，大學生和知識份子開始尋找發洩憂鬱的方式。於是早已蕭條的舞場，成為他們最好的去處，八十多家樂隊和三千多名歌手幾乎全是由大學生和曾經參予學潮的知識份子組成。凡是來舞廳唱歌的歌手，大都能歌善舞，特別是跳起踢踏或霹靂舞時，往往能激起觀眾的情緒，使人暫時忘記了六月的流血和外面的沉悶。

　　郭君，二十五歲，是近來活躍在成都舞廳、茶座的知名歌手。他早在四川音樂學院讀書，就認識了一幫社會哥們兒，課餘時經常參加舞廳、茶座的演唱。今年五月學運期間，他成為「成都地區高自聯」的重要成員，六四北京大屠殺消息傳到成都，他和同學組織了聲勢浩

大的聲援北京高自聯的遊行，並在人民南路廣場靜坐示威，直到六日大批軍警鎮壓時負傷才離開成都。避了一個多月難，傷也養好了，他重新回到成都，經過長時間痛苦的思索，毅然向學校提出退學，他謝絕了國外朋友幫助他出逃海外的好意，留在了成都，並加入了個體歌唱戶的行列。幾個月來，他從月季皇后大酒家到金座咖啡廳，用他那粗獷、雄渾的歌聲，渲泄著他那壓抑在心頭的悲憤和惆悵。一曲「信天遊」、「一無所有」把聽眾帶到了激烈的五月天和慘烈的六月。他深沉地對筆者說：「中國人的生命應該在中國燃燒。我曾發過誓，決不離開祖國，我要歌唱那永遠難忘的過去，為死者和生者的忠魂歌頌。雖然我曾三次被公安局傳訊，並列為學自聯頭號人物之一，但我還是離不開成都，離不開我的觀眾和我曾為之流血的土地，反正，我別無選擇。」

王某，郭君的同學，六六成都大遊行的組織者之一，他從四川音樂學院畢業後，被分到郊區一中學，並明確告知是由於參加學運的原因，要求他繼續接受審查。於是他決定下海，不再享受國家幹部的「優待」，成了成都舞場中的歌星。當我在新月舞廳搖曳的燈光中傾聽他那如訴如泣的「悲歌」、「再度孤獨」時，深感我們這一代人的不幸和上帝的不公。

當然，歌手和舞廳的再度熱門不單單是靠這些政治失意的大學生造成的，大批文藝界人士由於不滿目前的工資待遇和嚮往自由支配自己的工作環境，紛紛棄公從私，進入了「撈錢」的世界。

R先生，三十歲，原是成都軍區軍樂團的長號手，愛人是部隊醫院的大夫。上班無聊、生活單調，小倆口又拖著一個孩子，經濟狀況較為緊張。他的長號嫻熟，曲調悠揚，在蓉城遠近聞名。終於，他經不住有人三番五次上門造訪，於去年底開始瞞著部隊，走上了舞廳樂手之路。從「國歌」到「軍歌」，從「愛的羅曼史」到「等你回航」，他感到人生的另一價值。同時，這個「第二職業」使他日子越過越紅火，每月五六百元的「地下」收入，使他那兩間原本沒什麼東西的房間裡鳥槍換炮，從先鋒四千型音響到地毯組合傢俱應有盡有。R講

「我是軍人，但我以我沒有拿著衝鋒槍殺我們的同胞而自豪。但我又無法脫掉我身上的軍裝走入社會，夜晚的號聲也許就是我內心的獨白吧。」

德西美朵，四川峨影樂團的著名歌唱家，她的歌聲清甜、圓潤、悠揚、婉轉，被稱為國內民族唱法的「一枝花」。然而她也下海了。在金夢歌舞廳，她一曲「故鄉的小巷」把筆者引向了童年那美好的回憶。當她站在記者疑惑的眼光下訴苦時，那神情是那麼憂慮：「你說我們這些『藝術家』該怎麼活？一個月百把塊錢養一大家子，物價和解放前夕一樣飛漲，拍一部電影才給二百塊，一年又能拍幾部？我喜愛自己的民族唱法，又不願意去「走穴」，所以只好走進這裡，起碼我不用接受什麼人的檢查、審問、評定。在這裡，我唱得輕鬆、自由，也不用去集中學習什麼的，我想怎麼唱就怎麼唱，我就喜歡這種自由的空間。」

筆者幾乎天天到舞廳聽歌，發現除了流行歌曲和迪斯可之外，在一些高檔舞廳你還可以欣賞到典雅的室內音樂，從巴哈到亨德而，從貝多芬到柴可夫斯基。他們希望在醉人的樂曲中忘記現實，在搖曳的燈光中懷念美好的東西。從廣州到上海，從深圳到重慶，夜生活的興盛，無不浸淫一種憤怒和失望。

意想不到的是，我在成都飯店蜀樂宮聽歌時，中間竟有幾個相聲演員出場表演電影「平原遊擊隊」中的「松井的部隊進村⋯⋯」，「『地道戰』中的鬼子來了，快跑⋯⋯」和老鐘叔壯烈犧牲的場面，惟妙惟肖，寓意深遠，令人浮想聯翩⋯⋯

三、公關小姐及涉外婚姻

公共關係一詞在西方是「PUBLIC RELATIONS」。基本定義是接待客人、結識朋友、聯絡感情、獲得資訊等等。美國從十九世紀把公共關係做為一個特定業務與經營管理，生產技術管理列為企業中三大內容，並產生了公關理論和公關人員。到了二十世紀八十年代，公共關係隨著大陸的改革開放，開始進入古老的東方世界。然而歷來夜朗自

大的中國人，則把公共關係的鼻祖之冠戴在了自己頭上，凡翻閱大陸出版的有關公關書籍，居然無一例外地把春秋戰國遊說列國的蘇秦、張伐，甚至連王昭君也算在內，恭稱為世界公共關係之始，令人哭笑不得。

不管歷史是什麼樣的，反正中國大地自從公司潮湧起之後，公關小姐燕語鶯聲，伴隨著經濟交往無處不有。由於這種特殊職業的產生，在中國大地又形成一股強烈衝擊傳統理論觀念的疾風，衝垮了二千年的封建堤壩，衝破了女人不經商的固有觀念，也沖散了無數個家庭。

九〇年元旦，我應邀出席北京某公司與美國洛杉磯一台商關於合資創辦中美商務大廈的簽字儀式。雙方簽字是在北京第一流的王府飯店進行的，豪飲豪吹之後，包括一名副部長在內的京城眾官，在幾位苗條小姐連拉帶拖加撒嬌下，來到長城飯店迪斯可舞廳，開始了所謂聯歡活動。

筆者在一旁觀察，幾乎每一位重要官員懷裡都有一位妙齡女郎，四目相視，意在其中，大概是舞廳全讓這個PARTY包了，居然放起悠揚婉轉的華而滋，大大方便了兩性的交流。

朋友將投資商王先生介紹給我，並告訴對方我個人軍方背景。對方立刻堆下一臉笑，擺手把一位非常漂亮的小姐召過來，連聲說「久仰大名，讓我的公關主任南茜陪陪你，明晚我另請老哥一桌，幫幫忙。」說完又去應酬東主去了。我從遞過的名片知道對方在洛杉磯只不過是個三流公司，料想無此鉅款（二千萬美金）在大蕭條的北京投資旅遊業，內中必有其他原因。公關小組嗲聲嗲氣地坐下來，二十多歲，一米七左右，腦子滿靈活，一見面就知道我不屬舞池那幫共產黨幹部。幾口拿破崙下肚，她開始給我講故事。

關於她本人的這裡免談，一不知是真是假，二保護別人隱私權。我最感興趣的是關於北京的公關小姐。她告訴我目前在北京有二個公共關係組織，公共關係小姐有一萬人左右，還有兩個民辦公關學校，

近千學員。由於外商駐京機構老闆均為外籍人士，大部份家眷留在本國，北京又無男性消遣的地方，於是從八七年開始大肆招募公關經理，一大批原在機關、學校、報社、文藝單位工作的女青年，由於姿色和語言的優越而成為那些性饑餓的外商們的秘書兼公關小姐，使得北京市政府不得不通告外商不能再自聘中國公民，必須通過外國事務局派遣。通告歸通告，外商絕不會喜歡外事局調派的那些難看的老處女，依然暗地雇傭滿意的小姐。不可否認，前兩年對外經濟的發展，這些公關小姐起了巨大的作用，與大陸做過生意的人都知道，大陸各機關廠礦，人浮於事，官僚主義嚴重，經常發生品質不合格，交貨期延誤，拒理投訴等情況，外商由於語言、國情不同，常常碰釘子，而這些公關小姐土生土長，又有一個屬於自己的社會公關，現在與金錢合在一起，幾乎無處不通，特別是對付那些財色雙收的實權人物，令外商大賺其錢。於是便發生了許許多多的故事，在北京人望而生畏的大賓館飯店中，經常有一批足登義大利女皮鞋，身穿香港名牌衣裙，擦口紅化淡妝的摩登小姐出現，走路叫「的士」，吃飯到「東方」（東方明珠海鮮高級餐廳）的小姐們儼然成了一群新興貴族，白天周旋在各機關公司的辦公桌飯桌上，晚上流連在舞場酒吧，深夜則回到老闆的懷抱中。甚至還出現一些高級公關小姐，由於她們姿色出眾，社交手腕高超和辦事效率高，常常身兼數家公司，做多家生意，拉八方客戶，並雇有私人秘書、司機，成為一種公關個體戶，月收入均在萬元以上。

　　鄧小姐，二十八歲，原中央電視臺新聞記者，皮膚細嫩白皙，瓜子臉，大眼睛，新潮服裝，面帶微笑，一口純正而甜潤的普通話，曾迷倒千萬螢幕前的觀眾。二年前忽然告別電視觀眾，在西苑飯店租了一間辦公室，從首汽公司包了一輛豐田臥車，聘了一位英俊小生做司機、秘書兼保鏢。掛牌「中港合資公關公司」正式營業。一時間生意興隆，財源茂盛，一月收入等於她在電視臺三十年的工資獎金。某酒家明天開業，但衛生防疫站的公章卻遲遲未蓋成。別看這公章，少了它開業就是非法，誰都可以封你；於是港方老闆求到鄧小姐，小姐櫻口輕開：二萬塊現金。老闆無奈，明知對方獅子開口，卻恨自己公關

不靈。定金付過之後十五小時，鄧小姐拿出當年採訪精神，直奔當事人家中，軟纏硬磨，內中技巧不便書出，反正使那個酒家如期開業。類似事件在鄧氏公司檔案中記錄極多，各有千秋。

公關行業的興起使一些官方機構也開始眼紅，新華社首先創辦環球公共關係公司，把原來的廣告業換成公共關係的牌子，使新聞買賣成為合法。另一些人也不甘示弱。以「經濟日報」原總編安崗為首的一批老幹部便拿著一紙薄一波的上方指令，成立了「中國公共關係協會」和「中國公共關係總公司」，駐軍民族飯店，廣招人馬，鬧出了不少真真假假的故事，成為北京上層社會的趣談。當然，這個協會和公司最大的公共任務是挑選麗質小姐給中顧委們到外地「考察」時用。使用內容屬國家「機密」級。

公共關係小姐目前在全國大概有十五萬人之眾，大多數分佈在外資企業、外商駐京辦事處、合資飯店和高級酒吧。六四之後，外商紛紛逃離大陸，從而產生了一系列令他們頭疼的事情，這是當初他們所沒有想到的。原因是，中國鎮壓學運之後，開始了大規模清除經濟領域的「犯罪」活動，繼而又「掃黃」。搞得這些本來就不清楚的公關小姐如坐針氈，紛紛地向臥室裡指天許願的老闆提出移民國外的要求，使那些原有家室或無家室而不想結婚的男人大傷腦筋。一九八九年下半年的出國潮席捲大陸，民運人士有地下通道可循，大學生可考託福留學，海外有親友者可借探親之由離去，而靠姿色和嘴皮的公關小姐只有靠每天晚上摟她睡覺的男人了。於是涉外婚姻又成了出國潮中的一大浪峰。在廣州、北京、上海只要你手中有外國護照、美國綠卡，親朋好友會紛紛上門將自己的妙齡千金推銷給你，熱情之至，除出國之外絕無其他條件。

有人甚至聲稱，如果你站在北海公園、外灘或中山五路大喊你有美國護照，保證有一個排以上的娘子軍跟你回賓館。當然目前還沒有誰神經兮兮地去試試，但國內小姐與外國人結婚成為一種時髦。當年電影明星沈丹萍外嫁五十多歲的德國人曾讓國人向背很久，而今天的大陸，二十歲的女孩子找一個六十歲的外國老頭都會讓同伴羨慕半

死。據公安部戶籍管理司統計，八九年涉外婚姻二萬一千件，其中年齡差距十二歲以上者占百分之六十以上。上面所提的公關小姐和雇主關係更為複雜。由於老闆大多已婚，又抵不住小姐的要求和魅力，只好在國外開具假未婚證書去註冊結婚，並與小姐談妥到國外的條件，或給一筆錢一刀兩斷，或在外購屋甘做旁室，或為其申請外國護照仍居留北京為自己工作。從而一大批曾活躍於北京、上海、廣州的公關小姐突然間出現在美國西岸、紐約的華人圈子中，與法國巴黎難民營中的民運人士形成兩股出國潮。

隨著紐約、巴黎、香港華文報紙大陸妹徵婚廣告的日益增多，大陸涉外婚姻已成為中共最頭痛的一件棘手問題。

四、霹靂舞——失落的一代

中學生在想什麼？中國未來的一代在幹什麼？帶著這個問題，我把目光投向十五、六歲的一代天嬌。然而，這一代人的失落感甚至大於我們，那種天真中的疑惑，思索中的徬徨和喪失對前途的希望，無不使那些稚嫩的心靈蒙上一層灰色。今年耶誕節前後，美國電影「BREAK　DANCE」又一次在大陸各大城市上映，一股覆蓋面極大，來勢兇猛的霹靂舞潮，在迷茫的中學生中迅速蔓延，刮起了一陣又一陣旋風。這種劇烈而瘋狂的舞姿，仿佛只有它才能充滿那幼小而無窮大的求知空間，使那些正在發育和求識階段的少年如醉如癡地愛上了它。

入夜，當你步入廣州、北京一些新潮舞廳、現代私人舞場，就會發現活躍期間而跳得較為出色的「霹靂舞王子」，幾乎全是些十四五歲、十六七歲的少年中學生。這些靠父母養育的中學生，幾乎全有一套滿夠味的牛仔裝，柔質軟鞋，無指皮手套，鍍金墨鏡，身在期間，讓你想起美國MTV中的節目，抖動的身體，震耳欲聾的音樂，充滿了刺激和發洩的情感。

在廣州越秀區的麗達舞廳，我看見一位全副霹靂舞裝束，有點面熟的少年。在閃爍、迷離、旋轉不定的七彩燈光下，隨著歡樂、節

奏極強的新潮音樂，只見他輕快起舞，移動著太空步，從容亮相，極迅速、極靈活地轉動揮舞著全身每一個關節、每一塊肌肉，讓人遺忘世上的一切，沉醉在這痛快淋漓的舞姿中。他一會兒雙腿悠然，極似電影中的慢鏡頭，一會似從天降，形如閃電般的急速，翻騰旋轉，令人眼花瞭亂，什麼「臥魚」、「蒼龍」、「蛟龍玉柱」、「魔高一丈」⋯⋯等許多讓人叫不出名字的舞姿，猶如身在一個充滿浪漫色彩的幻想世界，大有「妙處難與君說」之感。

等他五曲跳完，大汗淋漓地步出舞池，我走向前，以一個海外來人的身份，希望他談談今晚的感受。

他很坦率，以還沒完全變聲的半童音說：「我今年十六歲，高中一年級學生，我們那個學校屬『第三世界』——極普通的區辦中學。每年沒有幾個考得上大學的。但人人又都想當前幾名，幾年前我們幾乎都沉浸在學習、考試之中。但中學生也是大人，起碼我這麼認為，對社會各種現象有其自己的思考。社會上腐敗的現象，知識份子不公平的待遇，對我們讀書的熱情起到了反作用。我一個大學畢業的叔叔，整整戴了二十年的右派帽子，平反後只有八十幾元工資，還不如他兒子在高弟街賣二小時服裝掙的多。過去是『知識越多越反動』，現在則是『知識越多越貧困』。我們老師一個比一個窮。高學歷、低工資；人口多，住房少；上班緊，下班忙，一年四季爛衣裳。和那些整天坐計程車，身穿高而夫西裝衫的倒爺們簡直天上地下。所以四月學潮一開始，我們學校的高年級同學就參加了廣州高自聯，我們和大學生一樣反對官倒、反腐敗。否則我們讀書為了什麼？然而我們絕沒想到解放軍會開槍打大學生，過去我們在學歷史、政治課時曾聽說國民黨如何鎮壓學運，但在不久前一部電影中（〈巍巍昆侖〉），連蔣介石都不准開槍打學生。你說我們多傷感。所以現在讀書越讀越沒意思，連博士生都鬧著退學幹個體戶，我們死讀什麼？廣州海珠橋事件後，我開始跟我一個當演員的表哥進出舞場，越跳越好。我這人大腦不很發達，小腦卻靈活，去年九月深圳霹靂舞大賽我拿了第二名，從此廣州各大舞廳都讓我帶舞表演，我在上學之外有了『第一職業』，

不但錢越掙越多，舞癮也越跳越大。有時乾脆和同學們在教室裡跳。學校老師總是看不順眼，可他們的干涉又那麼無力。我幾個週末晚上的收入比校長工資還高，連我們學校的體育老師都偷偷請我教他，叫我『師父』。像我這樣的，廣州少說也有幾百人，至於那些天天跑舞場的中學生更多。告訴你，別看我小，可我有三四個女朋友，趕都趕不走她們……。」

我好像忘記了我自己的中學時代，和今天的中學生相比，我們是那麼沒有色彩。可它畢竟培養出了眾多的博士、碩士。該如何定義呢？這留給研究社會學的同胞吧。

就在這家舞廳，我還看到另外幾個跳霹靂舞各具特色的少年男女。我被告知是幾所名牌中學的高材生。

深夜，繁華的羊城變成霓虹燈的世界，我信步走進東山區內一家門票只五元的舞廳，五彩繽紛的暗淡燈光下，一群十五六歲的男女學生在瘋狂地扭動身軀，沉醉在夢幻的樂曲裡。其中有幾個女學生穿著暴露，描眉畫眼。一位身穿超短裙，染指甲的女孩告訴我：「我對學習已失去興趣，父母一個在外面打牌賭博，一個熱衷於梳妝打扮，一見面就吵架鬥嘴。我出來跳舞就是為了躲避他們，享受生活。」另一位女學生毫不客氣地喝光我桌上的飲料說：「人生如夢，我們這才是珍惜青春。」

還有一對形影不離、卿卿我我的少年男女讓人一看就知道他們在進行著朦朧的早戀。坐在我面前後，他們極為坦誠地承認他們的戀情。那個小男子漢說：「我和她是同一學校不同班次的同學。我和她是在海珠廣場集體罷課認識的，我是廣州中學生支援團的負責人，她是負責印傳單的。共同的理想使我們連在一起。她人漂亮、能幹、乖巧、跳舞一流、心地善良、又有思想……。」她緊偎在他肩頭，不時點頭稱是，並說：「我們之間是純潔、真誠的，並不像有的作家描寫得那樣汙七八糟。共產黨反對中學生談戀愛。可他們的先輩像我們這麼大時都有孩子了。平時我們沒有單獨約會的時間和環境，只好晚上

來到這裡散心、跳舞，既少了老師、家長的指責，又玩得痛快……。舞廳既然大人都來得，我們為什麼來不得？難道我們中學生不是人？實在可笑……。」

據東山賓館一位負責人透露，活躍在霹靂舞場上的基本上是青一色的青少年。中學生又占了很大比例，甚至還有十一二歲的小學生。而對這種情況，不少老師認為：迷戀跳舞的中學生，從學校走向社會，從家庭湧向舞廳，頻繁地與社會上的不法分子接觸，勢必會影響學習。輕者沾染不良習氣，重者走向違法犯罪之路。理由是：中學生經常去舞廳跳「抽筋舞」，不光是心神不定，眼花繚亂，不思學習，而且還日益追求時髦和物質享受，精於打扮，學會抽煙喝酒泡咖啡，走向墮落……。

中學生則聲稱：「我們的生活軌跡難道只能是家庭——學校——家庭，書本——課堂——書本的枯燥迴圈嗎？最後又能有什麼好結果在等我們呢？上大學挨槍子兒，教授吃粉筆灰，博士賣小吃。我們圖什麼？何況工、農、兵、商、幹都有八小時之外，我們為什麼就不能有自己的課外娛樂？唉！反正我們是被遺忘的、多餘的一代，如今中國是老年人的世界」——摘自《蘭州晚報》〈一個中學生的來信〉。

關於中學生進舞廳，筆者熟識的一位著名社會學家指出：「中學生是中國的未來，我們國家卻沒有給予他們良好的發展環境，幾十年動盪不定的政治風雲，無疑破壞了他們內心的承受力，使他們失去了對學習的信心和對周圍的熱愛，致使他們在多種壓力下走入頹廢和消極，呈現出今天這樣從大學生到中學生都感到迷茫的現狀。」

在北京，據有關部門抽樣調查，跳霹靂舞入迷成癮的青少年中，有百分之八十是在校中學生。以培養尖子學生出名的景山中學，僅八九年下半年就處分了八名學生，他們因跳舞而引發一場北京多年罕見的打群架，一名十五歲男生被刀刺中左心室而喪命。

在上海，由大世界、中青報、美國耐克公司聯合舉辦的「耐克杯」霹靂舞大賽中，有數千名中學生報名，最小的只有十歲。

在天津，當天津歌舞團開辦了一個霹靂舞培訓班，為迎接全市性的舞蹈大賽作標準時，竟有四百多名爭相報名，讓人無法理解這眾多的青少年哪來的每人二百元的高昂學費。

在哈爾濱，年齡十三至十七的中學生，成為舞場上占百分之八十的主要顧客，一位十六歲的女學生以連跳三十小時的紀錄刷新「東西南北」最高紀錄，賽後住院則長達三個月之久。因沉溺於跳霹靂舞而曠課或不歸家者，占全市違紀學生的百分之四十五。更有勝者，獲「一九八九太陽島之冬」霹靂舞大賽優勝獎的兩名正在讀初二的男女學生，竟雙雙退學，加入了一支民辦藝術團，開始了雲遊八方，四海為家的演藝生活，而他們今年卻只有十四歲……。

該說什麼呢？失落的幻想，失落的祖國，失落的生活——這是一個失落的冬天。

(原載美國《中國之春》月刊一九九〇年三月號，署名：李遠)

來自大陸的報告之三：沒有明天

九〇年代的第一個春天來了，但大陸卻感受不到一絲春意。廣播裡老調重談，雷鋒再一次從墳墓中請出來。可九十年代的中國人畢竟不同於六十年代，「學雷鋒」成為一種帶貶意的形容詞。雖然新聞界被解放軍嚴格控制，李瑞環四處宣揚中共對宣傳工具的絕對性，但再嚴實的鐵桶也會漏水，六月十五日，《中國教育報》一版頭條刊登了一篇文章，當時並沒有引起人們注意，因為該報發行量太小、範圍太窄。但一九九〇初該文被轉載後，成為北京文化界的珍品，大有洛陽紙貴的勁頭。大家坐在一起細細品味該文，寓意深刻，用語巧妙，是一篇難得的好文章。為了讀者，筆者不忍割愛許多，摘錄十條如下。

一、為什麼？

一場以民主、愛國為核心的學潮演變為動亂……局勢趨於緩和，不少青年學生已轉入了思考。筆者感到有幾個問題頗值得研究，僅供讀者參考。

（1）四月十五日到二十二日為胡耀邦同志治喪期間，為什麼少數人把李鵬總理作為集中攻擊的目標之一？有的人提出要「正確評價胡耀邦同志，但胡耀邦一直未在政府任過職。一九八七年初處理胡耀邦的辭職問題時，李鵬同志還是政府副總理，也不是政治局常委，為什麼向他提出此事？到四月二十六日為止，李鵬也還未公開講過話。關於「官倒」的流傳也沒有涉及到他個人。在這段時間裡，就把矛頭集中指向他，這是為什麼？

（2）五月十九日以前，中央的核心機密，從四月二十四日的政治局常委碰頭會，二十五日的鄧小平同志講話，一直到五月二十日首都要戒嚴、戒嚴部隊的番號、進軍路線都被學生組織事先知道了，並在十九日就加以阻擋。但十九日以後洩露核心機密的這種情況為什麼又突然不再出現了？

（3）廣大青年同學出於愛國心，提出要反腐敗。一九八六年一月十七日鄧小平曾說：風氣如果壞下去……發展下去會成為貪污、盜竊、賄賂橫行的世界。但近年來腐敗現象較快，一九八七年以後，卻一度出現了開始發展的國家中社會腐敗風氣是「不可避免」的論點。誰都知道政府、大公司和大中企業的領導幹部絕大多數是共產黨員，但卻出現了要把黨風問題「淡化」的說法，要把政府、企業中黨員的風氣與黨風分開。這對不對？

（4）學潮到了五月四日已趨於平息，五月五日首都高校基本趨於復課。此後，動亂又突然愈演愈烈。到五月十八日，首都新聞界除了少數以外，在「新聞自由」的口號下發生失控現象，對遊行、示威、絕食極力火上加油，向黨和政府施加壓力。為什麼會有這個轉折？

（5）一九八八年起的物價上漲過程，引起群眾不滿。誰都知道總需求超過總供給太多，是物價上漲的原因。這不是一年形成的。鄧小平同志在今年三月二十三日會見烏干達總統時講，如果三年以前採取治理、整頓的措施，情況就會好得多。他並承擔了自己的責任。李鵬在今年政府工作報告中，就一九八八年以來的政府工作作了自我批評。報告在人大會以四票棄權、二票反對獲通過。那麼，前幾年經濟改革中的失誤，究竟應該怎麼看？

（6）鄧小平在三月二十三日指出：十年來最大的失誤在教育方面，政治思想工作薄弱了，教育發展得不夠。並指出這個問題比通貨膨脹還嚴重。以後李鵬在答中外記者問時指出：「這主要是指精神文明建設的失誤。」那麼，為什麼有些報紙發表鄧小平這個談話時，沒有「政治思想工作薄弱了」這一句話。從談話的上下文看，這句話又是指整個社會的政治思想工作薄弱了，這是一個很重要的估計。報紙不發表又是說明了什麼？

（7）五月十六日，我國領導人先後會見了戈而巴喬夫。為什麼五月十七日，首都遊行隊伍中反對鄧小平的標語驟然增加？

（8）在首都空前的學潮中，為什麼以「三所一會」（中國經濟體

制改革研究所、中國農村發展研究所、中信公司國際問題研究所、北京青年經濟學會）名義出現的人特別活躍。他們與北京好幾個大學的非法組織有關聯。而且直接到天安門廣場去出謀劃策。這到底說明了什麼？

（9）首都「高自聯」不僅得到某些外國，特別是美國的某些輿論的支持，並在他們控制的校內電臺中大肆加以傳播。而且「高自聯」是很有錢的。他們從國外及香港的某些人手中得到大量資金，又說明了什麼？

（10）首都發生如此嚴重的動亂，國家和人民已經付出了很大的代價。他們的目的是反腐敗、反官僚，追求民主嗎？這個事件是什麼性質的問題？應該怎麼看？

二、大學生的心態

面對上述十個問題，北大的一同學對筆者說：「其實這十個問題可以歸結為一個問題：就是為什麼政府對學生失控？」

進入九十年代的大學生，談起未過一周年的學潮，仿若隔世之感。因為他們面對的問題太多太多了。大陸國家教委（一九九〇）十四號文件「關於具有大學和大學以上學歷人員自費出國留學的補充規定」猶如一記悶棍，打碎了無數人的出國夢。大多數中國人，申請護照出國只有一條路可走──留學。這也是所有大學生唯一可以寄託的一條生路。現在路被堵死了。根據文件規定，凡「全日制高等教育機構公費本科和專科畢業生、獲雙學位畢業生、研究生班畢業生、碩士和博士畢業研究生，在讀四年級以上（含四年級）學生、研究生及在這段學習期間退學的人員，全日製成人高等學校本科和專科畢業生，均有為國家服務的義務，完成服務年限後方可申請自費出國留學。」這個服務期限長達五年，而中途退學者要償還「培養費」，一年二至五千元人民幣不等，這種天文數字對靠工資養家糊口的中國老百姓來說，實在是一筆無法籌措的鉅資。於是出國之路就這樣被砍斷了。

　　大學生情緒失落：繼續讀下去，等待的是「到基層去，到邊疆去」；不讀了，無顏面對付出血汗錢的父母，且更找不到立足社會的機會。所以大學生如今是最迷茫的一群生靈。他們複雜的情感流露著一種失望，成熟中含著幼稚，現實中藏著夢想，認真裡隱著遊戲。所以，走進今天的大學校園，你會感到一種無法形容的滋味。舞會天天人滿，課堂上耳機套頭，圖書館情侶雙雙，宿舍裡男歡女愛。

　　筆者走進清華大學七號樓的一間男生宿舍，牆上波姬・小絲秀髮瀟灑，一頭濃密的黑髮上，費翔雙眸含情脈脈。窗戶上掛一橫幅「神機妙算」。

　　劉波，機械系三年級學生，是此屋「算命先生」。苦研《易經》、《星座百解》等卜算未來的書籍，在圖書館門口貼出廣告後，門庭若市。一到晚飯後，各系青年男女便三三倆倆地來到七號樓這間屋子，求算前程、婚姻、成績、工作，信不信隨便，但客人不斷。與劉波同宿舍的小閻告訴我，劉波曾為機械系系副主任算過一命，十分準確，因而轟動全校。系副主任夫人八八年出國後一直未歸，副主任中年分居十分難熬，一日聞劉波有神機妙算之功，便屈尊求教。劉波左掐右算，曰：三十天之後他夫人將為其辦成出國手續，團聚於美國西部某大城市。二十日後副主任果然得到三藩市某社區大學聘書，一切手續順利，副主任臨走前逢人便替劉波宣傳，使諸多老師都前來拜訪這位年輕的「算命先生」。

　　算命，是一種不能把握自己前程的表示，大學生對前程已完全失去信心，整日消磨在無望的虛度中。走進北大，伊甸園的亞當和夏娃已目中無人，一對對手挽手，肩靠肩地漫步於林蔭小路和未名湖畔，在豔豔的春光裡，你還可以看到一對對摟摟抱抱的男女躺在圖書館前的大草坪上，充滿浪漫和虛無。據統計，目前北京高校在校生談戀愛的占百分之七十，有的班高達百分之百。尤其是女大學生，宿舍有「三寶」：複方十八甲、避孕套、探親避孕藥。她們自己則是「一年傲，二年挑，三年急，四年沒人要」。儘管有著如此之高的戀愛比例，可成功率卻微乎其微，不到百分之十。有人將大學生戀愛分為四

類，不妨照錄：A憂慮型：大齡大學生，特別是女大學生，擔心畢業後到社會上成為大齡青年，難覓佳偶，於是饑不擇食。B寄託型：剛上大學的新生，往往感到孤獨、空虛，無所事事，尋找異性以求解脫。C浪漫型：雙方均為多血質性格，精力過剩，多為一見鍾情，沉緬其中。D功利型：為了畢業分配、將來出路等功利原因，尋找能成為自由選擇支點的異性，以求前途。然而實際上，畢業之後的亞當和夏娃在品嘗了禁果之後，多因社會、家庭等各種因素而分手，留下一片回憶的田地。

不知從何年何月起，反正是六四之後，北京大學校園裡常常聽到「一張考卷約來了千萬個你我，小題不會做，大題更別談，多少年的考試是束縛你我的枷鎖，折磨你，折磨我，我們擁有一個目標要及格。再嚴的考場，我們都見過，再難的考題我們都抄過。這是我們的傳統，從來沒變過。手拉手，什麼也別說，哪怕教師眼前過。因為我們擁有一個目標叫及格。」

這首以港臺流行歌曲為基調的校園歌曲普及極快，流傳甚廣，幾乎每個大學生都會唱。現在高校期末考試十考五抄，作弊現象十分嚴重。某教授直言道：「現在考場上不存在抄與不抄的問題，而是抄多抄少的問題……」據介紹，如今作弊屬於聯合作弊，整班、整專業地配合作戰，從翻書傳字條到收買印刷工人偷試題乃至冒名頂替，五花八門，無奇不有。如考標準判題試卷時，選擇A、B、C、D四組答案時，摸：鼻子－A，嘴巴－B，耳朵－C，腦袋－D。只要如此「思考」一下，全班成績保證一致而高水準。儘管學校臨考前總是再三強調考場紀律，但監考老師則睜一隻眼閉一隻眼地混差。學生也不會使「明白」事理的老師為難，儘量憑技巧得分，可謂「寒窗數月苦，哪抵考場靈機動。」

作弊和厭學的情緒緊密相關，成為一種惡性繁衍。有一青年教師講，某日他冒雪騎車從家趕到學校講課教室，上課鈴響後，他拿出講義，卻發現教室裡僅坐一對正談戀愛的同學。他以為走錯了教室，出門一看門牌號，「沒錯」。可這門課有兩個班八十多個學生必修，怎

麼……？！答案出乎意料的簡單，他們還在暖暖的被窩中享受著甜密的夢。

當前，大學裡的曠課、遲到、早退都已成了司空見慣的常事。許多學生懶得上課，有的甚至一學期一堂課也沒上過，到考試時，不知從哪個角落裡鑽出來，靠最後的拼搏和考場上的技巧，混過去。他們的目標是及格。

不少教師發出感歎：現在的大學生學習越來越被動，缺乏發奮精神，大有九斤老太太之感。但目前的中共政策，不准出國，分配基層，變相懲治的，怎麼能叫大學生去發奮呢？國家前途尚難叵測，個人前途就更是未知數了。

走進大學生宿舍，到處是煙霧繚繞中的牌局，五花八門的空酒瓶加上金庸、亦舒的小說充斥於床頭桌下。劈嚦嘩啦的麻將聲加上聲嘶力竭的叫喊，發洩著青春的能量。這就是今天大學生的虛無心態。前途是一片灰色的空白，人生是一幅無主題無節奏的動畫。

三、富有的小學生

當大學生的希望破滅，擊碎中學生的夢想之時，中國的「小皇帝」、「小公主」們則生活在溫柔鄉中。隨著物質開放，通貨膨脹，人們手中的鈔票日益增多，許多為人父母者開始在下一代身上進行投資，希望他們過的好一些。所以，大陸小學生所擁有的錢越來越多，開始以購買者的身份步入消費市場。據有關部門調查，北京、廣州、上海幾個大城市的小學生每月零用錢為4.8元，其中有33%的小學生有5元以上的零用錢。而且還有個人戶頭的存款。其中存款額在100元以下的占20.4%，200－500元之間的占36.6%，存500元以上的有20.4%、有的小學生還有外匯存款及一萬以上的巨額存單。幾大城市的獨生子女均存款額達438.60元。在問及這些年幼的小學生的存款動機和用途時，他們直言不諱地說用於購買零食和玩具，有的則聲稱「存起來，結婚用。」學校裡同學之間比「私房錢」的風氣嚴重腐蝕著那些幼小的心靈。

今年春節，廣州市小學生「壓歲錢」平均為120元，有的高達1000元，使許多小學生從小就鑽到了錢「眼兒」裡不能自拔。

有了錢，自然花起來也大方，成為大陸一支不可忽視的消費隊伍。前一陣「變形金剛」熱中，有58%的小學生投入其中，平均開銷150元。另外扔進電子遊戲機的「鋼鏰兒」每月平均超過7元。有34.2%家庭擁有大型或中型電子遊戲機。小學生戴手錶已不再被人們驚奇，擁有收錄機、自行車、高級電動玩具的「小皇帝」達45.4%。遠遠超過中國農村家庭的佔有率。

現在小學生過生日開PARTY成風，人均花費100元，多邀請十人以上參加，甚至在餐廳包桌大請一頓。小學生之間攀比之風甚盛，生日卡的規格已在10元以上才拿得出手。做父母的日益感到生活艱難。為了不使自己孩子在同學們面前丟臉，他們背負著沉重的消費負擔。小學生一放學，校門口立刻成為一個集市，賣冰混、冰淇淋的和賣果丹皮、玩的小販每年從大陸小學校的門口賺到數以千萬的金錢，小學生手中無錢的歷史已不復存在。

形成這種狀況的原因是人們對前途的無望和對下一代的寄託，他們面對獨生子女的現實狀況無可奈何，希望自己的兒女盡情享受一下物質生活的快感，彌補自己早年的缺欠。今天的父母大都有六十年代大饑荒的經歷，深知空腹的痛苦，這種「恐饑」的後遺症，使他們無節制地滿足下一代的物質欲望。

以北京西城區幾所小學為例，從入學到畢業的小學生人均購買書包四個，文具盒七個，最高的則一學期換一套。這與我們上學時一個書包用到高中，一隻鉛筆盒用到大學畢業真是天地之差。據教師反映，現在有些學生丟了書包、文具盒，即使七、八成新，也不去認領，而是回去讓家長買新的。小學生穿皮鞋日漸增多，一人五、六雙球鞋不算稀奇。「耐克」、「派西努」等名牌鞋也時常出現在校園操場上。

不正常的社會發展，產生了不正常的教育觀。大陸人對子女的這

種「縱容」和寵愛勢必會影響下一代人的健康成長，一些青少年專家已呼籲社會引起注意，不要讓此風氾濫。

但家長們有他們自己的聲音：我們這一代是最痛苦的一代，生在紅旗下，沒過過好日子，一懂事就撿野菜、拾破爛，長身體的時候喝清湯過日子，愛美的年紀穿帶補丁的衣服上學，整個少年時代是在窮苦和饑餓中度過來的。而如今我們又沒有了希望，剛剛好起來的日子被坦克車碾碎。我們當然只能把全身心的精力放在兒女身上，我們不能讓孩子看見雪糕而眼讒，不能讓孩子帶著饅頭去公園。我們已經沒有明天，可我們要盡我們的所能讓我們的孩子過好今天。

(原載美國《中國之春》月刊一九九〇年五月號，署名：李遠)

來自大陸的報告之四：夢的傷感

　　九十年代的第一個春天悄悄地來到大地，浴血之後的大陸並沒有因為春的到來而恢復生機。經濟指數在繼續跌落，工廠停工待料，公司貨物積壓。街上的人們行色匆匆地走過，若有所失地掃一眼天空和周圍，賣冰淇淋的老頭歎著氣緩慢地推著吱吱作響的車，幾個大兵神情緊張地躲開人們注視的目光，擠上擁擠的公共汽車，潮水般的自行車衝向沒有警員指揮的路口，撞擊聲和吵罵伴著車鳴孩哭，在灰色的風沙中聚集著一種強烈的情緒——不滿和怨忿。

　　八十年代初的春天，中國從上到下充滿了夢的喜悅和亢奮，城市的腳手架和鄉村中的集市，構成了這首夢幻曲的基礎音符，民刊、競選、平反、獎勵使音調不斷上升，揭開了十年改革的序幕。然而這只是一個漫長而短命的夢，痛苦和失望淹沒了夢幻，面對今天的中國，面對無數的工廠停工停產，面對著賣不出去的大白菜，面對著灰溜溜的解放軍，他們不再敢有奢望和幻想。今天的中國，老百姓對什麼都不再激勵，對什麼都不抱奢望，對什麼都不再相信。

　　年輕的寄希望於房子、工資和出國，中年的鍾情於安寧和吃喝，老年的沉醉於棋牌和老年迪斯可，不要再對他們有更高的要求，當你生存在別人槍口之下時，也許找不到比這更實際的生存方式。他們是生靈，是活生生的人，人類最基本的渴望是生存，他們不想失去這基本的權利。

　　我疲倦地從外地回到北京，北京人似乎突然熱衷於古典音樂廳，天天人滿為患，李德倫不用再大喊音樂文化的失落，中央樂團的小提琴手已拉病了好幾位。報紙雜誌被斃掉了一大半，電視電影題材單調，千篇一律的新聞和文件使人們尋找被允許範圍內的刺激。於是音樂廳、酒吧和私人沙龍就成了北京的時髦。過去的圈子被打散了，體改所的人關的關，走的走，新聞界的活躍分子都開始研究毛澤東的《論持久戰》，有路子的則出國。還有一大批既不想出去，又不願沉

默的人，只能重新組合，形成一個個新的沙龍、新的圈子。

「周南這傢伙撈到了肥差，香港現在是最好的地方，進可攻，退可守，實在不行一走了之。」有人不顧周公子在場，半羨半歎地說。

「李總理這次去蘇聯回來，不知海關怎麼處理無稅指標？聽說海關已經承受不了各部委的壓力，準備廢除三個月內出國人員不給無稅指標的規定。」某副委員長的公子說給在座的海關公子聽……

這種不定期的聚會已不再輪流在各位家中，中國政局的微妙使公子們知道現在應給老頭們少惹是非，老鄧歸天之後的生死沉浮現在誰也說不準。香港有雜誌報導國內軍方一些少壯派要政變的新聞，著實使高幹子弟恐惶，但使一些知識份子興奮。雖然「總政」後來下了個文件闢謠，但這種事情每個人心中有數。目前北京最有名的沙龍要數大北賓館西餐廳和西單的豆花飯莊。這兩處要吃的有吃的，要女孩有女孩，從來無奸細，去往皆熟客。素以臺灣新上任海工會主任章孝嚴表姐自稱的豆花飯莊女老闆劉則智，近來已不再拿鄧小平、楊尚昆等在飯店的照片來吹侃自己，因為她不想讓人們對她有某種說不出的成見，反而公開承認民運領袖王軍濤、陳子明是她摯友，臨時逃離北京前還在她這兒「撮」了一頓。遇到老友臺胞，還常常拿出當年蔣經國的一件皮袍照片當眾顯示，訴說她母親和章亞若的姐妹深情。豆花的情調華而不豔，交通方便而地處繁華之地的西單路口，當入夜北面的百花夜市燈火輝煌、人聲鼎沸時，吃客漸少的豆花飯莊則開始換來開車族的常客，賓士、豐田、尼桑、切諾基等北京顯眼的名牌轎車停滿不大的停車場，把古色古樸的豆花飯莊染上一層現代的色彩。

走上二樓，竹子隔開的五間雅廳秀麗迷人，身穿四川布衣的婦女服務員在劉老闆的調理下，個個彬彬有禮，微笑勤快。熟人自有熟路，每個週末九點左右，一夥人就有大半已經落座，一碗四川地道的湯圓上來，能侃者早已侃出聲：「諸位看沒看昨天的北京日報？河殤百謬搞完之後，徐惟誠還覺不過癮，又開始進行深入攻擊，矛頭對準蘇曉康的籍貫了。」說者是在文化部工作的甄某，為《河殤》的發

行，他沒少費過勁。他說著手裡拿出一份北京日報，手指著一段文章說：「看，就是這兒。文中說作者原來被《河殤》裡學貫中西的架勢『鎮』住了，後來聽說蘇曉康是四川人，立刻想起了四川的『把子客』」。「什麼是『把子客』？」聽劉大姐講，她家鄉的土語。

劉老闆用沙啞但清晰的聲音解釋道：「四川人把吹牛、說謊、信口開河和『侃爺』叫『把子客』，也叫『扯把子』。到四川鄉下，拉一個圈子，耍幾套槍棒，然後就開始吹或賣的人就是『把子客』。」

甄某繼續道：「這篇文章把蘇曉康稱為『把子客』，不惜進行人身攻擊，並透露蘇曉康他們要在美國辦刊物。我看徐惟誠這篇文章完了以後還有什麼可寫？」

另一個戴眼鏡的人說：「瞎編什麼不可以寫？報紙電臺在手中，還不隨自己編，老徐現在是常務副部長（中宣部），寫點什麼，底下報紙總編保證放頭版。現在有幫人專靠亂編亂造過日子的鳥記者，前幾天我看到新華社一個叫鄭什麼聯的記者，寫了一篇通訊，題目叫〈雷鋒屬於世界〉。居然聲稱美國西點軍校所有學生均以雷鋒為楷模，每位學生手冊上都印有『人的生命是有限的，為人民服務是無限的，要把有限的生命投入到無限的為人民服務中去』的雷鋒日記摘抄。並活靈活現地說西點軍校校部大廳掛著五個全校學生所仰慕的英雄像，雷鋒是第一個。真是叫人哭笑不得。這則通訊居然登在全國各大報紙上，不知新來的美國大使李潔明是否會暈過去。」

筆者插言道：「這算什麼？他們編新聞不是早就是常態了？」

幾雙眼睛刷地一下朝我看過來，這種話也許說的太重，劉老闆見狀馬上打圓場道：「他剛從美國回來，說話不知輕重，我們不談政治聊別的。其實李鵬也沒有什麼了不起，我媽媽當水電部副部長時，他才從蘇聯回來，還是老娘給他找的工作。」

「其實剛才李先生說的對。」一個四十左右的人，猛朝我看了一下，說：「現在報紙沒真的可寫。寫什麼呢。國內36%的工廠停工，

國庫只有三四個月的庫存額度，九〇年度開始還借款，世界各國如不解除制裁，新的不來舊的還不上，他們沒辦法向老百姓交待，只好假話連篇。國際問題所有版面均減少，中央電視臺國際新聞盡報導南非下雨，美國漏油的小事填時間。羅馬尼亞隻字不提，東歐現在成為禁區。」我掃一眼周圍，發現幾位當年活躍於經濟圈的聞人，他們都曾是體改所的骨幹成員，現在有的人調入體改委，有的則到大學教書去了。這裡每週有一天不對外開放，所以比較清靜。而且有許多旅居北京的外國學生，學者和外交、新聞圈的人常來。由於這裡是「租界」，不用擔心「查戶口」（公安局的人）的進來，所以這個沙龍的談話內容開放得多。一位在八五年鼓吹梯度經濟論的學者正談外債問題：

「現在經濟狀況已經走進谷底的深坑了。從八一年到現在外債已有四百億美金，每年光利息就近一百億人民幣。而這個月庫存只有一百六十二億左右。西方國家一制裁，原來以為能用來借新款還舊債的十幾億美元泡湯，日本三十億美元貸款的談判又停止，使大陸整個信用全沒了。不要說世界銀行剛剛鬆動一點，就是所有西方國家全都恢復貸款，沒有六七年都緩不過來。加上內債一千二百億人民幣，赤字一千一百億，低增長率，按我哥兒們劉利群的話：『不要說六四有一天可能平反，光就經濟壓力，也夠那幾個人受的，好命不長。』」

看來明顯有人持異議，一位經濟所的博士慢聲慢語道：「我覺得中國經濟狀況並不像您老說得那麼慘兮兮的。首選排除六四的政治因素，今年經濟增長雖然低於10%，大批工廠停工停產，好像經濟走入死谷。但你別忘了這種低增長是我們在八六年所要求最響的口號，從八〇年到八八年，中國人民銀行平均每年多印五百億鈔票，物質上漲指數和通貨膨脹不斷上升，已經到了極限，如果沒有八九年春天的學潮，李鵬倒得更快。其實「六四」殺人救了李鵬政府，轉移了經濟矛盾。現在中國又回到了文革之時，全球皆敵。美國講人權是主義，蘇聯講多黨制是修正主義，鄧小平比老毛走的路還窄。毛澤東時代雖然全世界不喜歡他，可他畢竟還有十億子民頂膜崇拜。老鄧可好，裡外

不是人，連大公子、二公子都有怨言。我看我們今天在這說這些犯不了死罪，也不會像文化大革命那樣關起我們。」

也許他是軍人又是長者，屋內的氣氛立刻顯得更自由了。人們不斷地埋怨大陸新聞的枯燥和虛假。筆者知道李瑞環近日要求各省市在九〇年清明節前，再借掃「黃」為名，將各地不受控制或控制不力的刊物查封，不稱職的主編社長撤掉，以免再發生輿論失控的被動局面。中宣部為了配合李瑞環的指示，專門抽調了「共產牧師」曲孝、李燕傑等組成檢查小組，由文痞徐惟誠帶隊巡查各省區。同時在三月份召集全國各省黨委宣傳部長和大陸主編到中央黨校集中學習二個星期，佈置宣傳方針及針對蘇聯和東歐的變化，怎樣對中國老百姓宣傳。中共軍方總政治部為此還專發一個長文件，要求全軍在近日內「掀起一場學習馬列主義的高潮」，以免軍心不穩。

所以，目前國內的老百姓根本不看報紙。具有諷刺意義的是，中央電視臺從二月初開始重新播放電視連續劇「末代皇帝」。

一日，應老友之約到位於北京長安街東端大北窯的大北賓館參加Party。一進小廳門就聽到裡面吵成一鍋粥。坐下來一聽才知道是在爭論經濟問題。

「2%的低增長一月之間實現，應該是對搞經濟的人來說，目前物價增長指數為7.6%是最佳幅度。這時侯重整大陸經濟秩序是最好的起步。關鍵是這時候應該有個經濟有雄心的總理。李鵬肯定不行。民情、政情和他自己的能力與德性都不行，不用談他了。趙紫陽？也屬淘汰之列。性格懦弱，耳根又軟，打高爾夫球都打不好，何況執掌大陸。李瑞環更不行，哄哄街頭打牌下棋的老頭，捧捧花旦歌星的臭腳還是塊料，搞經濟他一邊站。」

「那非你莫屬了？」有人大聲道。

「他也不行，普林斯頓的墨水澆不開東方的曼陀鈴，看來只有等李登輝來大陸競選總統了。」另一個人嘲笑道。

　　一句話讓人們想起了馬上就要開始的縣鄉人民代表大會換屆選舉的事。中共大概想起了十年前北京高校競選風潮，唯恐學生們再次借此鬧事，這回居然由中共中央下達了有關選舉換屆的文件，連最起碼民主的樣子也不裝了。文件內容連恐帶嚇，要求七億選民不得有「非份」這思想，議論一會兒選舉問題，又進入經濟問題的討論。素有「侃哥」著稱的人大才子曹某聲稱：「經濟底谷狀況是李鵬的一道難題。但李背後有老鄧、陳雲，他們還有最後的殺手鐧──打臺灣。最近楊尚昆巡視上海、福建，引起軍內上層注意，海軍上海基地司令劉興文上次到我家說，海軍已調動最佳裝備給南海和東海，海軍航空兵也將殲五換成殲十，這在軍隊換裝史上從來未有過，一下跨五代。從中蘇邊境下撤的部隊和雲南邊境的部隊正向福建移防。戰爭，只有戰爭才是解決經濟危機的最後辦法。日本、德國掀起第二次世界大戰不正是因為國內經濟糟糕而引起的。臺灣是塊肥肉，外匯存底本七八百億美元，只要準備充分，一個星期就可以拿下來。關鍵在於怎麼找國際藉口。所以前一段對台獨猛攻擊，就是給全世界，當然主要是美國聽的。最近楊尚昆接見南京軍區司令向守志時說：『美國可以打巴拿馬，我們也可以打臺灣，而且比美國要占理。我們是爸爸打兒子，美國是欺負鄰居的小孩。』這段話的記錄給老鄧看後，大發雷霆，將楊叫去訓斥一通，所以最近楊主動要求退休。其實老鄧最喜歡楊尚昆，只是覺得楊沒有國際經驗，前一段放楊去中東玩一圈，目的就是叫他長點見識，誰想楊仍然沒長進，但楊尚昆的話實在是老鄧心裡的話。只是還不願過早吐露而已。挽救中國經濟，唯一最省力的辦法就是佔領臺灣。老鄧現在是在等美國的態度，如果西方制裁停止，大陸貸款有落，臺灣問題可以放後一步，如果西方仍然不鬆口，那對不起了，十億人民要吃飯，只好管臺灣同胞伸手要了。」

　　幾位軍界的朋友證實了軍內對臺灣的注意力，舟山群島基地已擴大為海軍陸戰隊培訓中心，青海湖潛艇製造中心的產量大增，今年可出十艘。這是一個悲勢，民主的浪潮衝擊了大陸的經濟，走入底谷的困境使其想到鋌而走險，嗚呼，美麗的臺灣島。

記者近日連續走訪了幾位在中共中央有關部委的朋友，從中得知，目前由於蘇聯戈巴契夫公開提出多黨政府，迫使中共老人黨做出「多黨參政」的表態，其實就連這個口號的提出也曾遭到以王震、薄一波為首的死硬派反對，陳雲在病榻上有氣無力地哼出：「不能把我黨幾十年奮鬥所奪取的紅色共和國，成千上萬的革命烈士的鮮血所換來的社會主義變成修正主義，不能否定中國共產黨，否定無產階級專政」，為了這個多黨參政，老人黨分成兩大派，另一派是以彭真為首的「法制」派，他們借學運的結局，聯繫東歐這段時間的巨變，提出艱難時期的工作方針和策略，在幾次政治局會議上爭吵不休。最後由於老鄧站出來表態，同意彭真的分析，使多黨參政出籠。據說老鄧是受到中央統戰部朱良搞的一份內參的影響。這份內參是由去年派出的大量情報專家，實地考察東歐和蘇聯之後，費心一個月在萬壽賓館內寫成的〈關於東歐時局的若干問題〉。文中對蘇聯戈巴契夫的評價是「善於借西方的民主制約反對派，抬高自己的權威和權力，是一個徹頭徹尾的機會主義者。」鄧小平看後感觸極深，大概後悔自己沒能像戈氏一樣大出風頭，兔子落在了烏龜後面了。棋差一著。

鄧不愧是政治場老手，他知道，如果中共繼續頑固抗拒和敵視東歐與蘇聯的民主浪潮，將使中國在東西方之間處於日益獨立的困境。中共高層在痛苦思考後，決心在和西方繼續談條件的同時，打出「多黨參政」的虛牌，企望以此緩和西方對中國的經濟制裁，獲得新債還舊債。

但與此同時，國內開始大規模肅清異己分子，繼海南梁湘之後，鄂而康等紛紛下臺。八九年春天指揮不力的武警司令李連秀、政委張秀夫被撤職，調入兩萬名屠城有功的解放軍充實北京武警部隊。同時以掃黃為名繼續封殺輿論，並在中央黨校一部開辦省長班，清洗地方首腦的頭腦。

在政策上，用江澤民的嘴到處宣揚中央集權的領導，要求各地完善社會主義制度，穩定社會主義經濟，加強黨的領導。企圖重新用一黨專制堵塞由於十年改革所打開的自由漏洞。

在行動上，為了防止出現東歐式的動盪，中國政府發誓要將所有的「不穩定因素消滅在萌芽狀態。」所以，各名牌大學一年級學生被強行送往軍營，使人想起了希特勒時代的德國，政治學習每週三次，學文化大革命時期。關停四百家出版社和報刊，並準備利用今年三、四月份的基層人民代表換屆時，同時換班各級黨委，「徹底掃除前一段時期存在黨內外的各種不利因素。」

在策略上，宣揚民族仇恨，報刊電臺不斷攻擊美國及西方的制裁和歷史怨仇，「激起人民對帝國主義和西方霸權主義的無比憤怒。」在軍備的同時，以台獨為靶子，對臺灣政府進行攻擊。為攻打臺灣製造輿論準備。

為了更好地控制人民群眾，中共在年初推出政令，建立公民和單位的「終身社會識別號碼」和「社會保障檔案」，從而進一步掌握不利因素的活動和材料。公安部黨組在給喬石的報告上指出：「這套系統是仿造美國的社會安全號碼而設計的，對偵察敵特和搜捕逃犯最有效。」同時「在心理上對公民產生一種社會壓力，感到社會專政機構處處都能掌握自己的狀況，具有極強的威懾意識。」

為了從根本上「改造」大學生和知識份子，從今年春天開始，將有二萬剛剛從學校畢業的大學生、研究生下放到基層，而且強迫安置戶口，尤如二十年前的「五七幹校」運動，目的是懲罰大學生的判逆心理。國家教育委員會發佈的大學生畢業五年內不准出國留學的規定，在知識份子階層引起相當大的驚慌，許多人開始考慮子女的前途，有海外親友的人已不讓自己的孩子讀大學，而是儘快複習英文和考託福，準備中學一畢業就設法出國留學。

這種整肅的氣氛對中國大多數老百姓多少還是起到了一些作用。筆者在春節期間看到北京的市民熱衷於購物和大吃大喝，仿佛什麼都未發生過。無數人和無數個家庭冒著寒冷的北風站在剛剛開放的天安廣場前拍照留影，從那一張張微笑的面孔上絲毫找不到我們身在海外的民運人士臉上常常流露的無奈和惆悵。

　　中國人也許對政治太疲倦了。幾十年、幾百年的戰火和政治運動，使中國的老百姓追尋一種安定的環境，即使是多麼壓抑和痛苦，只要有飯吃，有衣穿也就夠了。

　　總之，中國人再沒有一年前的那種狂熱和興奮，對未來寄予希望的美夢已被坦克車的履帶碾碎，留下的則是一片帶血的傷感和痛楚。這種內心深處的傷感和失望還有多久，沒有人知道。正如北京火車站一位中年售票員所說：「世界那麼大，而人生又那麼短暫，我們不會再對未來去做美夢，因為它已經使我們身心疲憊了。今後的日子，我只希望有吃有穿，每天回到家裡能安安靜靜地看看電視，並在電視沒關之前睡著了。明天再說明天的。」

(原載香港《百姓》半月刊一九九〇年三月十六日第212期，署名：李遠)

北京之夜，醉在歌廳

誰能知道，北京青年那玩世不恭的情緒背後隱藏著什麼？

今天京城夜生活：彪舞、擂歌。

一支「北方的狼」，一首「昨夜星辰」，一段當年的「革命樣板戲」以及一曲「大海航行靠舵手」，在京城夜生活的消費者看來，遠比舞場的大汗淋漓更有韻味，他們為歌手唱了自己喜愛的歌曲感到滿足，他們也為自己可以登臺唱上一曲「西北風」或是「一把火」而感到興奮和刺激。

京城宣武區，歌廳從原有的四家增加到了七家。

一項不完全統計，僅北京西城、崇文、宣武、海淀區的註冊歌廳達三十八家。明星、四季、星光、麗麗、新風、聚雅、溫馨、萬國、金夢……遍佈京城。各家的經理們都在以其獨到的設計妝點著自己，有的曰歌舞廳，有的叫酒吧，也有的稱其為酒廊。

京城的歌廳大體可分三類：單純聽歌的「音樂茶座」，既可聽歌又能跳舞的「歌舞廳」，自歌自唱的「卡拉OK廳」。在這裡的OK廳中又分為三種：有鐳射唱碟、無樂隊伴奏廳、錄影帶伴奏廳。

如今京城歌廳中走紅的自歌自唱的OK廳。地處西城三里河財政部附近的明星卡拉OK歌舞廳，據說是北京首家開辦的卡拉OK。歌廳年輕的經理，北大學生張蔚解釋說，北京人自我表現的欲望很強，八九年春天的民運和遊行已成為歷史，面對現實卡拉OK的這種娛樂能使他們達到某種心理上的滿足。

北京的歌廳是「貴族們」的領地，二十元一張的門票，對於普通人來說，即使表現欲再強也只能「望廳興歎」。位於前門正義路團中央附近的聚雅酒廊，是北京開業最早的一家「音樂茶座」。在這裡消費一杯咖啡六元，一罐可樂六元，若是要一杯「天使之吻」的雞尾酒

則需二十五元，這家酒廊點歌付費與否自便，而大多數歌廳的點歌則必須付費，據悉，一般每首歌要付十元錢，大凡光顧歌廳者，不可能在這些款項上都「一毛不拔」。有估算說，歌廳最低的消費者每晚也在四十元以上。

北京的歌廳基本上是利用飯莊、影劇院的閒置場地，多數的經理是租賃的承包者。他們在用高價格支付著歌廳設備及裝修的高投入。歌舞廳型的溫馨酒吧每年要上交人民幣五萬元，音樂茶座類的「好運」歌廳每天要付給樂隊180至200元。歌廳中投資最大的要算卡拉OK廳。它所需要的電視監視器，大螢幕投影儀及完全依賴進口的伴奏帶和鐳射視碟，總開支往往達幾十萬元。

無法分清這些消費者的職業。歌廳的經理們稱他們為「大款」、「小款」。經常光顧明星OK廳的一位叫齊威的年輕先生說，他在經營一家公司，他不覺得來歌廳的支出有負擔。

也有一些情侶偶爾到這裡聽歌，他們在尋求歌廳中燭光的溫柔。偶然一次的消費既給談情帶來了新意，又使男士贏得了面子。而近來歌廳的經理們發現，到這裡公務待客的人在逐漸增多。四季卡拉OK廳經理朱彤分析說，這種方式待客比吃飯店節省，格調也高雅。

來歌廳的「大款」、「小款」們聽歌的口味五花八門，有喜歡「火」點的，有喜歡溫情的。在聚雅酒廊，一位光顧者讚歎歌手一曲「北方的狼」唱得精彩，自己買單送去兩罐可樂，還是在這家歌廳式酒廊，一位客人拿出七十元錢請歌手唱七遍「再看你一眼」並獨自一人在桌上點燃七支蠟燭。

夜生活消費者口味的五花八門，帶來了京城歌廳的多姿多彩。地處四條路口利用一家浴池裝飾成的星光OK廳，在歌手的演唱中，每週定期穿插著專業文藝團體的拉丁舞，以及搖滾樂和化妝舞會。在北京一家報社幹過六年記者的年輕經理崔曉工，把他的歌廳型酒吧打扮得極富文人氣質，四周的牆壁上每月更換著中央美術學院學生的繪畫作品，他還別出心裁地在其酒吧舉辦OK生日晚會，並每月出資三千元在

當月最後一個週末的晚報上刊登下月的活動安排。

與三里河國家工商局為鄰的四季卡拉OK歌舞廳，在引進視碟、伴奏帶的同時，還聘請了一支樂隊及歌手，以努力彌補伴奏帶曲目狹窄的不足。此外，在服務員的裝飾及燭臺的式樣上似乎都在遵循這家歌廳的經理，曾經擔任中國劇院經理的朱彤的典雅風格。

新風OK廳座落於京城的黃金地帶西長安街，在隔路相望的電報大樓的鐘聲伴隨下迎送著每一位光顧者。歌廳的經理們幾乎在集音樂會之大成。這裡不僅有OK唱碟、樂隊、歌手，其每晚的節目中還有小品、相聲、戲曲。登臺的一位七歲小演員還被中央電視臺文藝部的編導看中。新風大有重領早年長安大戲院之勢，每個週末都要加桌七、八張，聽歌者如雲。

搖獎也被引入了京城歌廳。位於西四大街上的金夢歌廳經理別出心裁地在每晚的門票中設立一個獎局，作為當晚氣氛高潮時的節目以吸引「回頭客」。獎品五花八門，有當今時興的玩具，也有工藝品，如果你是幸運者中獎，便相當於免費進一次歌廳。

身臨大學區的海淀麗麗歌廳服務小姐多數來自人大和北大的學生。歌廳經理冉永大每談及此事都感到驕傲，他說這些大學生給歌廳帶來了高水準的服務。講英文的老外光顧這裡時，她們都能對答如流。這位冉經理透露，大學生到歌廳來服務的目的各有不同，有希望瞭解這個消費階層的，有希望鍛煉交往能力的，有為考託福掙收入換美元的，也有的為出國後勤工儉學打基礎的。

在人民大學讀書的一位女學生坦率地告訴筆者，來歌廳做服務員是出於經濟考慮，臨近畢業，開支大。但她說，單純為這一點也不來。她是學檔案文秘的，希望鍛煉接觸各種人的能力。對於一些同學的議論，她不以為然，有什麼不能幹的呢？你是市長，我為你服務，個體戶也一樣，大家是平等的。她尋求一種理解，一位來自美國的留學生臨走時對其服務表示了讚賞，她說，有這樣一句話就夠了。她每週來歌廳四次，月收入一百多元，用她的話說，一個月下來比父母給

的和獎學金還多。

與麗麗歌廳鄰近的燕海心雅廊酒吧卡拉OK廳，主辦人鐘甲，復旦大學經濟系畢業生，曾在北京星火公司任職。為了證明自己的獨立能力，他自己貸款辦起卡拉OK，「心雅」取意英文「Sing Along」。鐘甲把他的歌廳佈置得別有天地，舞臺的牆上是一把破了的吉它，麻繩編成一個個解不開的結，令人想起了一年多前他的校友陳軍所開的捷捷酒吧。

鐘甲能歌善唱，他的歌舞廳為顧客提供了特殊服務；實行定期信用卡，持卡人可以在定期內免費進入OK廳，可以享受免費接送。他還規定每週四、週日為：「女士之夜」，女士一律免費。

京城眾多的專業演出團體，為歌廳的樂隊提供了「臺柱子」。歌廳樂隊最普通的形式是由經理委聘於一兩個專業樂手，由他們去聯合其熟悉的，更多是業餘的夥伴同台演奏。也有人把歌廳樂隊的「臺柱子」們稱為穴頭。相當數量的樂隊與歌廳的合作關係比較鬆散，出於演奏風格和經濟效益的因素，經理們也時常要更換樂隊。在京城歌廳中，合作時間最長的要算「茶座」型聚雅酒廊的太空神樂隊，這也是被公認的甲等一級的少數幾個歌廳樂隊之一。樂隊的核心，中國鐵路文工團管弦樂隊首席小提琴手商泉說，兩年來在這裡的演奏，獲得了許多配器方面的藝術靈感，除此收穫之外，也為將來出國深造積累了些資金。

他所熟悉的在京城歌廳演奏的樂手中間，有的用這項收入添置了自己喜愛的上等樂器，有的則用其改善家庭的生活。京城的歌廳與樂隊的分配方式大體有固定付費或門票及飲料分成兩種。歌廳的經理們說，每天支付樂隊的費用在二百元左右。

有人計算過，在這裡演唱的歌手，每月的收入大概可以買兩套品質頗佳的服裝，某種程度上他們比樂手要辛苦的多。一些人為了多得到點報酬，每晚要在兩個歌廳唱歌。圈子裡的人稱這叫「跑場」。歌廳的經理們雇不起那些已經唱紅的明星歌手，因為在演唱興旺期，那

些稱之為「大腕」的歌手們每場的酬金有五百、六百元。而眼下歌廳的經理僅能付二、三十元的演唱費，他們只能與「新秀」們打交道。

最近得到的一個消息說，由於演出、走穴的不景氣，使得原來也有些名氣的「小腕」們開始降價尋求在歌廳演唱。這些歌手畢竟出自專業名門，久不演唱擔心「天賦」會退化。對於那些沒有進入科班的「新秀」們，他們沒有這樣的顧慮，來歌廳演唱時尋求開心、興奮、刺激、解脫，他們不去研究音色的理論性，而是在體會一種感覺。

中國音樂學院通俗班一位二十一歲的女學生，在即將畢業時決定找一家歌廳做為實習的場地。她也在尋求一種感覺，一種同大舞臺不同的感覺。這是她平生第一次進歌廳唱歌，護國寺人民劇場「溫馨酒吧」的聽眾，說她的歌聲像鄧麗君，而她自己則認為誰也不像，她的歌就像她自己。這位小姐對筆者說，中國的通俗歌曲離不開民族化，她希望在這方面能有所提高。她同時抱怨說，歌手們每天都在撿海外的歌來唱，我們自己人寫的詞曲太少了。儘管歌手們有這樣的抱怨，但京城夜生活的消費者們仍然為歌廳眾多來自港臺海外的情歌以及「火」歌叫好。

在這一片的叫好聲中京城內原本為數不多的嚴肅音樂茶座更日漸冷清。北京音樂廳一樓的音樂酒吧，有著一流的鋼琴演奏員，但即使在週末，也是門庭冷落。有錢的「大款」們嫌這裡不夠「火」，而喜歡舒伯特的人們又囊中羞澀。雖然這裡進門不收門票，雖然酒吧內佈滿音樂家的肖像，他們仍覺得喝這裡六、七元一罐的飲料欣賞音樂太奢侈。具有錄音師職稱，曾經是中央樂團團委書記的這家酒吧經理董志剛，有著一整套打算，他設計著要將大提琴、古箏、吉他、鋼琴每週不重樣地安排於晚間演奏。可聽眾呢？經濟效益呢？承包這一酒吧的董志剛感到了困惑。

誰也怪不著誰。高收入的人們在發展著這裡的歌廳，也在依他們的愛好塑造著歌廳。那麼歌廳呢，它有反作用嗎？

四季卡拉OK歌舞廳的經理朱彤認為這種場所更多的應是娛樂，不

能過分地強調其教育性，我們希望和努力去做的是通過歌廳典雅的環境和上乘的服務來潛移默化地影響和提高人們言談舉止的水準。

另一位不願公佈姓名的歌廳經理則說：八九民運的失敗說明了中國老百姓和知識份子的柔弱性，在歷史和文化的背景中都藏著很深的缺陷，要試圖改造這些必須從基礎做起。民運是以暴力對暴政，而歌廳文化則是一種令執政者防不勝防的潛移默化，一種腐蝕，一種催化劑。

京城的歌廳不都盡善盡美，聽歌者也不都盡人意。令經理們最為憂慮和最為棘手的往往是歌廳治安秩序。雖然多數歌廳雇有保安人員，也儘管歌廳內不賣烈性飲料，但酒後進歌廳鬧事者，爭風吃醋者時有出現。

隨著市場的競爭激烈，各方面實力不強的一些小歌廳漸漸無人問津，而大歌廳們則在加緊謀劃新的花樣。他們自信，在這座數百萬人口的城市，每千人中有一人聽歌，他們的歌廳前就會車水馬龍。他們誓當京城歌廳幾足鼎立之一。

一位歌廳的經理對筆者分析說，來歌廳的高消費者是北京的一批特殊階層，就像十年前經商族，改革族和個體族一樣，他們是支撐北京文化生活的主力軍。

對於京城幾百萬普通市民，嚴格地說，北京沒有夜生活。物價的爬升，工資的貶值，對未來的迷茫與失落，使大多數北京市民早睡早起，兩根油條一碗豆漿，打發早晨，一杯二鍋頭半升北京啤酒消磨夜晚。無可奈何地看著這個零亂地世界，感歎世間的不平。

（原載美國《中國之春》月刊一九九〇年十一月號，署名：趙進）

北京奇觀：瘋狂崔健

在海外早聞崔健大名，但直到不久前才有機會目睹這位青年才俊的風采。

眼下的北京，政治上一片沉悶。人們都在其它方面尋找刺激。某日，一個朋友問我：「你知道當今首都大奇觀是什麼嗎？」

「自然是春季的風沙」，我毫不猶豫地回答，「天是黃的，太陽是綠的，全城一片混沌……」

「錯，那是老黃曆了」朋友打斷我的話，道：「告訴你這海外洋包子，當今首都奇觀是崔健的搖滾樂演唱會。」

終於有一天，我回國時得到了一個機會，去參加崔健演唱會。我隨幾文藝界的活躍人士來到北京展覽館劇場，黃昏之中，只見從售票處前的小廣場到街對面的小馬路上，人頭攢動，每向裡面走兩步，就遇到手拿著一大疊「大團結」要買退票的「崔迷」。當然，人群中也有手握一大疊入場券物色賣主的年輕人。

朋友告訴我去年三月的一場「崔健新長征路上的搖滾演唱會」，使無數大學生和年輕人發狂，接著就發生了震驚中外的學潮。不管怎麼說，崔健是如今大陸最受年輕人崇拜的歌手。雖然人群中有大量便衣員警在查堵，但五元一張的入場券仍被炒到了七十至一百元。「雷子」（員警）們在通向劇場的彎道前增設了一道卡，檢票的則全是武裝員警。劇場內外，高音喇叭一遍又一遍地播放著北京市公安局的有關通告……令人不禁想起了一九八九年的春天。

開場鈴剛過，眾多的觀眾便忽啦啦地站立起來，劇場裡響徹一片「崔健！崔健！」的呼喊。我側面一看，只見大多數年輕男女都佩戴著校徽，北大、清華、鋼院、外院……。我有些迷茫，以為走進了邁克‧傑克遜的音樂會場，那種如癡如狂的景象猶如西方社會常見的場景，而對於我們這些久離故土的人來說，又是那樣的陌生。

「你們好麼？」身穿亮麗黑色演出服瘦小的崔健，嗡聲嗡氣地對著麥克風說。

萬萬沒想到，在劇場裡激起排山倒海的「好」聲和瘋狂的喊聲：「崔健，我愛你！」、「崔，我要你吻我！」、「我多想擁抱你一下！」……有的人則不停地蹦跳，那種狂熱令我無法理解，也許我從來也沒有為通俗歌曲迷醉過，一星期也不會有時間去看一會兒MTV，而對臺上正啞著嗓子「喊」著「南泥灣」、「一無所有」等歌，唱法和演技明顯是模仿MTV演唱者的崔健，我感到中國青年人文化和藝術的貧乏和無知，假如有一天邁克到中國演唱一場「我永遠不要離開你」，恐怕大陸搖滾樂迷們，不把天安門踩平才怪呢？

不可否認，十年來中國確實開放了許多，不但有了藍鳥轎車、松下冰箱、三洋彩電、山水音響，有了雀巢咖啡、牛仔褲、檯球、電子遊戲機、變形金剛，而且有了好萊塢電影、流行歌曲、搖滾樂、時裝表演。霹靂舞從街頭走上了電影銀幕，「比基尼」襯托著少女豐滿的胴體在千萬老鄉前公開亮相，嬉皮樂手愜意地和外國人一起同台表演輕音樂、通俗歌星自由地向大眾抒發心靈的憂傷和迷茫，然後將大把的票子塞進褲兜——死去活來的愛與恨，千奇百怪的感覺和思想。

這一切，對於我們在海外的留學生顯得太陌生了。我坐在劇場裡好像一個天外來客，無法融於我周圍那些搖頭晃股，如醉如狂的歌迷們。在又一陣狂風暴雨般的巴掌聲和喊叫聲響起的時候，我在沒有任何人注意的情況下走出了演出大廳，來到休息室點上一支安靜大腦的煙。屁股還沒坐穩，又一個人來到休息室，一身和崔健差不多的「黑紳士」裝，絲毫不客氣地從我手中拿過煙去，對著了他口中的那支煙頭。

「他媽的，真過癮極了，要不是憋不住煙癮，也不會和你坐在這兒。」他說著，兩條腿還在隨著隱約聽到的樂曲抖動。也許是太激動的緣故，他需要一種內心的發洩，我們立刻成了「侃友」。

他叫「張四兒」，自崔健「出道兒」就成了崔健的「捧爺」。

　　張四兒進過「圈裡」（監獄），現在是體面的業主（個體戶），在動物園前有自己的飲食攤點，在北展劇場前的自由市場也有兩個專賣高檔牛仔褲的鋪子。照張四兒的話說，人，錢多後，就要增加點兒精神享受，北展劇院是北京文藝界的櫥窗，有什麼新玩意，都會拿到這兒先練場。崔健從「一無所有」到今天的「東方紅」，也是從這兒發起來的，還不是靠我們哥們兒的錢捧起來的？！張四兒彷彿是一位藝術欣賞家似的。他聲稱看新潮歌曲只買前五排的票，坐後頭？顯得太沒本事，也沒勁兒。同時對節目的選擇也很嚴格，挑不起情緒的絕對不看。崔健的歌則是每場必看（必捧）。

　　張四兒把大陸現時的通俗歌唱演員分為「牌亮」和「嗓脆」兩種，演員長得漂亮的叫「牌亮」，嗓子好的叫「嗓脆」。對喜歡的男演員叫「哥們兒」，而不喜歡的則叫「大傻帽」、「臭大蔥」，目前「崔哥們兒」是第一把交椅。女演員則叫「姐們兒」、「妞兒」或「咱媳婦兒」。對喜歡的「妞兒」一般都要她唱得「柔一些」（媚態），或「火一點兒」（性感），否則他們就要「猖一段」（鬧場）了。

　　張四兒終於沒有耐性談得太多，五十元一張的特席位置和「崔哥們兒」那一曲「妹妹你大膽朝前走」使他緊吸兩口煙頭，然後一揮手做出「崔式」拜拜的姿勢，又進了演出大廳。

　　這時早坐在我們對面的一個身佩紅牌北大校徽的人朝我認真看了幾眼，突然問我是不是北大七八級的？我看了看眼前這位似曾相識的北大人，終於想起他就是我們剛入校時的北大團委文化部長張小軍，由於他老爹是京劇界名花臉張華，所以他自小練功練得走路時八字行進，好像一蹦一跳地，故眾人戲稱「跳騷」。

　　我覺得不解地問：「你怎麼也愛上搖滾樂了，你不是喜歡唱京劇嗎？」他不顧生熟地大聲說：「一看你就是老外了，現在北大崔健後援會是崔健最大的支持者團體，今天觀眾裡最少也有北大歌迷一千人，我現在是這個後援會的顧問，因為我是崔健的親戚。」他臉上的

色彩比文化大革命中是毛澤東的二哥還自豪。

　　據張介紹，北大崔健後援會有幾百名成員，是北大繼學潮後唯一仍然活躍的社團組織。第一任會長小沈研究生畢業後到美國留學去了，第二任會長退學做了崔健的前臺主任，第三任會長是北大學潮的領導人物之一，目前在接受「審查」。所以今天由他這個顧問帶隊來了。用他的話說，他們是「在崔健走背字的時候」和他站在一起的。

　　八七年，當崔健只能在馬克沁餐廳、月壇賓館等酒吧裡演唱時，他們把崔健請到了中國最高學府，使輿論界刮目相看這位昔日北京歌舞團樂隊的小號手。「後援會」的成員自然都是崔健最狂熱最虔誠的崇拜者。為了聽一場崔健音樂會，他們通宵達旦地去排隊購票。為了支付昂貴的票款，有的人一連半個月天天吃熬白菜。女學生把崔健的相片掛在床頭，貼在筆記本裡，有的甚至印在乳罩上。「後援會」還經常組織會員在未名湖畔一起唱崔健的歌。每當崔健有新歌問世，他們便在圖書館前的綠草坪舉行一次新歌演唱會，令無數人為之感動。

　　然而他們最熱衷並且下功夫最大的，莫過於到劇場去為崔健叫「威」。他們自詡是「雅皮士」，刻意追求一種「雅皮風格」。崔健演出前，他們要派出專人去看彩排，把他要演唱的歌錄下來逐句研究。攜到劇場的每一塊橫幅和小旗都是精心製作的，每一個動作，每一句啦啦詞，喊什麼？什麼時候喊？喊幾句，都經過認真的琢磨，悉心設計。去年學運前兩個星期，在「通俗歌曲優秀歌星演唱會」上，隨著崔健的出場和滿場的歡叫聲，首都體育館南台突然打出一副標牌：「崔健，你好！」接著又拉起一個巨幅：「北京大學崔健後援會」。員警「嘩」地一下湧向南台，好像一個調兵令旗，使上萬觀眾大開眼界，雖然他們一直在警方的攝影機監視下，但他們視而不見。崔健唱「不是我不明白」，他們就喊：「崔健！有道理，北大支持你！」崔健唱「一塊紅布」，他們就喊：「這個感覺真叫我舒服！」崔健唱「一把刀子」，他們就喊：「崔健，你是一把刀子！」當樂隊結束了最後一個音符時，只見無數隻彩色氣球從他們的座位上升起……

　　看著這位崔健後援會顧問在得意敘述，聽著劇場裡傳出的崔健那首「葡萄皮」，我無法形容我所得到的感受。當中國大陸處於政治——經濟——政治交替影響的時代時，當改革開放改變了中國人習慣的思考方式和行為準則時，當舊的價值觀念和道德觀念已被碾碎，而新的又遲遲豎不起來時，當原來的生存狀態被否定，而理想的生活又不能為人所及時，當物質的東西日益為社會所看重，而精神上東西漸次被拋棄時，當理想中的社會形態在現實的槍口下顯得是那麼遙遠的時候，大陸從知識份子到普通農民，都感到彷徨、困惑、恐慌和沉重的生存壓力。這種被社會學家和心理學家稱之為「集體躁動狀態」的社會表現，不知會對未來的大陸變革與發展產生什麼樣的影響。

　　當我在北大崔健後援後顧問再三勸導下，重新進入演出廳時，崔健那條迷醉了無數少男少女的嗓子，已經顯得力氣不支。

　　大幕終於在崔健唱完「撒點野」後合攏了，一些人起身退場，而更多的人卻停留在座位上對著舞臺大聲地呼喊崔健。一些人索性站到了椅子上，幾個少女正往臺上爬。劇場廣播這時響起，開始播放公安局的「通告」，怪叫和哄笑聲反而更強烈了。歌迷們齊聲唱起了「一無所有」。大批防暴員警進入劇場，驅趕著歌迷。

　　現在的人都變得聰明和乖順，歌迷們不得不走，但走在展覽館西側的馬路上，他們對著鐵欄杆那邊寂靜的動物園高喊「崔健，我愛你！」嚇醒了無數隻樹上的獼猴。走到大街上，他們對著過往的公共汽車高喊：「崔健，我想你！」弄得司機和乘客紛紛把頭伸出車窗外：今晚發生了什麼事？他們一路走，一路唱：「埋著頭，向前走，尋找我自己！」有的則爬上路旁的電線杆，舞著汽水瓶唱：「不是我不明白，這世界變化太快！」他們學著崔健的節奏和腔調唱著今晚不准演唱的「大海航行靠舵手」。一個勇敢的聲音喊道：「遊行去！」有人接著道：「天安門見！」。

　　隨著一道耀眼的燈光照向這群人，幾輛二一二警車開過來。「坦克來了！」有人大喊著，眾人終於散開。我這時已無法找到我的夥伴

兒們了,也不願去找了,因為他(她)們從一進場就沒關照過我,所有的注意都獻給了崔健。現在,讓他(她)們著急地在停車場等我吧!於是,我邊向空中扔著車鑰匙,邊吹著剛剛在休息廳裡聽到的一支不知名的曲子,朝西苑飯店方向走去……

（原載美國《中國之春》月刊一九九〇年七月號,署名:周昆）

北京搖滾，搖滾北京

看了「一個普通的中國留學生」所寫「中國青年需要搖滾」一信，深為該讀者崇拜崔健的熱度而感動。我想作為一個與崔健相識十年，並對北京搖滾現狀有所瞭解的旁觀者，向讀者介紹一下今日的搖滾現狀。

一、爭議的搖滾

儘管崔健在以前就已經出名，儘管搖滾樂早已在北京的文化圈子裡不再是時髦之物，但之後，它再一次成為人們注目的對象。對於老百姓來說，或許因為它屬於西方現代音樂的前鋒，或許因為它歌之狂，樂之勁、抗爭宣洩的藝術特質，搖滾樂在北京屬於有爭議的一族。

儘管如此，搖滾樂在京城始終不輟地發展，忽而公開，忽而「地下」。今年早春，當流行音樂疲軟，文化界緘默的時候，它突然崛起，強悍粗獷、震耳欲聾。兩次搖滾狂潮，連續掀起了。

一月二十八日，在一場罕見的大雪之後，久未露面的搖滾樂隊：「ADO」、「1989」、「唐朝」、「眼睛蛇」、「呼吸」、「寶貝兄弟」，在北京樂壇首次推出大型專題搖滾音樂會。

京城發呆了：北京何時擁有了陣容如此強大的搖滾樂隊？數以萬計的觀眾那如潮如雷的歡呼，如醉如癡的共鳴究竟為什麼？一位京官驚異地發問：「北京今天這是怎麼了？」

聞風即動的西方駐京記者，不厭其煩地追問演唱會的經紀人：「你們在舉辦過程中是否遇到麻煩？你們是否感到當局不一定喜歡這種音樂？」「1990年現代音樂演唱會」的經紀人回答：「這是一種宣洩，一個誰也擋不住的宣洩，我想當局也許比我還瞭解這一點，所以審批手續甚至比以前更寬鬆。」不過他透露：北京市文化局在審批時提出，把搖滾音樂會改為現代音樂會。

至於崔健個人演唱會，據說如果沒有北京市常務副市長張百發的「特批」，他不可能登臺，要知道他已經銷聲匿跡七個月了。

今年年初，崔健提出要到北京、天津、上海等十一個城市巡迴義演，為亞運會集資一百萬元。主持亞運籌備工作、正為籌錢犯愁、四處乞討的張百發聽說了這件事，興奮無比，因為他也是個搖滾迷，特別喜歡麥克・傑克遜的歌，到過他在王府井紅霞公寓（北京聞名的高幹大樓）家的人，都見過他在家如癡如狂地聽西方唱片的情景。這一點，與他同出身於工人的老友李瑞環不同：李瑞環專門喜歡和戲劇界人泡在一起，哼兩句「西皮二板」，來發洩工作上的煩惱。為了使崔健演唱會順利舉行，張百發專門請了幾個身居要位的老頭子，如萬里、薄一波、焦若愚等看了一次崔健演出，儘管張百發不停地為幾位老頭拼命地解釋崔健歌詞的意思，但大幕拉開之後，薄一波已經用崔健事先給他的棉花塞上了耳朵，焦若愚似醒似睡，只有萬里喃喃對身旁的兒子萬祠銓（亞運會籌委會秘書長）說：「我只聽清了一無所有一句歌詞，其它都沒聽懂。」

萬老二指著台下欣喜若狂的觀眾說，「您聽不懂沒關係，有這麼多人都聽懂了就行了。我們要的是錢，社會要的是安定，青年人的事老頭子們永遠搞不清，控制好就行，不要總是壓。」於是終於得到老頭們的首肯。儘管如此，籌辦崔健演唱會竟如履薄冰。消息剛傳出，告狀信就來了，不解、責難、憤怒盡在其中。但張百發已拿到尚方寶劍，以亞運會需要錢為第一理由，決心將這件事辦到底。他親自審查了崔健演唱歌曲的全部歌詞，確保會場的絕對安全，演出前半個小時他又專程到後臺看望崔健，整個演出他親自保駕，在主席臺上從頭看到尾。

演唱會高潮迭起，大獲成功，鈔票滾滾而來，由此而產生的新聞登在世界各地大報刊上。

二、搖滾無國界

在大陸，搖滾樂有點犯忌諱，因為它傳進來時，就背上了與西方

垮掉的一代沆瀣一氣的壞名氣；還因為搞搖滾的總有點「裡通外國」的嫌疑：他們與外國人交往頻繁。

1984年北京出現的第一支啟蒙性搖滾樂隊就是由「老外」組成的，儘管這些老外屬於第三世界的黑兄弟。以後的數支搖滾樂隊，包括崔健原來所在的「ADO」都有外國樂手加盟，據說還有外國人投資。

直到今年春天的演出，「ADO」中仍有馬達加斯加歌手艾迪和吉他手布拉什。「1989」中還有兩位美國人金大友、魯張生，一位來自美國駐華大使館，一位來自美國駐華某商社。儘管他們都起了個中國名字，但金髮碧眼，無法與中國樂手混同。

「ADO」樂隊的名字也與外國人有關。據說更早的時候有一位薩伊樂手和崔健他們一起練搖滾，一見面就說「ADO你好啊！」就是「哥兒們怎麼樣」的意思，以後叫順口了，「ADO」成為了他們的隊名。

北京搖滾不僅「出道」離不開外國人，樂手們最初的觀眾也以外國人為主。他們週末一般總要到涉外飯店夜總會演出，長城飯店、馬克沁都是常去的地方，一則「練練手」，二則賺錢積累點資金。

北京的搖滾樂手並不避諱與外國人的交往與合作，因為在他們的心中「搖滾」是無國界的純音樂、純藝術，甚至不必用語言去溝通。「ADO」的薩克斯樂手劉元說：「我們和艾迪很少交流，我想我們並不瞭解對方是怎麼回事，可一旦我們在一起演出，就完全聽懂了對方。」「1989」的鍵盤臧天朔談起兩位美國「哥兒們」也說：「這是我們樂隊的寶貝，他們很講人格，大家合作很有意思，樂器一上手，共同的感覺就來了。」據說金大友和魯張生在美國從小就是搖滾友，離了搖滾活著就沒精神。

1985年春天，兩支純「國產」的搖滾樂隊「不倒翁」和「七合板」相繼面世。前一支主要由全總文工團大院內一幫子弟組成，後一支是從北京交響、北京歌舞團走出來的崔健、劉元、張永光（號稱

鼓三）等。從那以後京城名稱變化無窮的數支搖滾樂隊：「1989」、「ADO」、「眼鏡蛇」、「五月天」、「白天使」等大都從這兩個圈子繁衍而來，用「眼鏡蛇」鼓手王曉芳的話說：「北京搞搖滾的彼此都是哥兒們！」

這幫子搖滾樂手音樂素質頗高，不少原本在專業文藝團裡吹拉彈唱，既有搞西樂的，如崔健吹小號，臧天朔彈鋼琴，也有搞民樂的，薩克斯管手劉元從嗩吶專業跳了槽，吉他手楊英本職拉二胡，架子鼓手王曉芳打揚琴起家。

他們與崔健走上搖滾的道路相似。大家都有過一段偏愛流行音樂，但又很快厭倦了港臺歌曲陰柔甜膩的心路歷程。時間也相差無幾，他們幾乎同時接觸到搖滾樂，儘管最初那強勁的節奏音樂，運用喉音，喊唱的淩厲歌聲對他們還是很陌生，但他們無一例外地被它所表現出一種尖銳和發自內心的真情實感所震撼，一下子就迷上這種爆炸性的音樂。

「1989」的臧天朔形容自己第一次聽到搖滾樂時的感覺：「這真是最絕妙的音樂，它無論從心理上還是生理上都能滿足我！」

「寶貝兄弟」的歌手常寬是第一個在國外流行歌曲比賽上獲獎的中國歌星，但他在日本領到獎盃後就留下來，轉向專攻搖滾樂。

「呼吸」樂隊的歌手衛華高度讚歎搖滾：「直指人心，震顫靈魂！」

在一篇官方發表的〈搖滾樂在中國的熱浪能持久嗎〉的文章中，有這樣一段文字分析了青年們的上述選擇：「在改革開放的大潮中，中國大陸社會生活方式日趨多樣化，生活節奏日益加快，人們不再滿足於過去的含蓄蘊藉的低吟淺唱，而在尋找一種新的音樂形式宣洩自己對社會對人生的觀察與思考，抒發自己沉重而複雜的思想感情……，搖滾樂比以往任何一種流行音樂更適合於表現這種生機勃勃的現代生活。」

三、宣洩的語言

有人曾經懷疑溫文醇厚的中國人能否接受宣洩抗爭的搖滾，某些行家們卻並不大在意由於民族氣質不同可能造成的排斥，與此相反，他們認為中華民族飽經滄桑，世界潮流面前必須重新選擇，而今所引出的惶惑、失落、苦悶。恰恰為搖滾樂大展拳腳提供了機會，關鍵在於這種音樂能否在中國找到自己的語言。

不出所料，只用了兩、三年的時間，北京的搖滾樂手們就清醒地意識到必須走出單純模仿西方的巢穴。對民族音樂大膽地借鑒，直抒當代中國人胸臆和情感的歌曲的出現，預示著搖滾樂開始擁有在黃土地上紮根的資本。崔健第一個身體力行。

1986年5月，在北京舉辦的一次百名歌星演唱會上，崔健唱畢他的「一無所有」，觀眾「嘩」地站起來，振臂呼喊著他的名字。一位中國人民大學的學生激動地說：「他唱出了我們想說的話，他是我們的約翰·列儂！」

到今年「一無所有」已經唱了四個年頭，仍然擁戴者眾。只要那悠長的前奏一起，歌迷們就會群情激奮，跺腳擊掌，最後紛紛起立齊聲共歌。這首歌由陝北風味，配器中加了一段嗩吶獨奏。中國歌壇躥紅一時的「西北風」從此刮起，但崔健從來否認「一無所有」是風源，他說他的風格絕不是「電吉他+嗩吶=現代信天遊」，他要搞自己的搖滾。

他繼續創作著，「假行僧」裡溶入了京韻大鼓，還用上了古箏；「不是我不明白」含著天津快板的節奏。當這些濃郁的鄉土旋律都西方式地搖滾起來，所產生的刺激又新奇又熟悉，常常令全場觀眾欲靜不能。

音樂只是形式，崔健更擅長寫歌詞，他的詞有思想深度又有人生哲理。無庸諱言，他所作的大量歌曲中有不少敏感題材。據稱，他的「一無所有」、「不是我不明白」，唱出了經歷幾番風沙以後人們

騷動不安的情緒，體現了一代人對過去對歷史的沉思。他的「從頭再來」則宣洩了許多人想要死去然後從頭再來的那種難以描繪的生活感受。有趣的是，他的「新長征路上的搖滾」，一經唱出即膾炙人口，一些小青年可能並不知道歌詞說的什麼，也不想知道，但只要歌聲響起，他們都會在歌詞的末尾隨著崔健，扯著脖子淋漓酣暢地大吼：「一、二、三、四、五、六、七！」

崔健的成功為同路人提供了有效的參考係數，於是一支又一支搖滾樂隊搖搖滾滾地上路了，艱苦然而全力投入地尋找與創作「自己的音樂」。

當然，目前像崔健這樣集作詞作曲演唱於一身的實力派歌手在北京還不多見。況且一個成功的搖滾樂隊必須在作詞、作曲、配器、演唱、錄音、監製等一系列程式上親自參與，才能完善地體現自己的創作意圖，目前達到如此整體實力水準的北京也只有「ADO」，其主歌手由艾迪替補，感召力自然減弱了許多，在今年春天的演唱會上，薩克斯樂手劉元不得不以樂器代替歌喉，主吹了一曲子。據說，崔健也承認「ADO」給了他許多感受，給了他音樂，1986年、1987年間，這裡曾是他創作的搖籃。

儘管各路「搖滾諸侯」還遠未兵強馬壯，但他們「走自己的路」意識頗強，在今年春天的聯手演出時，他們推出的曲目全部自己創作。追求重金屬音樂風格的「唐朝」樂隊，在外型上顯然模仿著西方樂手，他們與西方的重金屬派一樣，高大魁梧，身高都在1.75米以上，且長髮披肩，一旦搖滾起來，滿頭長髮飛舞，宛如發狂的獅子。但是他們的音樂卻是中國式的，在那轟轟烈烈的音響裡充斥著華夏古代兵陣的金戈鐵馬之聲。

「1989」的臧天朔被認為很有創作的潛質，他已經寫了好幾首歌，既有含佛教哲理的「五音熾盛」，又有含探索意味的「傑作」，他唱到，「從原始到現在，人類總在愛和恨上交錯；從遠古到將來，人類的胸懷是最好傑作。」年輕的秦勇平時愛把衣服披在肩上，兩隻袖子

在胸前挽成一個結，無憂無慮地走在大街上。他也投入了創作，當他穿著一件「迷彩」背心出現在舞臺上，高亢、強勁的歌聲就會呼喚那些十六歲的中學生和他一起瘋狂。

有人說搖滾是男人的音樂，可四個自嘲為村姑女人偏偏不信邪，她們闖入了這個「亞當世界」，並組成了中國第一支搖滾樂隊。不知為什麼，她們為自己的樂隊起了一個可怕的名字「眼鏡蛇」。「不為什麼，沒有特殊的意思，如果有，蛇象徵女的。」架子鼓手王曉芳不經意地回答，她一頭黑髮束在腦後，前額寬闊而光滑。

四位女子都受過音樂科班教育，眼下分別在三個專業文藝團體：中央廣播藝術團、中央歌舞團和中國輕音樂團供職。四個人平均二十六歲。

她們最初玩搖滾，有專業的愛好，也有私人的原因：王曉芳的丈夫是最早的搖滾歌手王迪，楊英的丈夫是「ADO」的鼓手張永光，而虞進的男朋友正是艾迪。長期的耳濡目染之後，她們終於脫穎而出，四個人湊在一起玩了一次純粹女性的搖滾，沒想到四個人的和聲極美，天生的「四位一體」。

於是她們尾隨著男人們，也走上了搖滾之路。因為是女性，在這條路上她們體味到比男人更多的苦惱；一場週末演出完畢，已經唱到精疲力盡，還要去搬運那些笨重的電聲樂器，接下去好幾個小時，耳朵裡響著高頻聲，根本無法休息。

體力上的痛苦不算，她們還面臨著事業上的抉擇。她們喜歡搖滾，並自信憑著她們的音樂根底天分，四個人合作可以搞出自己的音樂來，但要堅持下來，就要辭去公職，可辭去以後，就沒了樂器，要知道這些電聲樂器樣樣身價昂貴，一把電吉他六千多元，電子合成器一個好幾萬，況且一台還不夠，有時需要二、三台，假如丟了鐵飯碗，上哪兒找資金去購買樂器和維持生計啊！

搖滾音樂會的經紀人之一，《中國青年》雜誌社文藝部的陳玉

說過：「北京的搖滾樂隊都在那裡窮搖！」「呼吸」樂隊的高奇說：「我們好不容易有了樂器，但你到家裡看看，一貧如洗，沒有一件現代化的家用電器。」

張百發也曾感慨，他到後臺去看崔健時，這位「歌王」演出前正啃著麵包，拿瓶汽水吃晚飯。其實這是搖滾樂手們的家常便飯。

北京搖滾團開始擴大，參與者的構成也有了變化，「呼吸」樂隊就由原來的圈外人士組成，幾位樂手都不是學音樂出身。業餘迷搖滾，或許更出於某種強烈的心理平衡的需要，某種傾吐心曲的快感。

正像對搖滾樂的觀眾反應有時無法逆料，對搖滾樂的前途也很難預卜。但不管怎麼說，搖滾樂已在大陸開始流行和紮根。也許中國人的個性和民族性不適合搖滾樂的生存與發展。但中國大陸畢竟有十一億人，又面臨著那麼大的精神壓力和束縛，而人們心裡要說的話又那麼多，於是搖滾樂就成了人們宣洩的最好的方式，那種無規、那種盡情、那種瘋狂的氣氛不正是中國人追求自由的最好的表現嗎？

（原載美國《中國之春》月刊一九九〇年十一月號，署名：未名）

沉重的歷史-------十年文化感思

在電影《相思女子客店》中有一個場面：一個長途汽車司機在旅店想親女服務員一下，女的迴避，男的道：「都八十年代了！」此言一出，女的果有所動，即刻與之廝磨起來。

「都八十年代啦！」真不知有多少大陸人在過去十年中說過多少遍這個說不清、道不白、又興奮、又渴望、又憤怒、又欣喜、又感傷、又慶倖的千載絕句！

一

眾所周知，大陸文化藝術在中共的前三十年間，是一種文化怪胎。在八十年代之前，有幾個人聽過鄧麗君的歌曲？有幾個藝術家知道搖滾手對世界文化的衝擊力？更不要說對林墾、貓王和邁克·傑克遜的瞭解。就連今天在大陸紅得發紫的劉曉慶，又有幾個人認識她？還有誰記得她初登銀幕時拍的那個《同志，你好》？一九八零年以前，謝晉只是上海電影製片場月工資一百零八塊的三級導演中的不起眼的之一，而在八十年代裡，他卻成了大陸獨佔鰲頭的電影大師。誰又曾想到，七十年代末才爬進藝術圈吃奶的張藝謀、陳凱歌能在八十年代成為一代明星人物？八十年代前，時髦的也不過是唱唱「三駕馬車」、「寶貝」這些老掉牙的歌曲。從十年走過來的人，也許不會忘記，抹得滿臉烏黑的朱明英一唱那首誰也聽不懂的「依呀奧雷奧」，就會使沒見過世面的大陸觀眾激動得要背過氣去，也許裡面就有你我他。今天，回首往事，誰都會覺得自己像個鄉巴佬。

八十年代中國大陸對外界的藝術觸覺，應該感謝臺灣的鄧麗君小姐。說鄧氏的歌聲打開了中國大陸文化藝術的禁錮，也許有些誇張，但是，鄧麗君這個名字對八十年代初大陸文化思想的衝擊波之強，恐怕是誰也不能否認的。七十年代末，三洋牌盒式答錄機第一次登陸，隨之而來的就是千千萬萬盤香港翻版的鄧麗君歌曲磁帶佔領大陸。筆者記得，北大明星運動員孔宇第一個連夜排隊從西單買回一個「板

磚」(盒式答錄機)，被無線電系學生在宿舍窗檯接上擴音器，播出那首後來幾乎是永恆的「何日君再來」；北大宿舍區幾乎所有聽到的人全部側耳凝神，如醉如癡。這些八十年代的大學生們，彷彿第一次發現自己生活在如此之「土」的社會中。正如一位著名藝術家所言：那時的人們真是饑渴到了極點，一個鶯語如絲、嬌喘如訴的聲音就可以使他們瘋狂，使他們早洩。吾爾開希、柴玲這一代人恐怕都不能理解只比他們大十歲的那一代人的心境了。那個時代，鄧麗君的歌聲是一種文化標誌，甚至是一種意識形態的標誌。從中共中宣部到各省市委所發佈的禁唱、禁聽鄧氏歌曲的文件就不少於鄧氏所唱歌曲的數目。但一群群青年人還是手提答錄機招搖過市，大陸歌手蓄意模仿港臺唱法，這種文化的挑戰終於衝破了禁錮四十年的文化牢籠，給「通俗歌曲」贏得了一塊公認的領地。當李谷一、程琳以鄧麗君的模仿者而成為明星時，中國大陸改革的幕布就再也無法關上了。

　　一個肩背暴露的女人手持話筒在臺上扭動吟唱，這情景今天的人們不以為異。可八十年代初，大夥兒在心驚肉跳地瞄準半隱半現的胸脯和大腿的同時，口中卻罵罵咧咧不停：「吧女」、「騷娘們兒」。

　　懼怕變成了渴望，渴望帶來了接受。大陸人普遍擺脫了享樂的罪惡感，建立了完善個人生活的勇氣。這一點至關重要，否則就不會有對自由的追求，也就不會產生八九民運和今天追求更高層次自由的一代青年人。

　　流行歌曲的基本演唱形式建立在多樣化、個性化的基礎上，它們的內容也多以個人情感為題材。個人情感的地位在僵化了幾十年的大陸社會中開始得到承認這一點意義非常重大。當流行歌曲成為產品而不再是宣傳品時，大眾開始漸漸悟到自己的選擇權；當他開始根據自己的喜好和經濟能力來選擇產品時，正常的娛樂感、對個人情感與風格的認可，和日益擴展的寬度開始成為一種信念紮根於人們心中。這是對自由認同的一個基本形態，這種心態對日後的經濟改革、政治改革的發展，無疑是一種潛移默化的潤滑劑。

到了八十年代中期，大陸人開始有限度地認識世界文化，一下子感到自己是如此地無知。他們開始不滿足於歌星們在臺上大喘氣地說「西西」(廣東語：謝謝)。他們開始尋找比較高層次的東西。「西北風」這時開始出現，成為觀眾藝術情緒與趣味變化的一股新潮，對抗流行歌曲的甜俗、瑣碎和小市民趣味。喜新厭舊，這是一個永恆的真理。「信天遊」一類的西北民歌基調的東西驟然響遍大陸，公眾的渴求得到了某種程度上的滿足。然而事實上，「西北風」作品之間的差異極大，這些差異體現在作品不同的價值取向和精神氣質上。它們後期的許多作品完全是對大陸西北地方音樂語彙的把玩，用以獲取商業利益而已。

從文化角度看，「西北風」的浪潮暗含著中國大陸年輕一代的非理性的狂燥，是一種自尊受到傷害，精神缺乏寄託的鬱悶發洩。當時大陸社會隨經濟改革的發展，已開始出現兩極分化、知識貶值、文化傳統迷失的混亂現象。人們日益煩躁，大學生的失落感越來越重，形成一股對社會的悲憤。西部民歌的那種高八度的嘶喊，正好供人們宣洩心中的積怨。這樣向著無序化伸展的活動，本身無法建立起精神方面的成果，所以被更容易宣洩感情的搖滾歌曲所替代。

崔健的「一無所有」，勾起了無數年輕生命的心酸，「從頭再來」刺激起無數青春的野心。也許中國大陸的年輕人終於發現他們已不能再滿足於過去含蓄蘊藉的低吟淺唱，而是要尋找一種新的音樂形式宣洩自己對社會對人生的觀察與思考，抒發自己沉重而複雜的思想感情。

崔健的成熟，是中國大陸十年孕育的結果，他的作品具有一定的思想深度，通俗而不淺薄，儘管聽上去並非很地道，但別有風味。搖滾音樂在八十年代末的流行，表現了中國人對十年改革結果的不滿和失望，這種失望和不滿最終導致了一九八九年春夏的民運高潮。十年了，人們要說的話太多了，恨的、愛的、得到的、失去的、生的、死的，構成了今天中國大陸社會起伏不定的一個個音符。瞭解這串音符的人，懂得其中的預示。不瞭解的人，就請你細細回味一下吧。一葉

知秋。

二

　　無論是誰，都不得不承認中國大陸十年來，文學創作數量之多，藝術品質之雜，出名作家之眾，創作流派之泛和對社會影響之巨大，為中國近代史上所罕見。

　　劉心武，八九後文學界第一個被開刀的《人民文學》雜誌總編，從一個默默無聞的中學教師成為大陸文學界最搶眼的雜誌總編輯。他是新時期文學中第一位震聾發瞶的作家。至今我們仍可以挑剔他的藝術手段不夠豐富，作品魅力不夠強烈，形式不夠完美。但我們不能不佩服他的膽量和勇氣，在當時那種思想上、藝術上尚有許多禁錮的情況下，他的《班主任》成為標誌新時期文學的界碑之作。也許三十幾歲的留學生還記得，當《愛情的位置》這篇在今天看來平淡無奇的說教味道十足的小說，在大陸廣播電臺播出時，曾令當時多少少男少女臉紅心跳，又禁不住屏氣聆聽！這一點是今天的少男少女們難以想像的。他是專門寫轟動題材的作家，紀實小說《五‧一九長鏡頭》和《公共汽車詠歎調》曾挑起無數讀者的情緒；而他傾注心血寫成的《鐘鼓樓》卻反應平平。對於他當上《人民文學》主編後，該雜誌所發生的變化，大陸文學界有目共睹。雖然幾年前因為〈伸出你的舌苔〉一文引發藏漢之間的緊張關係而幾乎被撤職，但他仍然我行我素，最後導致被清洗。

　　不知有誰還記得盧新華這個名字？有誰還記得「王小華」？「傷痕文學」作為相當長一個時期，文壇不斷出現的揭露十年浩劫給人們留下的創傷的作品總稱，作為歷史專用名詞保留了下來，而其始作俑者、小說《傷痕》的作者卻由於很少再有作品，漸漸被人們忘記。

　　這十幾年的變化真是太快太大了。

　　繼「傷痕文學」之後的大潮是「反右」時期的回顧性「翻案文學」，劉真的《黑旗》、茹志娟的《剪輯錯了的故事》、張一弓的

《犯人李銅鐘的故事》、葉文玲的《心香》、魯彥周的《天雲山傳奇》等一大批對政治運動反思的作品，讓這一代已過中年的當年「右派」將多年來心中的積怨一下子傾吐出來，以現實主義的筆法，將矛頭直指共產黨暴政的本身。這種長久積怨的宣洩，一直延續到張賢亮的《綠化樹》、《男人的一半是女人》。

「知青文學」是十年來對文壇衝擊最大的一股文潮。作家之多，作品之眾，影響之大，都是其它形式的作品所不能比擬的。他們回憶起當年走向邊疆和貧困的山區，「就像少女對性的那一點點好奇和靦腆，很快被強姦後的痛苦和恥辱給打得無影無蹤」(史鐵生)。從較早的《在小河那邊》(孔捷生)，到中期的《這是一片神聖的土地》(梁曉聲)、《蹉跎歲月》(葉辛)、《今夜有暴風雪》(梁曉聲)，到後來的《哥哥你不成材》(高紅十)、《雪城》(梁曉聲)、《雪色黃昏》(老鬼)等，幾乎貫穿了這十年光景的頭尾。雖然寫同一題材，但由於作者不同的生活背景和經歷，所表現出來的感受有著極大的差異。從梁曉聲的哀怨、老鬼的傷感，到王安憶的清新、史鐵生的平淡，構成了中國現代文學史上一曲最為豐富和寬廣的交響樂章。

從「知青文學」中脫穎而出的作家中，有兩個人值得特別一提。一位是永遠懷有沉重使命感和命運壓抑感的張承志，他的《黑駿馬》、《騎手為什麼歌唱母親》、《北方的河》等給讀者留下了難以言傳的感受。他的作品學術味道和浪漫激情充滿矛盾地緊密結合，英雄主義熱情和悲觀絕望情緒令人費解地不可分割，是當代一個奇特的作家。另一位是阿城，阿城被稱為作家其實就為寫了一篇《棋王》。這也許不太公平，有很多人寫過無數作品，尚未被人們稱為作家，而阿城僅出一篇，便名揚海內外。但當你細讀《棋王》時，你會感到他的道家風骨、人生境界、語言優勢完全淹沒了它的題材，使它成為一種形而上的文學精品，為文學界譽為「錢鐘書第二」。阿城後來說要搞「八王」，始終沒見湊齊那個數。再後來搞電影，再後來就在文壇上消失了，據說去掙錢了。

王朔的出現，令文壇十足地困惑。從沒見過他這種寫法的小說。

單看標題：《頑主》、《一點正經沒有》、《千萬別把我當人》、《玩得就是心跳》……他對人生的態度幾乎就是在開玩笑，他撕下了世上的一切虛偽的神聖，包括自我尊嚴。他嘲笑別人也嘲笑自己，他筆下的人物關係是赤裸裸的，人物的活法也是赤裸裸的，只要活著，什麼面紗、遮羞布、藉口都棄之不要！一種可怕的純潔，而且文如其人。王朔的作品被稱之為「痞子文學」，因為他和他的作品將文學的「神聖」與「榮耀」給糟蹋得斯文掃地。

另一個天才是賈平凹。他簡直就是專為文學而生到這個世界上來的。像他那樣一個瘦小多病的軀殼，一陣風都能吹十米，幹別的恐怕什麼都不行。他幾乎精於各種文體：小說、詩歌、散文、文言、白話、長篇、短篇，他從中國歷代優秀散文中學語義，從明清白話小說中學韻味，從陝南商州一帶風土人情中學生活；除此之外，讀易經、懂八卦、善書法，是當今大陸文壇上唯一令各方折服的國粹大作家。可惜天才多病。

一九八五年和一九八六年，是中國大陸文壇最為熱鬧的兩年。在這兩年間發生了不少事情。文學觀念的突變彷彿是冷不丁發生的。以短篇小說《鄉間音樂》進入文學界的軍人作家莫言，在新創刊的大型刊物《中國作家》上發表中篇小說《透明的紅蘿蔔》，一鳴驚人，以一種完全異於傳統現實主義的手法、以強烈誇張的主觀意識進行創作，通篇奇詭怪異，令人瞠目。無獨有偶，同期刊物上有女作家王安憶的創新之作《小鮑莊》，立意結構上均吸收西方現代小說觀念，人物命運的設計也遠遠跳出以往的小說模式，開一種風氣之先。一時間評論界譁然，形成南方中國言必稱《小鮑莊》，北方中國語必提《紅蘿蔔》的湊熱鬧場面。莫言一發而不可收，《球狀閃電》，《金髮嬰兒》、《紅高粱》名聲大噪。王安憶也拋出一系列新觀念小說。文壇因此而出現一大批「紅蘿蔔」和「小鮑莊」的作品，但佳作不多。劉索拉，第一位把輕鬆調侃、玩世不恭的現代口味揉進小說的作者；《你別無選擇》極大地衝擊了文壇的正統觀念，卻受到青年人的歡迎。但由於多種原因，她似乎至今仍停留在時髦作家的水準，像轟動

一時的流行歌手，成功多在造勢而不在造詣。

韓少功，「尋根文學」的宣導者，想用文學追溯民族文化之根。《爸爸爸》等一系列作品，令評論界注目一時，終因立意的深詭、語言的艱澀，難以在讀者中流傳。「尋根文學」熱了兩年，終於冷卻。韓少功自己則「下海」到海南島，幹文學上的「實業」去了。

這一時期，是文學上開放、引進、吸收甚至模仿的階段。幾年來主題思想上的轉變已令作家們不滿足，他們爭先恐後地想走出新路。一時間，系統論、控制論、結構主義、標題主義、弗洛依德學說、拉美魔幻現實主義手法、意識流、新小說方式等等西方文學理論，凡是能介紹過來的，幾乎都有崇拜者、實踐者，一時間倒也群星燦爛。只是不久便漸漸走向沉寂，無論是作者還是讀者都感到一種遠離國土和現實的吃力。只有一些頑強的青年人如格非、余華等，還在堅持先鋒主義小說的寫法。

還有一些作家無論從立意還是寫作技巧上都沒有什麼新東西，但他們的作品為中國大陸的老百姓所接受，受歡迎的程度甚至高過上面介紹過的一群人。如十年來三十多歲左右青年作家中政治待遇最高的鐵凝，是河北省文聯副主席，中共「十三大」代表。其短篇《哦，香雪》、中篇《沒有紐扣的紅襯衣》等，讀者甚眾。諶容，似乎沒有被淘汰掉的中年作家，以成熟的《人到中年》、《減去十歲》、《等待電話》等中短篇扣準了中國普通人的脈搏。這一批人裡還有王蒙、張賢亮、張潔、李國文、從維熙等等，從他們的作品裡，你可以瞭解最新的社會風尚和時髦語句，可以迅速捕捉社會的脈搏和心態。但是，一九八九年，他們全都沉默了。

總之，十年來的大陸文化藝術界曾經非常熱鬧過，可以用「喧囂」二字形容。很多人曾寄予希望，很多人曾流連其中。但隨著八九天安門廣場事件，物是人非，原有的環境已被徹底破壞了。演員出身的文化部副部長英若誠被罷官回家，繼續演他的「推銷員之死」。以「班主任」聞名的《人民文學》主編被廢黜到「愛情的位置」；作家

中有一部分隱匿了，有一部分改行了，有一部分逃亡到國外。歌手們又重新唱起了早已被遺忘的「東方紅」、「南泥灣」，有一部分則「老了」。面對形勢的嚴峻和歷史的責任，未來的大陸文化將會沉得很深很重。

(原載美國《中國之春》月刊一九九一年三月號，署名：未名)

國劇的困惑

在中國現代戲劇中，特別是當代，京劇應是一種最普及、最國粹、也最為國人所接受的「國劇」。

二百年前（1790年），乾隆皇帝過生日，高郎亭領銜的南方徽劇「三慶班」進京給皇帝祝壽，自此，徽劇、漢劇、昆劇、梆子等各種聲腔劇種在北京交流、融合，大約經歷了五、六十年的「懷胎、孕育」，京劇誕生了。

二百年後，在大陸北京舉行的紀念徽班進京二百周年振興京劇匯演大會上，來自全國包括臺灣及香港在內24個省、市、自治縣和地區共五十個演出單位近四千名藝術家，演出了五十台166場京劇以及徽劇、漢劇、昆曲、晉劇等，在長達二十四天中，每天有七、八個台口演出，盛況空前，足以今京劇界人士以及愛好京劇的戲迷們大飽眼福。

然而，京劇界目前危機四伏的現實卻不容人們樂觀，特別是當你看到劇院裡那零零落落的觀眾時，便不由地對「國劇」的衰落感到悲歎。

一、俱都是老弱殘兵

在北京慶祝徽班進京二百周年的演出中，對於傳統京劇《龍鳳呈祥》的演員陣容，有人用京劇《空城計》的一句唱詞「俱都是老弱殘兵」來形容。71歲的張君秋扮演洞房花燭夜的孫尚香，71歲的王金露扮演保駕將軍趙子龍，74歲的袁世海扮演手執丈八長矛的猛張飛，這三位都是名震海外的京劇藝術家。當然，老戲迷們會想起張君秋當年那俊美的扮相，婉轉的歌喉，以及袁世海那邊式工架，叱吒風雲的氣勢，但是不少對京劇不太熟悉，甚至對京劇一無所知的觀眾，看到的卻是老邁的孫尚香和邁不動腿的趙雲和張飛，心裡該是何等感觸呢？

俗話說：「老陰陽，少戲子。」演戲的該是年輕的，色藝雙全，

才會有人看。以旦角來講，當年，梅蘭芳成氣候，是在二十歲上下；程硯秋、荀慧生、尚小雲也如是。在他們三、四十歲的時候，十六、七歲童伶，李世芳、張君秋、毛世來、宋德珠等「四小名旦」已經嶄露頭角。張君秋在成名盛期是三十幾歲，他的後面接踵而來的則是十幾歲的劉秀榮、楊秋玲、張曼玲、劉長俞、李炳淑、楊春霞等一大批新秀。

如今楊秋玲等也都五十開外，比她們年齡小些的如李維康、楊淑蕊，也四十四、四十五歲。以成名盛期老演員的年齡而論，如梅蘭芳五十五、程硯秋四十五歲、尚小雲四十九歲，自然，現在的劉秀榮、楊秋玲、劉長俞，應該稱為老藝人了。旦行如此，生行、花臉行、醜行也是如此。他們之下，真正挑大樑（唱主角）並成就了當年梅蘭芳等「四大名旦」或張君秋等「四小名旦」氣候的後起之秀究竟有多少呢？分開手指頭數，數不出來幾個。如果按照這種年齡層次發展下去，用不了多少年，再組一台類似的《龍鳳呈祥》的大戲，恐怕也只能是「老弱殘兵」。

京劇演員人才難得，「十年出一個狀元，出不了一個好唱戲的」，這是經驗之談。

大陸「文革」十年，耽誤了不止一代人才的培養。一大批在六十年代藝術事業正旺的藝術家，如張君秋、李少春、杜近芳、李和曾、關肅霜、言慧珠、李宗義、李慧芳、吳素秋……被迫中斷了舞臺生涯；還有不少當時後起之秀的青年演員如楊秋玲、劉秀榮、孫岳、張學津、張曼玲以及剛剛從戲校畢業不久的李維康、楊淑蕊等也都失去了演出機會，這是兩代人，再加上「文革」十年沒有培養人才，合計是三代人被耽誤了。「四人幫」倒臺之後，京劇界培養人才的話題被十分緊迫地提出來了。至八十年代初，培養出一批新人，人數雖不算多但也不算少，頗有影響的要算中國戲曲學院培養出來的大專畢業生，他們當中的王容容、張靜琳、田冰、劉子蔚、徐虹、李宏圖等，在院長史若虛的指揮下，從北京演到山東，又到上海，很有一股聲勢。

　　大專班的畢業生大多分配到官辦的大戲院，這本是件好事，但今非昔比。昔日的中國京劇院、北京京劇院如今已經不再是那樣精幹的劇院團體了。這兩個大劇院拖著兩大臃腫的人事包袱，正在艱難地爬行，老、中、青三代人，每個劇院都有近千人，論資排輩、排戲、演戲，首先要推出老一輩藝術家，中年演員又是劇團的頂樑柱，人才濟濟，各難相讓。雖然各大劇院近年來調整陣容，反反覆覆地搞了多次體制改革，但調來調去，仍然是千把人的隊伍，仍然是「滿盤棋子都是車，出門就對陣」的局面，老演員有訴不完的委屈，中年演員有發不完的牢騷，這可苦了破土而出的「幼苗」，轉瞬之間，十來年的時間過去了，「幼苗」始終沒有抬起頭來。

　　1985年2月，一株被壓得喘不過氣的「幼苗」張靜琳不甘寂寞，忍不住寫了一篇言懇意切的文章，題名為〈我們再也不能等待了〉，發表在一家全國性的戲劇刊物上，這裡不妨摘記幾個片斷：

　　「一晃兩年過去了，從畢業到現在，我們無所事事，沒有實踐機會，專業得不到發揮，情緒逐漸消沉、低落。難道我們真要等到三十歲才能登上舞臺發揮自己的才能嗎？難道我們到了中年，也要讓那些十幾歲的孩子再等上十幾年，等待著三十歲的「青年時期」嗎？這樣的惡性循環，健壯的人也會死去的。」

　　大陸京劇界有個惰性，你說你的，我行我的。哪怕是罵出大天來，它仍然是我行我素，何況一個小小的張靜琳這點無足輕重的懇求。

　　張靜琳終於等得無耐了，她在國內拍了幾部片子，唱了首《我家住在黃土高坡上》後，便飄洋過海，東渡日本去了。這是1988年的事兒，離她寫〈我們再也不能等待了〉一文時，又等了三年，前後等了五、六年。不只走了一個張靜琳，她的同伴走了不少，如前文所述的，如今有五個在國外，他們有的在日本，也有的在德國、在美國、在香港……有人說，在日本和美國的，有名有姓的中國京劇演員他可以叫出十幾個名字來，這兩個國家各自可以組織一個京劇團，行當絕

對齊全。

　　張靜琳出國之前，她的老師張君秋曾經十分懇切地勸阻過她。怎能不幹京劇這一行？你還年輕，條件又這樣好，也下過不少的功夫，總有一天京劇會好起來的。好起來？還得等多少年呀？唱京戲怎這麼難！冬練三九，夏練三伏；又要吊嗓子，又要能翻能打；大熱的天，還要穿個小胖棉襖，勒緊了頭，這滋味兒，哪個歌星受過？她們倒好，憑著一張臉蛋子，會那幾口哥哥長、妹妹短的，全國各地一跑，高級賓館住著，高級轎車坐著，吼幾嗓子，就點出千八百的一夢。唱戲的呢？東磕頭，西拜天，好不容易有場戲演，臺上跌、爬、滾、打，滿身臭汗，一場戲下來，塊八毛的宵夜補助，跟打發一個叫花子似的。我說的都是實話，趁我還年輕，你就叫我闖一闖去吧！於是，觀眾所看到的現今在舞臺上的則都是一批五、六十年代的「出土演員」，還是《空城計》的那句唱詞「俱都是老弱殘兵」。

二、黃金有價藝無價

　　俗話說，「黃金有價藝無價」，但這詞兒今兒變了。大陸戲曲理論界在「橫向借鑒」和「縱向繼承」上曾有過一場爭論，可京劇演員對這場爭論大都沒感興趣，他們有另外的「橫向比較」。

　　「橫向比較」如前文張靜琳同歌星的比較。北京京劇院有個王樹芳，她是個多才多藝的演員，「生旦淨末醜，神仙老虎狗」，她都能來，流行歌曲？她更不在話下，人稱「京壇一怪」。她曾經唱過一陣歌兒，大概是她對京劇的戀情，或是劇團多次的召喚緣故，她又回到了京劇這一行。據她說，唱流行歌曲，嗓子只使三分勁兒，唱戲可不行，卯足了勁兒還不一定能盡善盡美，可這兩下子的經濟效益，恰恰倒了一個過兒，這公平嗎？後來，京劇也有「走穴」的，某一台晚會，京劇演員也有被邀請同歌星、笑星們組合演出，據說，價碼頗有懸殊，有一、二百，也有一、二千的，不用說，那最低的價是唱京戲的。

　　京劇演員也有「票」一部電影的，待遇可就不比影星了。有一

部電影，是代表戲曲演員生活的，所以，參加拍片的有一大批戲曲演員，價碼低不說，那劇務還瞧不起他們，整天頤指氣使、吆三道四的。三伏天，演員穿胖襖，勒緊頭，足踏厚底靴，身紮大靠，沒上鏡頭就汗流滿面，可劇務連瓶飲料都不供應，演員提出了要求，劇務說：「就你們唱戲的事多。」飲料沒要到，心裡頭憋了不少火。有一天，活該這劇務倒楣，不知哪根筋活動了，鬼使神差地想扮演曹操玩玩，戲班的哥兒們不由心中暗喜，不用點破，大家立刻達成了默契，這個給勒頭：勒得緊緊的；那個給穿衣：該穿一個胖襖，給穿兩個胖襖；勾臉的、穿靴的，都變著法兒地捉弄他，妝還沒扮好，劇務已經吃不住勁兒了，坐在那裡喘著粗氣兒，哥兒們有話說了：

「怎樣，熱不熱？」

「熱，熱……」

「唱戲不舒服吧？」

「不舒服，不舒服。」

「這大熱的天，該有點飲料喝喝吧？」

「該有，該有。」

飲料爭取到了。錢其實花得不多，哥兒們爭了一口氣，得了個心理平衡。

「縱向比較」，比老一輩唱戲的，先不比張君秋在舊戲班演一場《玉堂春》掙的錢可以買房子；往近了說，「文革」前，北京京劇院的馬（連良）、譚（富英）、張（君秋）、裘（盛戎），他們的月工資分別為1700元、1600元、1500元、1400元，那時工資不用說上千元，就是上百元，日子就過得有滋有味兒的。那年月買東西啥價錢？一毛錢買頓早點，油餅、甜漿全齊，現在買頓早點，塊八毛那算節省的，可工資呢？中年演員最高的工資才二百多塊錢。都說戲曲演員要廣交朋友，梅、程、荀、尚四大名旦，哪一個周圍沒有幾十個朋友捧著，打本子的、管事的、操琴的、打鼓的、梳頭的、跟包的，還有不少人專看戲的。哪點演的不合適，散了戲陪著角兒回家吃頓宵夜，品頭論

足，第二天再演，戲又提高了一大步。現在的演員何嘗不願學學「四大名旦」？可交朋友也得有個活錢應酬，二百多塊錢的工資夠幹個啥？

縱著比、橫著比，都不如人，恢復到過去那種「角兒」制，怕是沒門。當初掙1500元的張君秋現在不也只拿三、四百塊嗎？橫著比吧？乾生氣，總不能都改行去唱流行歌曲。可小青年不論那一套，戲校一畢業，有的就唱了歌，有的歌星，在戲校學花臉，不算出色，若到劇團輪不上他唱主角，可他「急流勇退」唱流行歌曲一下子走了紅，偶爾在演唱會上，不費勁地加一段京戲，觀眾還很佩服：這個唱歌的不簡單，居然會唱兩口京戲，還挺有味兒。您哪兒知道，他的本行是京戲。

演員個人的經濟效益同劇團演出的經濟效益緊密相關。多少年來，戲曲團體普遍存在一個問題，不演不賠，少演少賠。隨著車費、旅館費等物價的上漲，劇團演戲要交劇場場租，據說北京劇場的場租一般為八百元左右一場，要出廣告費、水電費、裝台費，要擴大宣傳還得有招待費，此外，稅收當然不可少。所有需要開銷的費用平均每場要花2000至3000元，甚至還要多。而每場演出的收入，若以一場上座率為百分之百計算，每張票價平均二元，一千個座位收入為2000元。而實際情況不可能有百分之百的上座率，能上五、六成座位，再加上一些關係票，劇場裡面的氣氛就挺熱乎了。如果上座率為六成，那麼收入僅為一千多元，也就是說，演一場要準備賠一千多元。劇團外出，為了節約開支，演員吃、住都降到最低水準，有的自帶炊具、糧、油，自己起火，於是社會上有一種說法，現在出外自帶行李、炊具的有兩種人，一為民工，一為戲曲演員。

一個劇場經理面帶幾分淒涼對筆者說：「我看到不止一個劇團，一邊擺著幾桌酒席，由劇團有關領導招待名流、記者；另一邊是劇團的演員住地下室，每天從糧店買饅頭，吃幾口鹹菜，晚上再到臺上蹦踏，你說，這藝術值多少錢？」

三、倒了胃的「上帝」

觀眾是上帝，劇團演出之優劣，由觀眾來評說。劇團演出經濟收益，是從觀眾的口袋裡掏出來的，你演得好，觀眾自然踴躍，演得稀鬆二五眼，觀眾就被你演跑了。二百周年紀念活動演出的《紅燈記》、《盤絲洞》、《李魁探母》等戲的演出就出現了爆滿的劇場效果，甚至有的演出還有許多觀眾是站著看的，劇場門口還有黑壓壓的一片等著退票的觀眾。據說《紅燈記》的黑市票價被抬高到了60元一張，而日常的演出卻不都是這樣受歡迎。

京劇的傳統劇碼聽起來是挺豐富的，有所謂「唐三千，宋八百」之說。這可能有點誇張，陶君起著的《京劇劇碼初探》收集了1383句劇碼。這確是有據可查的。一個京劇演員，作為出名主演首先是要有相當多的演出劇碼，過去的老演員，一生演的戲總要演出百十來場，那時候一個演員外出，貼出去的戲碼講究幾十天不翻頭，即在二十多天，甚至四十多天的演出劇碼中沒有重複的。和這些老演員相比，現在的青年演員的底子就薄多了。至多會演十幾場戲，有的連十句都演不出來。那些中年演員，特別是成了名的雖然有幾十句戲墊底，可日常上演的劇碼也不過十來句，「探不完的母（《四郎探母》），起不完的解（《女起解》），挑不完的車（《挑滑車》），開不完的會（《群英會》）」，翻來覆去地就那幾句戲演著，再好的戲觀眾也膩味了。

更使人倒胃口的是，就這十幾句戲，演來演去品質越來越低。或許是演員演得太熟了，越演越不當回事兒，有一個劇團演《四郎探母》，劇中楊四郎是個戴鬍子的老頭，頭幾場都戴著須口（表示鬍子的飾物），演到楊四郎偷過雁門關，回到宋營見弟一場，演員在幕後唱的（倒板）「大吼一聲寶帳」後，鑼鼓打「急急風」送上來的卻是沒有鬍子的楊四郎，觀眾譁然，演員這才發現自己忘了戴須口。原來這位演員在上場前摘了須口在後臺聊天，聊著聊著忘了上場，等臺上的鑼鼓一響，才想起該自己上場了，慌慌張張地忘了戴上須口。結果，沒有戴鬍子的楊四郎演了一場「見弟」。

也許這是偶然的事故，但是偶然的事故有它的必然的原因，看一看劇團的排練廳就知道了。在那裡，您很少看到有人練功。文戲演員不吊嗓子（練聲），武戲演員不翻跟鬥的，至於排戲，規定九點鐘排戲，十點鐘有人來就算是好的。戲班有句話；「臺上三分鐘，台下三年功。」臺上品質的好壞，完全是台下的功夫的積累，怎能想像一個演員不練功，排戲又不認真，臺上就能演出高品質的戲來？怪不得現在演戲，武打的掉槍，演唱的跑調，也難怪劇場裡的觀眾氣憤的說：「您的嗓子不搭調，別怨我們不買票！」

侯寶林有個老段子，講的是京劇演員唱《空城計》，司馬懿出場，四下一看，臺上站的四個士兵，一邊一個，一邊三，氣得他唱時改了詞兒：「往日出兵一邊倆，今日出兵為何一邊一個一邊三，努嘴瞪眼你完全不怕，還得老夫我把你拉。」這是幾十年的笑話，如今類似這樣的笑話在京劇舞臺上仍然出現。

例如，中國京劇院二團演《長阪坡》。曹操大兵壓境，劉備攜百姓撤退，臺上有幾句唱詞，唱完後應該是張飛在幕後「搭架子」（幕後演員念臺詞）：「呔！曹兵追趕，休得落後，速速趕行！」然後是眾百姓在張飛的護送下走過場，表現百姓逃難的情景。就在此時，後臺管事的（據說有三個）突然發現扮演張飛的演員沒有來，立刻慌了手腳。場面上的鑼鼓打住，專門等著幕後的張飛「搭架子」，可張飛沒有到位，冷了場。打鼓的一看沒了張飛，只好指揮場面打「亂錘」，管事的就把扮百姓的演員往臺上轟。台前打「亂錘」，演的是百姓紛紛逃難；後臺也打「亂錘」管事的到處找張飛。戲還得往下演啊！現時找演員頂替也來不及，有位管事的急中生智，一把將已經扮演好曹操的大將張遼的演員拉了過來，七手八腳給他上了妝，臉上塗了個大黑臉，這才對付著把戲演完了，您說亂不亂？

侯寶林的那段相聲也許有些誇張，可上述的這件實事，其驚險程度卻超過了「一邊一個一邊三」的情景。若是現在侯寶林再編相聲，不用怎樣藝術加工，拿出來就是了。做為上帝的觀眾，能不倒胃口嗎？

四、危機四伏

有個民間故事很貼切的說明對京劇藝術的認識觀感。

一個老太太，因為家中經濟拮据到集市上賣了一件穿了幾輩子的舊棉襖。等了半天來了一位老先生。他看了這件舊棉襖後，說要出三兩銀子買下來，老太太驚呆了，沒想到這件滿是蝨子的破棉襖還值這麼多錢。老先生要老太太等一會兒，他回家去取錢。老太太借機就把舊棉襖上的蝨子全部抓乾淨，老先生回來一看，不禁頓首捶胸，說：「我要的就是這些蝨子，這是名貴的中藥材啊！」

京劇就好比那件穿了幾輩子的棉襖，舊確實是舊，可裡面有精華。京劇藝術從開始起，就有二百年的歷史，而它又是集昆劇、徽劇、漢劇、梆子之精華，這些劇種都比京劇的歲數大。京劇其實是集中了近千年中國戲曲之大成，是踩著巨人肩膀上發展起來的一門藝術。三百多個劇種，唯獨京劇分佈最廣，除了西藏、廣東沒有京劇外，幾乎所有的省、市、自治區都有京劇，要不它怎又叫國劇？北京、上海、天津、山東、武漢、遼寧……都有觀眾，不僅愛看戲，而且會看戲，知道裡面一板一眼、一招一式，怎樣叫規矩的，怎樣叫不規矩的。

您要是演的不地道，他給您叫倒好；不僅會看戲，而且自己也會唱戲，過去叫「票友」，現在叫「業餘京劇團」，都是觀眾自發組織起來的。過去天津的街頭巷尾，北京的公園，到了夏天，您總能看到一些戲迷被一些觀眾包圍著，裡面有唱的、打的、拉的，那唱腔調，音包著字兒，字兒裹著音，有滋有味的。這些觀眾都懂得京劇的精華所在，其中還有不少年輕人；而今天，誰還去看戲？

京劇在國外也有觀眾，甚至還有人學唱京劇的。五十多年前，梅蘭芳在蘇聯演出，曾經得到蘇聯、德國、英國等地國家的戲劇大師如斯坦尼斯拉夫斯基、梅耶荷德、愛森斯坦、布萊希特、戈登・克雷等的高度評價。斯坦尼斯拉夫斯基稱京劇是「偉大的藝術，第一流的藝術」，並且不無傷感地說，在他們的舞臺上看到的「經常是刻板的俗

套,平凡的技藝,一般化的戲劇」。梅耶荷德被梅蘭芳的奇妙手勢迷住了,他甚至說:「看完他(指梅蘭芳)的一次表演,到我們的那些劇院裡轉一轉,你就會同意我的看法,那就是該把我們所有的演員的手都砍掉。」

然而,今天的大陸,京劇藝術當前處於一種不景氣的狀況,遇到了許多的困難。目前許多京劇院團演出不賣座、經濟效益低、事業難發展、隊伍不穩定,形成一種難以為繼的局面,京劇藝術的發展確確實實出現了某種「危機」。

儘管京劇藝術存在「危機」,可是京劇本身還是門「偉大的藝術」,但這個危機四伏的國粹會不會就此走向衰敗呢?誰知道!?

(原載美國《探索雜誌》月刊一九九二年三月號,署名:未名)

文化的速食

　　無論是今天還是昨天，不管是海外還是大陸，臺灣或是香港，專家學者們在討論中國大陸近十幾年的風雲變幻時，往往都忽略了對當代中國人具有顯著影響的因素—書。

　　也許過來的人或許還記得文化大革命中的焚書。人們也不該忘記我們青春時代那種對書的渴求和嚮往；事實上，中國大陸十年改革開放的迅速展開，在某種意義上是借助了書這一種重要傳播媒介。

　　八十年代以來，有一些圖書受到大陸各方人士的青睞；作家、理論家中一部分開始將自己的筆墨傾注於它，出版商們為了爭奪一部這樣的書稿不惜競相抬價，甚至撕破臉皮；街頭巷尾的大大小小的個體書攤的業主們更是以它們作為自己的經營重點，就連國營的新華書店也不得不放下架子，劃出專門櫃檯來銷售它們。

　　這就是大陸當代暢銷書的市場，在文化出版頗不得景氣的背景下，暢銷書無疑是這個蕭條年代的幸運兒，它們當了公眾業餘生活中風味各異的「文化速食」。

一、江湖遊俠，刀光劍影

　　武俠小說無疑是這些年來中國大陸暢銷書中的重頭戲，就其出版數目之多，發行量之大，閱讀面之廣而言，的確是舉足輕重的。

　　武俠小說先後在大陸掀起過兩次出版高潮：第一次，一九八三年到一九八五年，第二次，一九八七年至今。

　　粗略統計，僅從一九八七年到一九八八年一年間，全國至少有三十家以上的出版社正式出版了二百種、四百六十多部武俠小說，總印數超過五百多萬冊。而兩次出版高潮的不同在於第一次的武俠小說熱還僅限於港臺、海外華人文學中的新派武俠小說，而且由出版社正式出版的不多，盜印和進口以謀暴利者多；第二次武俠熱卻絕大多數

由出版社出版，且不再局限於港臺、海外華人中的新派武俠小說，從清末民初以迄建國前，流行於全大陸的舊派武俠小說也大量重新出版，且印數不低於新派武俠小說。

大陸出版的武俠小說琳琅滿目。如舊派小說中平江不肖生的《江湖奇俠傳》、《俠義英雄傳》、還珠樓主的《蜀山劍俠傳》、《獨手丐》等、顧明道的《花江女俠》、宮白羽的《十二金錢鏢》、朱貞木的《七殺碑》、王度廬的《鐵騎銀瓶》、文直公的《碧血丹心大俠傳》、姚民哀的《四海辟龍記》等等。流行於書攤的新派武俠小說則更是不勝枚舉，僅作家就有金庸、梁羽生、溫里安、蕭逸、臥龍生、諸葛青雲、司馬翎、柳殘陽等多人。當然，其中金庸的《神雕俠侶》等十五部作品、梁羽生的《還劍奇情錄》等三十四部作品和古龍的《多情劍客無情劍》等八十多作品以及溫里安的《會京師》等行情尤為看好。

不過，由於許多出版社僅只是將武俠小說作為自己的搖錢樹，因此，不少武俠小說印刷品質低劣，錯字連篇，錯訂、整章脫落者也時有出現。有的甚至還採取盜名、移植、腰折等惡劣手段來矇騙讀者，如將白羽的《武林爭雄記》、朱貞木的《羅剎夫人》硬塞到金庸名下，將陳青雲的四卷本長篇《鬼堡》腰折，後兩卷冠以《洪荒神尼》、《須彌神功》等。

儘管本世紀三、四十年代出現了一批武俠小說的寫作高手，但是，當代作家雖有馮育楠、翁雲嵐、歐陽平等鳳毛麟角者，其作品如《津門大俠霍元甲》、《玉姣龍》、《春雪瓶》等，但其影響與新、舊派武俠小說不可同日而語，也沒有出現代表性的大作家。武俠小說品種雖多，其路數卻有限。一般來說，那些俠客們在人品上信奉儒家思想，在行為上遵循墨家風範，在精神上則以道家教條為本。在創作手段上也都是以強烈的懸念設置、緊張的情節安排和複雜的人物命運為模式。即使是在古龍、溫里安、蕭逸這些武俠小說的「革新派」作者那裡，也大體上沒有脫離這個路數，只不過是外加了一些心理描寫、愛情刻畫等。儘管武俠小說創作的路數有限，但仍然征服了廣大

讀者，無論是華羅庚這種著名的自然科學家，包遵信這樣的人文學者，還是普通的大眾，都對武俠小說傾注了極大的熱情與興趣，華羅庚曾稱之為「成人的童話」，這或許是一語道出了武俠小說暢銷之奧秘。

二、少男少女純情脈脈

和武俠小說在八十年代經歷兩次熱潮略有不同的是，武俠文學的熱潮是由國人和港臺華僑共同掀起的。在言情文學市場上，幾乎是港臺當代女作家一家獨秀。瓊瑤、三毛、亦舒、岑凱倫、席慕容、姬小苔、嚴沁、肖颯、玄小佛、廖輝英、揚子，無一例外。

瓊瑤自一九六三年到一九八六年，一共在海外出版了《窗外》、《在水一方》等四十二部作品，在八十年代的大陸全部出版，重印者亦不在少數。此外，三毛的《撒哈拉的故事》，亦舒的《散髮》、《曼陀羅》，岑凱倫的《大家庭》、《影子山莊》，嚴沁的《誰伴風行》、《脈脈誰語》，姬小苔的《七朵水仙花》，肖颯的《愛情季節》，玄小佛的《風雨不了情》，廖輝英的《盲點》，揚子的《變色的太陽》，席慕容的《無怨的青春》等，均是言情小說中的搶手貨。在這批言情文學中，除席慕容是以詩與散文吸引讀者外，其餘都是情節性極強的言情小說。

從整體上說，其敘述的愛情故事大體逃不出三種模式：才子配佳人，郎才對女貌，愛情一帆風順，甜蜜美滿。或有情人雖幾經磨難都生死不渝，終成眷屬，或相戀者偶遭橫禍，遇外力強行干預釀成愛情苦酒。

就個性而言，這些港臺女作家倒也各有千秋，各顯神通，如瓊瑤的哀婉，常以古典詩詞點綴，三毛的瀟灑，岑凱倫的浪漫，席慕容的清麗，亦舒既注重寫女強人在事業上的成功，又不忽略其事業成功後的孤寂與苦悶等等，而正是這千姿百態的創作個性共同構成了一個絢麗的言情世界。

雖然以瓊瑤為代表的這批港臺女作家在港臺也時常要遭到一些正統文人的非議，但這依然遠遠無法阻止大陸眾多讀者對言情文學的青睞。有人說：言情文學的讀者不是懷春的少女，就是寂寞的少婦。此言雖不無道理，但也不儘然如此，即便是對那些喜歡擺弄拳腳的男士們來說，又何曾不樂意到這純情的世界裡去蕩漾一番呢？

瓊瑤們的小說以「純情」取勝，這就有異於中國歷史上曾經出現過的「苦情」、「烈情」、「哀情」、「孽情」、「怨情」、「奇情」等模式，這或許也是她們在今天格外受到歡迎的原因之一吧。

一個有趣的問題是：當代大陸作家，特別是女作家何以在言情文學的世界與港臺作家相比格外弱小？

三、野史逸事，軼幕初窺

如果說中國大陸當代作家在八十年代暢銷書中的武俠小說和言情文學領域幾乎都交了白卷，那麼，在紀實文學領域，他們則著實露了一回臉。

暢銷書市場上的紀實文學作品大體可分成三類。

一是歷史風雲人物的傳記或軼聞逸事。這裡主要是指本世紀中國歷史名流。以曾為大陸神一般人物的毛澤東為例，有關他的紀實作品就有《毛澤東傳》、《毛澤東逸事》、《走下神壇的毛澤東》等。此外，如葉永烈的總題為《「四人幫」的興衰》的四部長篇：《江青傳》、《張春橋傳》、《王洪文傳》、《姚文元傳》和《陳伯達其人》等，還有《鄧小平》、《周恩來傳》、《蔣介石傳》、《蔣經國傳》、《李登輝》、《宋氏三姐妹》等等。這些人物或流芳千古、或毀譽參半、或遺臭萬年，但他們都對本世紀的中國歷史產生過不同程度的影響，或許由於他們的出現，歷史才因此而出現飛躍、停滯乃至倒退，這是一批富於魅力的人物，人們渴望瞭解他們。

二是對本世紀重大歷史事件的紀錄。如反映歷史的《西路軍蒙難

記》、《淮海之戰》、《板門店談判》等，反映十年「文革」的《十年浩劫》、《上海生死劫》、《二月逆流始末記》。這些記錄重大歷史事件的作品和前面提到的歷史風雲人物的傳記相得益彰，共同構成了中國大陸近年風雲中一幅幅啟人思索的歷史畫面。

三是對重大社會問題的追蹤。舉凡當代社會所面臨的種種重大現實問題都在紀實文學作家追蹤的視野之中，如自然災害、人口增長過快、住房緊張和分配不公、婚姻戀愛中的不盡如意、賭博、走私等社會醜陋行為、及各行業不正之風等與廣大民眾日常生活戚戚相關的社會問題差不多都在紀實文學中得到了反映。

四、理論暢銷，並非神話

一批理論書籍居然也能躋身於八十年代大陸暢銷書行列，構成了這一時期暢銷書市場的另一奇觀。理論通常與暢銷無緣，只是八十年代大陸的暢銷書市場卻一反這一般規律而別具一番特色。

綜觀八十年代大陸的暢銷書市場，下列三類理論書籍是格外引起讀者關注的。

一是心理科學研究類的圖書。這包括心理學研究大師佛洛伊德和榮格等專家的系列著作，如佛氏的《少女杜拉的故事》、《夢的解析》、《精神分析引論》、《現代靈魂的自我拯救》等；也包括其他一些人文主義心理學家、文學家、社會學家的著述，如費洛姆的《愛的藝術》、《在幻想鎖鏈的彼岸》、阿德勒的《自卑與超越》、波伏瓦的《第二性》等，這些著作本來都是專業性很強的學術專著，如此暢銷大約和大陸人由於長期封閉造成的逆反心理有密切關係。

二是側重研究中國歷史、現狀以及剖析中華民族國民性的圖書。如《文化大革命的起源》、《東方專制主義》、《毛澤東的中國及後毛澤東的中國》等多是偏重於對中國當代史進行研究的專著，而林語堂的《吾國吾民》、柏楊的《醜陋的中國人》、龍應台的《中國人，你為什麼不生氣》則是偏重於國民性剖析，雖談不上系統理論，卻往

往筆鋒犀利，於嬉笑怒罵之中一針見血。這類圖書的暢銷顯然是迎合了人們對歷史反思和對現實憂慮的心理需要。

三是討論人生類圖書。如美國作家卡耐基的《人性的弱點》、臺灣作家羅蘭的《羅蘭小語》等，這些書籍往往以深入淺出的方式，通過對日常生活中大量事例的分析，討論人生旅途中不能不遇到的諸問題，話語親切，因而也具有強烈的感召力。

屬於理論類的暢銷書著作還有《理想的衝突》、《第三次浪潮》、《大趨勢》。不過，也有些理論專著的暢銷恐怕純屬誤會所致，如法國結構主義大師羅蘭·巴特的《戀人絮語》，若將標題改成《一個結構主義的文本》，恐怕問津者就要少多了。

五、「讖緯」復活，「謀略」派生

「讖緯」這樣的詞於今天的讀者來說或許會感到十分陌生。在這裡所說的「讖緯」，其中既包括經典意義上的「讖緯」之稱，如《周易》、墨相占卜一類，也包括由「讖緯」而派生出來的一些難兄難弟，如氣功、宗教養身、謀略一類，這些圖書雖不一定是嚴格意義上的「讖緯」之作，但從讀者接受這一角度來看，兩者的暢銷卻有異曲同工之處。

當時光運轉到二十世紀八十年代時，他們竟然奇跡般地得到了復活，而且從開始時為統治者服務的殿堂上步入了大眾化的暢銷書行列，這種現象實在頗有意味。《周易》星相、占卜一類可謂正宗的「讖緯」之作。作為一種文化遺產，研究它、發掘它都是十分正常的事，可今天它們在暢銷書市場上的流行之廣則未必正常。坦率地說，今天的讀者，有多少人能讀懂《周易》呢？可《周易》卻如雨後春筍一般出現在暢銷書市場上。為什麼《周易全解》、《白話易經》、《易經探微》、《周易與預測學》，相應的還有《中國古代算命術》、《黃道吉日析》等等，真可謂琳琅滿目，應有盡有。有的出版社就更絕了，如某出版社乾脆將《四庫易學叢刊》共十一本一氣端了出來，這既省事，又痛快。

　　氣功養身一類圖書大約是「讖緯」之作的近親。在八十年代中國的暢銷書市場上，其行情不斷看好。作為強身之術，它們受到大眾的偏愛無可非議，只是人們對它們的愛近乎瘋狂，值得回味。嚴新的氣功報告一下子就有三種版本，柯雲路續其長篇小說《大氣功師》大受歡迎之後，最近又將該書中的理論文字抽取出來，編成一部《人體宇宙學--大氣功師理論剖析》，照樣身價倍增。至於其它名目繁多的氣功和養身圖書就更是難以一一枚舉，某出版社在《氣功養身叢書》的名下一氣推出了幾本，而另一出版社則以《白話中醫古籍圖書》為名排出了六本，還有《中國古代房事養身術》、《氣功療法集錦》等不盡其數。

　　謀略類圖書雖說與「讖緯」說並無淵源關係，但從讀者接受心態角度看，兩者又有割不斷的聯繫。其中既有《謀略庫》、《智謀大全》這樣的謀略經典之作，也有《說三國，話權謀》、《常勝不敗的心理戰術》、《百姓致富通書》、《家庭萬事通》這類「准謀略」書籍。這些「謀略」是否頂用尚且不論，但打上「謀略」二字即可暢銷，這無疑是成功的謀略之一。

六、外國小說，各領風騷

　　說到八十年代大陸的暢銷書，我們不應忘記另一重要門類--翻譯作品，從內容上看，屬於暢銷的作品比較駁雜，在我們前面已提到過的言情、紀實、理論、讖緯等門類中都有翻譯作品的位置，而這裡著重想提出來的則是虛構性的翻譯小說，應該說它們在八十年代中國暢銷書市場上所占的比重也是不小的。

　　這其中雖有瑪格麗特・杜拉的《情人》、克洛德・西蒙的《費蘭德公洛》、馬克・薩波塔的撲克牌小說《第一號創作》、索爾仁尼琴的《古拉格群島》等經典性文學名著，但更多的則是以描寫推理偵破、言情、黑幕、暴力為能事的通俗小說。時至今日，有幾位讀者不曉得克利斯蒂、森村誠一、柯林斯、華萊士、謝爾敦、羅賓斯這些域外的通俗小說家的鼎鼎大名呢？

人們既需要金庸、梁羽生的武俠，也需要克利斯蒂、森村誠一的智俠，既需要中國作家筆下的紀實，也需要謝爾敦虛構的黑幕；既需要瓊瑤、岑凱倫式的純情脈脈，也需要柯林斯、華萊士式的欲望。是是非非自當別論，只是這口味的眾多卻是難以抑制的。

當然，八十年代大陸的暢銷書不僅僅只限於上述六類，但從中看到的現象和分析中，我們已經可以發現和感到大陸人對書的饞不擇食的欲望。

寫到這兒，筆者不禁又一次想到美國的速食，那種食之無味，享之無價的滋味，極似過去十年的大陸文化出版市場，這種畸形的現象雖然利弊難判，但由此而引發的思考卻是值得人們長期玩味的。

(原載美國《中國之春》月刊一九九一年六月號，署名：程路)

中南海秘聞之一：文津街俱樂部

幾十年前，中共高層社會中，就盛傳一句話：要外調，去黨校；要入京，混文津。

這句話表面意思不難解釋，在大陸，中共中央黨校是培養高級幹部的「最高學府」，絕大多數省長均出身於此校，故要尋找外地肥缺者，均需進該校「培訓」兩個月到一年不等。然而對那些在外地當土皇帝已久，想嗅京城風味的人來說，另一處地方：文津街俱樂部，則是夢寐以求的。

筆者來美已多年，問過幾百人次的留學生、訪問學者和考察人員，絕大多數人竟然對「文津街俱樂部」這一在中共高層社會中聞名遐邇的地方聞所未聞，而極少數「高幹子弟」們則避而談之。由此可知，國際社會及海外華人則對此神秘的俱樂部更是無從可知了。

由於當今中共官宦階層，大多與此俱樂部有極深的淵源，眾多「紅官」則是靠在此地表現而躍升，所以筆者認為，欲瞭解中共官僚社會的結構和繁衍，不知道文津街俱樂部，則是一大漏筆。

文津街俱樂部全名：文津街十一號中直機關文體俱樂部，但沒有人看到過這個名字，也沒有人叫這個名字，而這個名字被寫在一個一尺見方的小木板上，懸掛在門衛傳達室內的牆上，大概是為了給冒然走進的人看的。在中共老一輩「玩家」中，大家均叫此俱樂部為「養蜂夾道四號」，或只稱「養蜂夾道」。

這個怪名源於文化大革命前，因為該俱樂部籌建於1962年，當時被徵地的胡同名叫養蜂夾道，那幾戶居民也許是養蜂家的後代，被當地公安派出所一聲令下，轟到不知什麼地方去了。於是當時主管中央書記處工作的老鄧，想起將來這是他常來打牌的地方，成局者必四人也，於是心血來潮，向來請示的中共辦公廳主任楊尚昆脫口而出：「就叫養蜂夾道四號吧。」

上述細節筆者沒有考證，但出自文化大革命時聯動造反派的一副漫畫。

最近北京市長陳希同在人大會上指責趙紫陽「動亂」期間專打高爾夫球，以示民眾其生活奢侈。而就是在此期間，眾多元老派人物卻常常彙集文津街俱樂部打麻將，像以往一樣，許多非正式的決定均出於該俱樂部的牌桌上。當人民大眾知道他們這些天天喊艱苦奮鬥，反對資產階級生活方式的老一輩革命家，竟還有這樣一處逍遙宮時，不知該做何想像。

及時行樂——這句被中國共產黨罵了四十年的名言，恰恰是他們一些領導人自行自奉的處世名言。

這些老頭子想起當年臥薪嚐膽，爬雪山過草地，槍林彈雨的往日，早已忘記了越王勾踐的教誨，首先考慮的是如何歡度暮年。文津街俱樂部就是他們縱淫行樂的窟窯之一。

當你來到北京城中南海後牆，穿過北海公園大橋，首先看到的是座落在府右街北面的北京圖書館（現為老館，新館已遷至白石橋）。其對面則是高高的紅牆，無人知曉裡面的一切。但人們起碼還知道這是中南海的後牆，走過北京圖書館巍峨的大門，穿過一條不足十米寬的小街，就是北大醫院，小街的口處停放著六、七輛警用摩托車，一座臨時木板房，門口掛著「西城交通大隊第六支隊」的木牌，與一般交通警察臨時執勤站沒有什麼不同，小街對面是中南海後門，兩個荷槍實彈的大兵筆直地站在那裡，像兩個木頭人。

絕大多數人都由於忙於觀覽北京圖書館大門和中南海後門這兩個引人注目的地方而匆匆穿過那條小街，幾乎沒有留下任何印象。然而，就是這條不足二百米長的小街——文津街，曾有多少達官貴人從這裡進出，每天從早到晚，北京再沒有另外一個地方，有像這裡那樣頻繁持久地進出高級轎車。特別是週末，往往由於門衛檢查緩慢而排成長龍，但市民們仍然沒有引起注意，以為又是一個什麼會議，因為這一帶的機關太多了。

　　從文津街進去，兩旁全是高高的牆，給另外一頭街口的警衛一個良好的視野，沒有人可以不被發現而進入這條二百米長的街道。大門像所有政府機關一樣高大華麗，沒有任何標誌，鐵門通常關上一半，僅夠一部車通過。這裡戒備森嚴，無論是誰，無論職位多高，進這裡，必須出示特別出入證件。這裡認證不認人，警衛部隊是八三四一部隊的一個排，由於對面就是中南海後門——國務院、辦公廳所在地，兵力充足，有情況二分鐘就可以趕到，所以一排兵力足矣。進入大門後，一片花圃式的屏風擋住視野，必須繞過這排屏風，才可以看到俱樂部建築物的全貌。

　　這是一幢仿古琉璃瓦式的高大建築群落，無怪乎從北海公園的湖面上，都看不出這個俱樂部的存在，因為這一帶均是這種建築物，共有四、五十幢，大部分是隸屬國防部的辦公大樓。值得交待的是，這個俱樂部後面就是國防部大院，東面是專為「中央首長」看病的解放軍三〇四醫院，西面是北京大學醫學院附屬醫院，前面是國務院，可見地利如此之好，難怪以前老鄧常常一月三次光顧這裡打橋牌，調兵遣將。

　　大樓前方一片寬闊的停車場，再往前是一個全封閉的玻璃花房，裡面全是各地進貢的名花異草。當年中國大陸君子蘭開價上千元一盆時，這裡專供會員的大葉君子蘭只有五、六元的價格。每當那些老頭在裡面打累了牌，喝足了酒，跳乏了舞，搖搖晃晃地走出來，總要在回去之前去花房裡挑幾盆名花帶回家欣賞，玩夠了還可以退回來，就像挑選裡面的女服務員一樣，以舊換新。

　　走過二級臺階，那些老頭先進行了第一個鍛煉，氣喘吁吁地來到門口，接受第二道檢查，在這裡已不再是當兵的了，而是隸屬中央警衛局的便衣，從八〇年到八八年，這裡的警衛頭是身任人大常委副委員長，原某大軍區政委的獨子，出身於公安政治保衛系統的ＸＸ，可見這些當權者不願讓外人知道自己的內幕。在這個門口，司機和秘書被留下來，安置在隨員休息室，吃喝免費，還可以看在社會上絕對禁止的「內部片」。

身體好的老頭或乘電梯或登樓梯，自己去尋找自己想玩的地方和玩友，步履蹣跚的人則由服務員挽扶去到他想去的地方。

這裡的小姐，均屬軍隊編制。由於文津街俱樂部直屬中央辦公廳，主任一職雖由中顧委秘書長榮高棠兼任，而實際控制在幾位辦公廳主任手中，如楊尚昆、汪東興、胡啟立、溫家寶等人。該會員證發放有嚴格標準，文化大革命前必須是正部級、地方正省、大軍區正職及三部門常委（軍委、人大、政協）以上，所以為數不多。文革期間什麼都砸了，而文津俱樂部絲毫沒動，而且不為世人所知，就是這個原因。四人幫期間，由於江青本人喜歡釣魚臺和官園，所以文津街俱樂部生意有些淡。鄧小平重新掌權後，由於該俱樂部是他一手操辦的，每當牌癮上來，立即驅車而來，幾分鐘後，被急電招來的牌友迅速成局，鄧小平打牌鑽桌子——傳聞就發生在這裡的三樓的「棋牌室」。

我們重新回到俱樂部大廳來，先向讀者介紹全貌，以便後面敘述。大廳前方是鋪著鎏金邊紅地毯的寬大樓梯，兩旁是幾部電梯，向左側廳進去則是通往室內手槍靶場和電子遊戲室的路，同時還可以進入地下室，地下室有保齡球場、乒乓球室、綜合健身室和遊藝室。從大廳向右側廳則是網球室、溫水游泳池和舞廳，所有設備均為一流水準，與當今美國的一些俱樂部相比毫不遜色。

二樓大廳是桌球室，英國皇家檯球桌均是十幾萬美金從香港採購的，連吊燈也是在國外訂制的。一排擺開的四張球桌，富麗堂皇，墨綠色的桌面顯示著主人的豪華和地位。我來美後雖然經常進出各種俱樂部，但像文津街俱樂部那樣豪華的桌球室，我還沒有見到第二個。

三樓是麻將室和棋牌室，其豪華程度更勝一級，桌面均為特製的絲絨布，即容易洗牌，又不倒牌，沙發式桌椅可以調節角度，以改變不同的坐姿。

另外一樓還有一個小賣部和餐廳。小賣部對不同的級別幹部，可以用平價買到不同數量的緊俏商品，如國務委員以上級別的每月可以

買四瓶茅臺酒，每瓶11.80元（市價250元）；副部級以上可以買二瓶。由於老幹部政策難以落實，為了減少怨言，文津俱樂部目前已對地方副部級、軍隊正軍職開放，很多人終於得以進入這一禁區。

現任國務院對台辦主任、書記處候補書記的丁關根，原來只不過是鐵道部的一個小調度，由於能玩一手好橋牌，常陪老部長萬里在這裡打牌打到鐵道部教育司長的位職，再由萬里介紹給老鄧當搭檔，極盡奉承，一年內躍升鐵道部部長。由於整日醉心於奉陪老鄧打牌，無心治理政事，造成鐵路系統大亂，翻車撞車事件層出不窮，引起舉國上下聲討。此公不但沒有因此而丟官，反而上調一級，躍任人大常委會秘書長。

可是有誰知道，老鄧三天不吃飯不看文件沒事，但一天不摸牌、不抽煙則無法活下去。像丁關根這種靠在文津街俱樂部表現而躍升為官宦的有一大堆，如前康華發展公司總經理韓伯平（萬里網球搭檔）、前海軍司令員劉華清（卓琳的舞伴）、現任國家安全部部長賈春旺（薄一波桌球玩友）、現任政治局常委宋平（王震麻友）等等。

文津街俱樂部所展示的是中共高層社會的一個斷面，也許終有一天，文津街俱樂部將回到人民之中，像旁邊的北海公園一樣，任何人都可以享受，成為大眾的遊樂場所。

（原載美國《中國之春》月刊一九八九年九月號，署名：未名）

中南海秘聞之二：官園深處

在中國人心中，毛澤東的後半生應該全部是在中南海度過的，所以文化大革命紅衛兵崇仰的聖地是中南海，海外中國問題專家也認為中南海是中國最高領導人的唯一居所。但實際上，毛澤東從1964年底就搬出了中南海一段時間，史學家很少知道他還有另外的居所。

毛澤東深知盤居皇城的重要意義，所以當他因故必須離開中南海時，一沒有搬到重兵把守的軍委總部玉泉山，也沒有住到當初打進北京時住過的香山別墅，而搬到了一處專為他興建的別宮─官園。

官園原來是一個街名，地處北京西二環路車公莊地域，老北京人都知道那裡從前是一個大的集市，尤其賣鳥的最多，不過那種時代早過去了，只有六、七十歲的人還記得。1963年，突然大批民房被拆遷，雞犬不寧地折騰了大半年，在一片破舊民房區中，一圈極高（約十二米）的灰色磚牆，擋住了周圍居民的視線，人們只能聽到裡面的聲音，看到持槍的大兵穿梭巡邏，沒有人知道裡面是幹什麼的，為什麼要建在這裡。

從此，在中國執政階層中，官園這個名字比中南海勤政殿出現的次數還要多。

官園的歷史雖然短暫，從毛澤東六四年住進去到七六年死去，只不過十幾年，但整個文化大革命的策劃和發動，很多是發生在這裡，老毛的晚年生活和張玉鳳的豔聞也多發生在這裡。但當時高層社會中，能進出這裡的，也只有林彪、周恩來、汪東興等人。官園實際上被蒙上了一層神秘的色彩，住在周圍的老百姓，直到今天，都不知道他們曾有過這樣一位鄰居，眾多人仍相信毛澤東一直到死都待在中南海裡。

官園大園占地約四十餘畝，十幾米高的硬質磚牆擋住了所有的視線，1980年前，周圍三百米處不准蓋三層以上的樓，二十四小時全戒

備警衛，裡面有十幾幢三層小樓，以前專供中央辦公廳和汪東興等使用。毛澤東住在後園，一幢帶游泳池的兩層小灰樓裡。從國外的標準看是樸素的，從國內老百姓的眼光看，是豪華的。地毯、空調、衛生設備，二十餘間房間，分別佈置成辦公室、保健室、消息室和寢室。我想年輕一代領導人，哪怕是鄧小平，也不願這麼孤家寡人地生活，但老毛畢竟是老毛，他生活的習慣中，始終不能克服農民習性的影子。

毛澤東時代的官園，由於資料有限，無從考證，但今天的官園，雖然前面部分由於恨汪東興的人，為了趕走住在裡面的主人汪東興，而促使其變成兒童活動中心，但後半部至今仍然戒備森嚴，一般人無法知悉。

上文曾介紹了文津街俱樂部，中共為了安撫大批退休老幹部，使文津街俱樂部對已退休副部級以上幹部開放，但更多的廳局級幹部怎麼辦？特別是那些中直機關（中央直屬機關，如秘書局、保密局、中央黨校、組織部等等）的局長們，其資歷遠大於後提的部、省長們，還有一大堆中顧委委員。這成為中顧委秘書長、文津街俱樂部主任榮高棠的一大難題，這時官園就成為他手中的一根救命草。原來為趕走汪東興時，是以把整個官園都辦成「宋慶齡國際兒童活動中心」為理由，但因兼任老幹辦主任的榮某為了替老鄧收買人心，擅自砍了一半園子，辦起了第二個俱樂部——官園老幹部活動中心。

這裡雖然比不上文津街俱樂部豪華，但也應有盡有，特別也建了一個賣緊俏商品的小賣部，大受那些失寵的老頭們歡迎。於是乎，官園成了一批給共產黨賣了一輩子命，只混到司、局級老頭們發洩私憤的地方。每到週末，車水馬龍，豪華汽車夾著三、二個騎車老頭（退休後沒車坐的），一起湧進官園後門，同文津街俱樂部一樣，一律憑紅卡進入，只認證概不認人。從此也鬧出不少風風雨雨來。

八五年，中國社會掀起公司風時，這批老不老，少不少的局長及太太們，按捺不住財欲和權欲。有一天蠢蠢欲動，聚集麻將室，外

面北風呼嘯，但老頭老太太們一個個紅光滿面，仿佛一場偉大的戰役就要開始了。一個原國民黨河南省主席、後來投誠的副部長張某，侃侃而談：「想當年我從黃埔軍校畢業，因為我哥哥是財政部駐河南專員，平價從國庫購進糧食，然後高價賣給小販，利潤一般在八成以上。這麼多年為黨工作，該讓我賺點錢啦。四九年參加共產黨，我連老婆的首飾都交公了，挨了一輩子罵。」

「對，我家原來是開鹽店的，紅軍一到江西全沒收了，我也只好當了紅軍，幹了幾十年，才混到十二級，我兒子倒彩電，一天比我一年掙得還多，我們有那麼多的關係，不信就倒不過兒子們。」一個物資部的局長說。

大家你一言，我一語，最後協議成立一個聲稱為老幹部謀福利，實為利用手中餘權賺錢的，中國蒼松老年人服務公司，成為眾多官倒中的一個。

也就是這個由老幹部組成的公司，八七年被北京稅務局和工商局聯合查封，新聞界也呼籲制裁這個偷漏稅幾百萬、非法倒賣緊俏物資的官倒公司，不但大量倒賣彩電、冰箱等生活用品，還倒賣鋼材、水泥和地皮，利用手中的權力和關係，獲取高額利潤，在社會中引起極大反應。然而，就是這樣一宗轟動社會的大案，像所有有背景的案件一樣，悄然消失了，不但沒有得到制裁，北京工商、稅務兩個局長相繼換人，成為官場上的軼事。而該公司兩位董事，中顧委王首道、陸定一，每當遇人談起此事，則往往肅然道：我們一生流血犧牲，到老了還繼續革命，有人膽敢動我們，真是搬起石頭砸自己的腳。

官園第二件軼事，就是中紀委（中央紀律檢查委員會）與中辦（中央辦公廳）爭地皮。

當初為安置陳雲，中紀委成立之初設在中南海西院，老陳明知是個擺設，但整天在人家眼皮底下過日子，終歸難受，於是搬到了位於西直門的國務院招待所，時間一久，部下總有不安定感。

陳老這才開始考慮地方問題，回中南海吧，面子上過不去，去府右街又爭不過國務院。想來想去，想到官園，心想只有這塊毛澤東曾住過的地方，名分上才能和中南海平起平坐。於是中常會上提出搬進官園的要求，當時主管辦公廳的是剛從天津上來的胡啟立，明知那是中顧委的地盤，一邊老鄧，一邊老陳，心裡明知籌碼應該放在老鄧那邊，又不能明說，所以，一邊笑臉答應，一邊暗示榮高棠拖著，於是一場拉鋸戰開始了。

官園老幹部活動中心，只讓出前面二幢樓給中紀委，陳雲聽後大怒，責令韓天石立即找胡啟立。胡、韓二人不是同代人（韓高胡一代），胡又是高官，為了平衡又讓出二幢，但安排警衛故意刁難。原來官園只有兩個門，前門屬於前園，是兒童活動中心，後園只有一個東側門，對面是北京軍區司令ＸＸＸ住房。中紀委既然進駐官園，只能用中辦的警衛，凡有找紀委上訴辦事的人，均被警衛厲聲喝住，站等良久。久而久之，辦事單位均知中紀委與中辦有矛盾，去那兒辦事，要受氣於警衛。所以凡與商討之事，均靠紀委人員代勞前來門口接人，搞得大家沒有要事，絕不輕易到那塊寶地受氣。

紀委老人深知官園歷史，也知道中顧委的厲害，只好忍氣吞聲，相安無事，正好事少偷閒，落了舒服。哪想韓天石八七年從北大把親信劉昆調到手下，任命辦公室主任，新官上任，第一天就被大兵擋駕，非要出示證件。劉昆兜裡只有北大工作證，聲稱自己是中紀委辦公室主任，警衛任憑他說，就是不讓進。劉昆又只認識韓天石，偏巧韓天石又不在，結果第二天報到時，當著其他幾個副書記面大發牢騷。不知哪位嘴快，暗暗去陳雲處學說一番，陳雲氣得一口氣沒吸上了，差點過去，一陣忙亂搶救後，老陳大罵道：給我另開一個門，而且給我在裡面蓋樓，我住定了。

於是，官園後園的神秘之處，又開了一個門，與第一個相距不足五米，換上自己的門衛。周圍的居民百思不得其解，好好的院子為什麼開兩個門，當兵的是不是太多了。

這件事發生不到一年，二幢綠色辦公大樓赫然在原老毛的領地上豎起，於是割據時代開始了。

後來呢？筆者出國了，不知新上任的中紀委書記喬石該如何處理這一怪現象。

（原載美國《中國之春》月刊一九八九年十月號，署名：未名）

中南海秘聞之三：香山別墅

香山別墅，顧名思義是一處優美的園林住宅，實際上也是如此，它是由三幢中西合璧的琉璃瓦頂簷的二層小樓，和其它配套設備組成的一個大宅院，四面被楓葉林覆蓋的西山環抱，春天綠波茵茵，夏天涼爽怡人，秋天紅葉醉人，冬天落葉如氈。人在其中，大有孟浩然的「春眠不覺曉，處處聞啼鳥，夜來風雨聲，花落知多少」的如臨仙境之感。

它位於香山腳下，臥佛寺之北的一處小山坳中，往西再翻一座小山坡就是櫻桃溝，潺潺溪流聲若隱若現，更增加了無窮情趣，往東數里，便是令人爭論不休的紅樓夢作者曹雪芹故居，從臥佛寺北上，沿著一條可以行車的柏油路向深山中走去，兩旁林木如世外之景，鬱鬱蔥蔥。在離曹氏故居不遠處，有一條三叉道，一條去紅樓主人處；一條去櫻桃溝，另一條則豎一塊牌子，上書「軍事重地，嚴禁入內」。

如果你不理會這塊牌子繼續往前走，則山路蜿蜒，曲徑通幽，但十分平穩，絕無險處。約走十分鐘，一處帶有欄杆的崗哨把你截住，經過必要的安全檢查，查實出入證件無誤後，欄杆吊起准允通過，同時，你的到來裡面也知道了。再在林中走三、四分鐘，前面豁然開闊，萬山叢中，一個世外桃源般的建築群落映入眼中，別激動，千萬不要忘情地衝進去，那樣對你很危險，別墅入口處還有荷槍實彈的警衛，周圍山頭也可見幾座碉堡和嚴密的鐵絲網。經過更嚴格的檢查後，你才可以驅車進入。

進入主樓後，是一個很大的休息廳，紅色地毯，寬鬆舒適的沙發，好像到了美國度假聖地Yellowstone的豪華別墅，中央空調，大理石洗澡盆、席夢思、彩電、冰箱和高品質的傢俱。這就是香山別墅——一種中國老百姓無法想像的豪華度假別墅。

當年毛澤東隨幾十萬解放軍打到北京城外，北平已和平解放，但

毛澤東知道自己苦盡甘來，故而惜命如金，堅決不住進北京城，而讓北平市地下黨給他找安全的地方，當時的北平地委負責人崔月犁想了很久，終於想到他們的總部，位於香山櫻桃溝附近的一處石頭大院，素以詩人自稱的老毛，頓時喜歡上這個地方，立刻要求葉劍英負責修建他親自命名的香山別墅。

葉劍英雖然在共產黨歷史上從未打過前線，但由於深深討好老毛之故，將香山別墅修得甚得毛澤東之心，而且完工之時也恰到好處，正趕上五三年授銜，於是換來了元帥之銜，從此時來運轉，一直到死。但葉劍英也不愧是中共的「花帥」，為老毛修別墅的同時，就工就料，在玉泉山上為自己也修了一處同樣豪華的別墅，以供自己享受，同時又遠離主子，自享其樂。三十年間玉泉山別墅以「種花採花」名聞軍界，凡「葉花匠」採剩之花，均配給得意之部下，以攏下心。

以香山別墅為中心的方圓幾十里中，還有玉泉山別墅（後葉劍英住）、八大處別墅（傅崇碧住原北京軍區司令員）西山別墅（秦基偉住）、紅山口別墅（楊尚昆住）等等。

老毛死後，香山別墅由中央辦公廳接管，趙紫陽出任總理後，由於胡耀邦不喜歡在北京郊區，而喜歡「周遊祖國大地」，故將香山別墅轉送趙紫陽，趙素以體恤下屬為著，故將香山別墅交由國務院辦公廳招待處代管，專門安排趙氏班子討論國家大事、制定方針政策時用，因而香山別墅漸漸進出一些躊躇滿志的年輕人，哨兵們也看慣了中南海大紅旗車換成了貼有體改委、國務院研究中心字樣的進口豐田、尼桑。

這些在搞改革，決心把幾十年沉泥垢物一掃而空的改革家們，依然承襲老一輩的一個傳統——享受特權。

在香山別墅住一天，只要象徵性交一塊錢人民幣，山珍海味，大魚大肉儘管吃，吃飽為止，但不是大鍋灶，而是由名廚精烹之物。內部錄影、西方影片、琴棋書畫皆為盡享之物。如果陝北老區的農民

游香山誤入這裡，所發生的事情，絕不是曹雪芹筆下的劉姥姥了。而是痛苦和失望的心碎，他們怎樣能想到，當年他們把家中糧食布匹，甚至兒女貢獻給這些革命領袖，而今仍過著食不飽，穿不暖的艱苦生活，但革命領袖卻在花天酒地姿意享樂，內心怎樣能平衡呢？

共產黨為了享受就和歷史上一樣，勝者為王，敗者為寇。幾十年奮鬥，為的是享受，所以像香山別墅這樣的豪華住宅，並不是老毛、葉劍英等人的專利，從中共到地方，每個土皇帝都有自己的安樂窩，以北戴河中央辦公廳招待處（幾次黨代會之後的決策會，近幾年都在此地開）為例，興建大量的高級私人別墅，毛澤東、林彪、鄧小平等人均有之，地方上，北有省委承德別墅、山海關招待所、甘肅有寧臥莊、福建有西湖賓館、山東有青島八大觀、廣東有珠海石景山莊。從南到北，從東到西，每個每屆土皇帝都為自己修築了無數豪華宅第，同時又大揮人民血汗去修度假別墅，以供養身修性。

（原載美國《中國之春》月刊一九八九年十一月號，署名：未名）

中南海秘聞之四：秦城監獄

從谷歌地圖搜索到的中國北京昌平小湯山秦城一號的照片，看上去是那麼安靜、那麼普通。但真正進去過那裡的人，一定會毛骨悚然，心靈久久不得安寧。這就是中共高層社會人人皆知的中國大陸巴士底獄－秦城監獄，是中共高層政治角鬥場失敗者的地獄。

在共產黨治理大陸幾十年的歷史上，從國家主席劉少奇開始，鄧小平、王震、薄一波、彭德懷、班禪大師等，做為毛澤東的手下敗將，無不在此渡過了刻骨銘心的時光。然而今天，鄧小平又想起了自己受難的老地方，將秦城監獄又變成了自己反對派的墳墓。從1989年瘋狂大逮捕開始，到十月，秦城監獄又重新關進數以百計的民運人士，得到證實的有趙紫陽秘書鮑彤、四通研究所負責人曹思源、民運老將任畹町、高自聯負責人王丹、福建社科院長李洪林、太平洋論壇主編鮑遵信等幾十人。如果趙紫陽被李鵬、楊尚昆等最終定罪，也將關進這座有進難生還的墳墓。

經過幾十年的歷次政治運動，大陸人民對於秦城監獄已不再生疏，但它的位置和確切位址，則為大多數人所不知。

從北京出德勝門沿京昌公路向北駛去，行車約一個多小時，你就會看到一個三叉路口，往前是南邵鄉，往南是小湯山療養區，往北是秦城，記住，往北的這條路不是四米寬的柏油路仿佛是開進火葬場的路，隱在一片稀鬆的小樹林中，放眼望去，沒有行人，沒有車輛，只有一塊醒目的大路牌：外國人禁止通行。再往裡進幾百米，又一塊白底紅字的大牌子豎在路旁：警戒線，一讓所有的人想到立即臥倒的口令。這三個字就意味著一過此界你將會受到槍擊的危險，所以為什麼多年來人們一直無法詳細描述秦城監獄的真實面貌，連魏京生都是憑想像描寫出一座高大的門，一寬寬的影壁和一處陰森森的拱形樓洞。

在高倍望遠鏡的幫助下，這座背山而建的魔窟外表好似大陸常見

的機關大門，自動開閉的鐵柵門使人無法看到它的警衛系統的實力。正是這種自信般的手法外表，更加說明了內中的森嚴。這是一個很大很大的監獄，二米多高的圍牆佈滿鐵絲網，沒有碉堡、沒有槍穴，更看不到哨兵的存在。但幾十年來，從未聽說有人從這裡逃出來過，真正嚴密的看守系統全部隱藏在大牆裡面，據當地村民告訴我們，該處警戒線為400米，凡進入方圓400米警戒圈內的，不被打死打傷也會被抓進去，失蹤在這個世界上，所以他們雖然居住在周圍幾十年，從未領略過內部的「風景」，而且也從不想領略。

這座政治犯監獄是毛澤東的傑作，無數沒有按照他的旨意效忠的人，被扔進了這座煉獄，生還者只能感謝上帝的恩寵，死去的只好到陰間咒罵了。老毛萬萬沒有想到，這座關押他政治對手的地獄，在他死後未滿百日，竟成了他夫人和接班人的居留地，歷史真是奇妙無比。政治本身就是一場賭博。當年從這裡僥倖活著出來的老人黨們，竟然從狹隘的施暴心理，將他們的反對派同樣關進這巴士底獄，喪失了最起碼的人性。

據一位曾經在這裡面住過多年的老者講，該監獄屬於公安部勞改局（五局）秦城特勤處管。監管人員均是一幫喪失人性的傢伙，常以各種非人的折磨來彌補他們在這裡的孤寂。所以裡面的犯人大都受到過嚴重的精神創傷。

從我們所見到的大門往前走，又是一道鐵門，那裡有嚴格的檢查，進去後，一條大路兩旁有許多類似的院門，每個小院由二或三幢小樓組成，每幢小樓上下有二十幾個囚室，大多數犯人都是被關單間，囚室一般為五平方米，有一張木床，一個馬桶和一個水池。用鐵網罩住的燈泡掛在天花板上，一般人無法搆到，一米多高的門上有個供看守用的監視口，口下方是一個可以在外面開啟的小窗，用於送飯或其他東西。秦城監獄對於已經定案的犯人每天放風半小時，未定案的犯人每星期一次。放風只在有限的幾十平方米內，犯人之間不准交談，平時則面壁而坐，如同死人一樣沉寂。

秦城對於所有進去過的人來說，是一個痛苦的名字。那裡可以扼殺每一個人的意志，可以使任何一個稍有鬆懈的人精神崩潰。要知道，所有進去的人，大都是政治思想上的活躍份子，廣泛的社交、敏捷的思維，使他們早已習慣於轟轟烈烈的生活，驟然關進這裡，死一般的靜寂，沒有交流，不能說話，百分之八十的人都患有不同程度的精神分裂症。筆者曾坐過共產黨的監獄，非常理解為什麼魏京生會患精神分裂症，這才是一種非人的精神折磨，比打、罵更為殘酷的一種精神摧殘。

為紀念中國民主運動的先驅，身陷囹圄已十年的魏京生勇士，讓我們再重溫一下1979年2月11日他對秦城監獄所作的聲討：我揭發秦城監獄的極端殘酷，不僅僅是為被關押在其中的犯人們喊冤。當然，這些敢於對抗毛澤東蠻橫霸道政策的人，這些獻身於中國民主事業的人，是值得我們尊敬和仿效的。我認為秦城監獄給我們的教訓是應當更加深刻的：我們的國家裡並不存在無產階級專政，名義上的無產階級專政被少數獨裁者用做了專政工具。這一工具被恰當地運用到了一切威脅獨裁統治的方面，包括過去的「親密戰友」。

獨裁者的專政工具無比的殘酷野蠻，這是必然如此的。獨裁者沒有壓迫人民的正當理由，如果再沒有壓迫人民的強有力工具，他是不可能生存下去的。他手中的專政工具必然要對準人民的，也是必然要對準內部的反對派的，一點也不會因為這些反對派是他們過去共過患難的戰友而手軟。從這一點上看來，在過去的革命中犧牲了的先烈們的確是幸運的。他們不但因保衛自由與和平而獲得英雄榮譽，他們還獲得了心靈上真正的安寧，不必為了「戰友們」折磨他本人和家屬而痛苦，也不必為了隨時準備受折磨而日夜顫抖。

獨裁者們總是製造種種政治藉口來消滅他們的對手，例如「階級異己份子」、「現行反革命」、「叛徒」、「裡通外國」等等。有了這些政治藉口和秦城監獄式的監禁，才有可能製造出政治獨裁。反過來說，如果沒有以政治為藉口的監禁，就沒有獨裁者實行獨裁的必不可少的條件。所以說，人道主義關係到的不僅僅是個人問題，更主要

的是關係到全體人民的生活權利問題。要想根除獨裁政治及給國家和人民帶來的災難性後果，就必須根除產生和維持獨裁統治的條件，包括廢除這種極端不人道的政治監禁和迫害。

必須永遠廢除秦城監獄！必須永遠廢除以政治為藉口的監禁和迫害。因為這關係到的不僅是被監禁和迫害的少數人，而且關係到全體人民的政治權利，關係到作為人的基本權利。你承認每個人都有對國家政治發表意見的權利嗎？那麼你就應當反對為了發表政治見解而被逮捕。如果你不承認別人的權利，那麼請證明你的權利的合理性吧！意見雖然常常只有一個最正確，權利卻只能是相互的。請問從秦城監獄中放出來的老人黨們，當你們取消別人自由發表政治見解的權利時，你們是否保障了自己自由發表政治見解的權利呢？當你們用政治藉口迫害別人時，你們是否預見到自己也要受同樣的迫害呢？現在你們該「預見」到了吧！現在人們也想到了：只有廢除以政治為藉口的監獄和迫害，發表意見的自由才有可能得到保障。人民的權利不能通過剝奪他人權利的專政來保障。人民的權利必須通過保障他人的權利來得到相互的保障。」—載自《探索》第三期第十四頁

十年過去，中國民主自由的呼聲又一次在槍林彈雨中染上血腥，十年前為之奮鬥的魏京生還在獄中，又一批熱血青年，為同一個目的、同一個嚮往，被關進這中國八十年代的巴士底地獄。試問，何時我們能高舉著民主自由的火炬，徹底燒毀這獨裁專政的象徵—秦城監獄？

(原載美國《中國之春》月刊一九九○年一月號，署名：未名)

秘密檔案之一：中共與日寇的秘密交易

從北京出西直門，經頤和園至溫泉鎮白家疃處，有一處戒備森嚴的灰牆大院，給人以深不可測之感。居住此地幾十年的老住戶，只知道院子屬中直機關，卻不知道這就是儲藏中共從1921年建黨至現在的眾多原始材料和檔案的中共中央檔案館。

該部門就是對中共內部來說也是一個頗為神秘的部門，因為它不僅藏有中共歷史各個時期的文件和材料，同時也存有中共部級以上的個人檔案材料，使那些雖然身居高位但歷史又不太「乾淨」的大官們，生怕某一天有人會從中提出一些不利於自己的材料，輕則丟官，重則身陷囹圄。文化大革命中一些老幹部們的生活醜聞和「叛變」證據皆出自於該檔案館造反派之口。但儘管如此，卻不曾發生過檔案原件或影本流失於社會的情況，由此可見中共對該館的控制之嚴密。

但凡進入該館工作的人員，必須是歷史清白，「黨性」堅強，守口如瓶的中共黨員幹部，甚至連收發室的老太太也有四十年以上的黨齡，倉庫保管員行政十二級（相當於副軍級）。該檔案館內部有一更為戒備森嚴的部門：保密材料局，即機密檔案館，專門收藏一些有關中共歷史中至今甚至永遠不能公佈的材料，所以被圈中人稱之為「墓園」。這之中包括毛澤東和情婦們的床頭戲語，林彪死亡的真實情況和鄧小平與張愛萍的一次對罵記錄等等。整個檔案館可以說是中共歷史的一個縮微膠捲，如果一旦有一天該檔案館能對大家公開的話，中國共產黨幾十年來所編造的神話，就會不攻自破，許多撲朔迷離的真相就會大白於天下，中國近百年的歷史也許要重寫……

大陸人人都受過這樣的歷史教育：即八年抗日戰爭時期，蔣介石與日本侵華軍隊相互勾結，聯合剿共，只有共產黨才堅決抗日，直至把日本人趕出中國。然而留在中共絕密檔案材料KWT-09311卷裡的文字卻是另一個情況：1941年，震驚世界的蘇聯著名軍事間諜左爾格被日本方面捕獲，隨之逮捕了大批「左爾格諜報網」的成員，並引起一連串

對日諜報小組的暴露和破壞。

其中有一個由中共派遣的諜報小組也被破壞。其主要成員為：紀綱、汪錦元(曾任汪精衛秘書)、陳一峰、鄭文道等。這批人除鄭文道至死不服外，全部歸順「天皇」，成為日軍與中共通話的聯絡人。由於四十年代初期，日本侵華較為順利，所以與中共的聯繫主要在於相互溝通一下國民黨軍隊的佈防和調動情況，於雙方有利而已。到了1944年冬天，世界反法西斯戰爭形勢急轉，中、美、蘇、英、法等國開始聯合抗戰，德、日兩侵略國陷於窮途末路。這時，日本派遣軍總司令岡村寧次為了減少戰爭損失和挽回已成敗局的戰況，派出中國戰區總參謀部高級參謀立花，與紀綱等人與中共高層直接談判，設法聯線阻止國民黨正規軍的強大攻勢。

談判報告直報毛澤東，毛認為擴大「根據地」的機會來到了，立即批准中共華東局以高級規格款待日方人員並與之談判。1945年6月，紀綱和立花一行六人談判小組秘密潛入六合縣新四軍的一個機關所在地，與專程從延安來的中共要員及華東局高級官員密談，商量如何保證雙方軍隊避免交火，維持一種局部和平，共同對抗國民黨軍隊，以便在戰情不利於日本方面時，使中共部隊順利接管淪陷區，若戰情轉向不利於中國方面時，日軍保證不再向共軍開火，使之保持一定的地盤做根據地，維持當地治安。

談判記錄作為絕密資料，飛送雙方首腦。同時，鑒於談判雙方頗有誠懇，岡村寧次親自書寫邀請函，希望中共最高層人士能來日軍總部進行高層會談。中共雖然非常希望談判成功，但當時的「畏日」情緒和可能發生的負面影響，使毛澤東等人不敢貿然前往，於是派出中共華東局情報部部長楊帆前往南京日本侵華司令部拜見岡村寧次。日本方面雖然沒能請到中共最高層人士，但也深知身為中共華東局常委的楊帆在中共黨內的重要地位，即由原華北侵略軍副統帥今井武夫與之會談，同時，日本天皇的弟弟小林淺山郎特地從日本趕來，代替日本政府感謝楊帆南京之行，以示日本方面的重視，在談判中，日本方面希望首先與新四軍在中國南方達成局部和平停火協定，並願意讓

出蘇北的八個地區給中共,如若成功,將此模式在華北和東北實行,形成中國戰場的全面合作。日軍只要求一個條件,即一旦美國軍隊在中國登陸,希望中共軍隊與日軍配合阻擊美軍的「侵略」。這次談判順利地達成幾個「協議」,雙方均聲稱將維持「友好」關係,但終因數月後日軍宣佈無條件投降而告吹,使中共和日軍的「合作」成為泡影。

這段鮮為人知的歷史,被當事者雙方視為最機密之事,岡村寧茨等在日本東京戰犯法庭上也未曾交待此事,因為日軍方面有關這次談判的記錄,早在接到投降的命令之日就毀掉了。但最善於保存檔案材料的中國共產黨卻完整無缺地將這一段歷史材料保存到今天。當然,這份檔案材料屬絕密材料,看過的人寥寥無幾。

(原載美國《中國之春》月刊一九九〇年十月號,署名:未名)

秘密檔案之二：中共出兵北韓越南之謎

殺死我們的是中國人——在美國德克薩斯州奧斯丁城堡八街的一個角落，有一座長約四米左右的墓碑，上面刻著該城在朝鮮戰爭和越南戰爭中陣亡的年輕人的名字。在名單上，有這樣一句話：「為了和平，我們戰死在韓國和越南，而真正殺死我們的是中國人。」

不知該怎樣評價這句墓誌銘，但歷史告訴我們，第二次世界大戰後的兩個最重要的戰爭就是朝鮮戰爭和越南戰爭，而在這兩大戰場上，真正的對手不是地主國，而是來自遠方的美國和臨近的中國，在中共中央秘密檔案館裡，第一手的材料忠實地記載了這兩次戰爭中方出兵的內幕。

一、沒有蘇聯空軍中國也出兵

1950年10月1日，毛澤東收到了金日成和朴憲永打來的加急電報，電文如下：

毛澤東同志：

9月中旬，美國在仁川登陸之後，形勢對我方十分不利，敵人利用上千架飛機，不分晝夜地對我前後方進行轟炸，使我兵力和物資損失嚴重。敵人登陸部隊和南線部隊已經會合，切斷了我南北部隊的聯繫，如果敵人進攻三八線以北地區，僅靠我們自己的力量難以抵禦。因此，我們請求你們給予我方特別援助。在敵人進攻三八線以北地區時，派出中國人民支援軍直接入朝作戰。

10月2日，中共中央決定出兵朝鮮，並給史達林發了電報。史達林答應出空軍，空中由蘇聯負責，地面由中國負責。10月4日，毛澤東招彭德懷進京，任命彭德懷為中國人民支援軍總司令兼政委。8日彭德懷飛到瀋陽，召開志願軍軍級以上幹部會議，進行戰前準備。11日清晨，彭德懷坐上了開往丹東的火車。

彭德懷到達丹東第三天，正在安排明日過江計畫，接到毛澤東的電報，要求志願軍原地待命。原來，10日蘇聯方面通知周恩來，蘇聯空軍暫不能出動，表面理由是未準備好，實際原因是怕和美國打世界大戰。毛澤東聽到此消息徒然變色，忙令周恩來赴莫斯科談判。周恩來在莫斯科周旋了三天，毫無進展。史達林主意已定，怕是很難改變了。

毛澤東猶豫了三天，一言既出，難以收復。他知道，沒有蘇聯空軍，中國軍隊將要冒數倍於從前的風險，最後他覺得反悔面子又拉不下來，還是決定出兵。第二天，周恩來拿著毛澤東拍來的電報見史達林，通知他儘管沒有蘇聯空軍，中國將按原計劃出兵。這個決定史達林完全沒意想到，聽罷他沉默未語。

10月19日，志願軍分三路跨過鴨綠江，開赴朝鮮前線。這場歷時三年的戰爭，中方投入兵力120萬人，傷亡36萬人，而它是在一天之內決定的，甚至蘇聯撤銷空軍支援，也沒有阻止它的發生。

二、無條件滿足越南要求

1965年2月，美國開始對北越轟炸，並發生了北部灣事件，讓北越十分緊張，派黎筍前來中國求救。1965年4月12日，劉少奇在人民大會堂會見黎筍。談判之前，毛澤東給他的指示是：無條件滿足越南同志的要求。見面後，黎筍請求中國派出志願軍，包括飛行員、炮兵、運輸和工程部隊。劉少奇回答說：「大敵當前，我們絕不會見死不救。但是你們不請，我們不會去，你們請哪部分，我們去哪部分，主動權在你們手裡。」

黎筍沒有想到這樣順利，聽罷感激不盡，討好說：「我們一直認為，在我們生死關頭能向我們提供最直接援助的不是蘇聯而是中國。」劉少奇說：「今天我們定下大原則，具體由軍方去草簽協定。希望我們兩方都能保守秘密，就不要發表公告了。」長期以來，這個協定一直沒有見著公開的文字，所以被人稱為中國援越的「神秘協定」。根據這個協定，中國從當年6月起出兵越南。

　　從1965年到1975年，是中共對越南北方政府軍援的高峰期，中共對北越共出兵36萬8千人次，以韋國清為總指揮，身穿北越軍隊的服裝參加對美國軍隊的作戰。此期間援越的軍事物資有槍184.2萬支（挺），炮6萬餘門，子彈10.22億發，炮彈1600餘萬發，中型水陸坦克5000餘輛，裝甲運輸車3000餘輛，汽車1.5萬餘輛，炸藥1.6萬餘噸，電話機4萬部，無線電臺3萬餘部，軍服1000萬餘套，以及大量油料、被服、藥品、衛生器材和食品等物資，可以裝備200萬人的部隊，合人民幣40億元。其中特別是配備蘇式薩姆II型導彈的第六十一支隊，對北越的防空起到了決定性的作用。而實際上這十年中，中國大陸軍工廠有百分之七十在為越南戰場生產武器裝備，有時當越南提出的供給要求超過大陸軍工廠的生產能力時，大陸軍方不但動用戰備庫存，甚至抽調整師整軍的現役裝備滿足越南戰場的需求。僅1972年一年，就損失飛機140架，消耗量紅旗二號導彈三個營的裝備和200枚地對空導彈。所以，當越南於1976年後開始擺脫中共的控制時，中共惱羞成怒，於1979年揮師40萬南下，進行了一次懲罰性進攻，而雙方交戰的部隊，從軍火、服裝到食品、裝備均出自大陸的軍工廠，令美國人大拍巴掌，一旁看笑話。這大概是老美第一次對越南戰爭露出的笑臉。1979年的中越戰爭，大陸士兵共死亡二萬餘人，加上30年來在援越戰爭中死去的士兵，中國大陸共有近10萬戰死在越南的土地上，傾注了100多億的人民幣，換來了今天箭在弦上的雙邊關係。

　　（原載美國《中國之春》月刊一九九〇年十二月號，署名：未名）

秘密檔案之三：周恩來的骨灰撒在何處

周恩來是中國現代史中一個最難下定義的人物，他的儒風和忍辱負重的內在性格，使世人對他有一種莫名其妙的好感。他的死不但贏得了幾億中國人的眼淚，也使聯合國降下半旗一周。這位中國歷史上在位最長的宰相，一生只有一個太太，在國內外沒有私人財產，沒有有朝一日可能敗壞名聲的子女，最令人感歎的是連墓碑都沒有，「骨灰撒在了祖國的江河大地上」了。

周恩來的骨灰撒了嗎？撒在哪兒了？似乎從來沒有人對這一點懷疑過，因為無數中國老百姓曾眼淚汪汪地從紀錄片電影「敬愛的周恩來總理永垂不朽」中，真切看到飛機播撒骨灰的鏡頭，所以中外人士均認為骨灰肯定是像中共報紙和雜誌中所說的，撒遍祖國江河大地了。然而從存在中共中央檔案館裡的資料顯示的真實情況則是：

當周恩來於1976年1月8日去世後，在中國大陸引起極大反應，特別是當1月11日火化周的遺體時，幾十萬人矗立長安街頭，為中共統治大陸二十幾年來所僅見，引起中共上層的不安和恐懼。所以在如何處理周恩來骨灰的問題上，中共少壯派「四人幫」和元老派周的老友產生分歧，最後終於達成協議：骨灰按遺囑要求撒，但行動交由王洪文負責處理，過程為絕密行動，沒有留下任何影像記錄。所以，那個紀錄片中的撒骨灰的鏡頭，完全是糊弄老百姓的偽作。

事實是這樣的：當1976年1月11日周恩來的遺體在萬人夾道中被送到北京西郊八寶山火化後，又在眾目睽睽之下送回北京勞動人民文化宮的靈堂內，供人祭奠。

1月15日上午，兩輛紅旗牌轎車駛出中南海西門，轉向長安街向東開去。三十五分鐘後，到達位於通縣張家灣附近的空軍司令部直屬專用機場「三間房」機場。空軍副司令員張ＸＸ陪同當時任北京衛戍區司令兼八三四一部隊政委的吳忠走下車來，在幾個隨從的簇擁下走進

機場招待所的一間高級會議室裡，早已奉命等候多時的空軍某特運團一大隊副隊長胥從煥、二中隊飛行員唐學文立即立正敬禮。

張副司令和吳忠耳語幾句後，正言道：「我代表國務院、中央辦公廳向你們直接下達播撒周恩來骨灰的飛行任務，因為任務的機密程度很高，所以從現在起到以後，絕不准有半點情況透露給除此時在這個房間內的人之外的人，這是黨對你們的信任。」接著，由隨來的一個高級參謀把事先畫好的飛行航線圖鋪在桌子上，講解航線和注意事項：起飛地點是通縣三間房機場，經湯河口、密雲水庫東十公里一〇四九的山頭、天津、北鎮，再回通縣機場降落，高度二千米，密級一級，禁止除飛行業務之外的飛行通話，不保留飛行記錄。執行任務的飛行組成員是，正駕駛：胥從煥，副駕駛：唐學文，領航員：白海坤，通訊員：李永順，空中機械師：陳寶森。使用的飛機是蘇制安-2，是執行農業飛行任務的專用飛機，裝有整套噴撒農藥的設備，機尾編號「7225」。

機組人員聽完命令後，立刻被帶到機場內滑行跑道旁的一座獨立小樓中，不准進出和與外界、包括家屬有任何的聯繫。那位剛才交待任務的空司參謀全副武裝在門口站崗，週邊有一個警衛排戒嚴，不准任何人接近。當時，指揮所之間的通報只講，有一個重要的農業任務飛行，起飛時間由張副司令具體確定。

需要交待的是，中國人因為林彪「九‧一三」事件，大都知道西郊機場為中共的一個軍用機場。而實際上位於東郊京津公路旁的三間房機場，是中共高層經常光顧的另一處重要軍用機場。當年林彪之子林立果組織小艦隊，練習飛行和到外地串連，常常由這個屬於空軍司令部直屬飛行大隊的機場執行。葉劍英、周恩來、王洪文等去外地巡視，也經常經這個機場來去。

三間房機場又是中共高層檢閱和試看新式飛機演習或試行的專用實驗機場，機場內儲備著從五十年代到八十年代各種型號的機種，是大陸空軍裝備最好的機場之一。另外，離該機場十公里處的瀏縣境

內，有一處地對空、地對地導彈基地，是中共「五四三」導彈部隊的一個重要基地，加上在附近駐軍的近三萬人的野戰部隊五一一二〇部隊，形成強大的地空軍事立體佈防，扼守著京東唯一的進京要道——京津公路。所以，這個機場還有一些運輸補給的任務。在中共幾十年的統治中，許多不為人知的秘密飛行都是由這個機場執行的。

當天黃昏，王洪文從釣魚臺十一號樓打來電話，通知吳忠照原計劃執行。隨即，全體機組人員和吳、張等人全部守候在「七二二五」號飛機旁，發動機啟動，進入待飛階段。

與此同時，守候在勞動人民文化宮大門口的中外記者和幾千名知悉消息的老百姓，時刻注視著院內的動靜，大批便衣混入人群中，因為大陸公安部獲悉有人要劫持骨灰。六點四十分，只見一輛「賓士」高級轎車在五輛公安摩托警車的引導下，駛出文化宮大門，經過天安門廣場，沿著長安街向西開去。成群的記者們立刻驅車尾隨而去，無數騎自行車的人也拼命追趕著。當門口的人均追車走遠後，文化宮的大門再次打開，從裡面又駛出幾輛破舊的二一二軍用吉普車，在沒人注意的情況下，沿著長安街向東駛去，幾輛偽裝的員警車輛尾隨在後。

十九點五十分，這幾輛吉普車駛抵三間房機場，以特別通行證，直接開到「七二二五」號飛機旁。暮色中，從車上走下六個人，匆匆走向飛機，抱著四包長約三十公分，寬二十公分的白布口袋，在眾人注視下送上飛機，扔到農藥槽裡。二十點十五分，飛機在吳忠揮手下起飛向北衝去。

機長胥從煥根據剛剛由送骨灰人帶來的王洪文的手令，在飛經密雲水庫上空時，將飛機下降到五百米高度，拉動農藥播撒把手，四包東西一齊墜入茫茫百里的密雲水庫中，把周恩來的遺願餵魚去了。隨後，飛機按原訂飛行圈，經天津、北鎮，再飛回通縣上空，三十分鐘後降落三間房機場，完成了他們已經習慣了的「特殊使命」。夜八點整，機場招待所小餐廳裡杯盤狼藉，軍人們以軍人的粗獷喝得東倒

西歪，醉成一團。而同一時刻，王洪文正身穿睡袍欣賞著柯湘（京劇〈杜鵑山〉女主角）的溫柔清唱⋯⋯

這就是有關周恩來骨灰處理的真實內幕，不知周公在天之靈該如何作想。

（原載美國《中國之春》月刊一九九〇年八月號，署名：未名）

秘密檔案之四：秘密鐵路

其實我很早就想向別人描繪這條神秘的鐵路線路，因為它不是那種短短的軍用專線，而是一條長達百公里的鐵路線，在世界鐵路運輸史上，還從來沒聽說過哪一個國家能將這樣長一條鐵路專線從建設到使用保密時間達三十多年之久。然而，這種當年希特勒都難以做到的事竟讓中國共產黨給做到了，由此可見中共的「專制」屬世界一流。

當你乘坐火車從北京開往新疆的時候，在河西走廊古絲綢之路途中，有一個極普通的車站座落在古烽火臺的遺址群中，淹沒在茫茫的戈壁灘裡。

所有的快慢車都不在這個小站停留，但人們還是可以清晰地看到那塊小小的木制站牌—清水。

清水火車站旁邊的小鎮是一座典型的西北小村落，規模不過百家人，特殊之處是一大半建築物為鋼筋水泥的軍營，各有哨兵崗卒守衛，僅不同兵種的軍人就有好幾千，車站外百米多長的水泥路上，到處走著身穿草綠色制服的官兵。

據中央檔案館所藏的資料顯示，1958年中蘇軍事專家聯合選定這座代號ＸＸＸＸ特種工程建址時，當時這個小地方只住著三戶貧窮的農民。這些幾代人行不過百里的農民做夢也難以想到，在這塊世世代代棲身的土地上，這一年當播下的種子還沒有長到收穫時，卻發生了堪稱人間奇跡的變化：一夜之間出現了一座城，一個火車站也飛快地落成了，陸、海、空三軍的千軍萬馬晝夜不停地來往於此地。

從此三十年來，蘭新鐵路上的任何客車都不准在清水停車。清水的劇變必然引起世界各國情報機構的注意，因為此地每一次反常的緊張氣氛之後，時間都會與新聞公佈的大陸軍事科技的某項重大事件相吻合。清水這個名字，經常出現在國外一些首腦人物辦公桌案頭的密件上。據大陸情報部門報告，不少以旅遊名義乘坐蘭新鐵路的外國

人，途徑清水時從來都沒有誰在睡覺。然而，清水在外觀上除了軍人營房多一些之外，一般人很難發現什麼非同尋常之處。也許一輛被窗簾遮住全部車窗的硬臥車廂裡，藏著一枚巨大的火箭軀體，也許那些三三兩兩的鐵路員工，就是武裝押送核武器的士兵。

這條北通內蒙額濟納旗建國營，終至賽汗桃來的軍事要道，另附有上百公里的岔線，連接中共核武器研製實驗重要基地—東風基地的大部分地區。這是一條大陸在編制上唯一不受鐵道部和地方鐵路系統管理的軍事鐵，所經專列可以隨時停車，隨時開車，而控制信號則來自遙遠的北京最高決策中心。這是一條世界上罕見的鐵路線。這條在大陸保密了三十多年的無名軍事鐵路，興建於1958年初。

1955年初，北京中南海東岸的豐澤園毛澤東官邸，中共領導人聚集於此決定自製核武器。

1956年，由周恩來、聶榮臻召集六百多位專家編制一個軍事規劃，其中一方面的內容就是決定重點發展彈道式導彈。

1957年，由聶榮臻、陳廣、宋任窮率領的中共代表團赴蘇聯莫斯科，與別個烏辛為首的蘇方代表團進行了談判，雙方最後簽訂了《由蘇聯幫助中國勘察、設計火箭導彈武器試驗靶場》的協定，即有名的「10‧15」協定。同年的最後一天，以薏杜科夫為首的十七名蘇聯專家抵京，與陳錫聯等中國專家十七人在元旦、春節期間聯合勘察選定了酒泉以西鼎新地區。

1958年春，毛澤東、鄧小平在中央軍委的建場報告上作了批示，十月發佈了組建綜合性試驗基地的命令。

一聲令下，九路大軍雲集西北某地，大陸的一項特種工程開始秘密地加緊實施。

在此之前幾個月裡，美國中央情報局有關部門緊緊盯著3月8日從朝鮮撤離回國的志願軍第二十兵團，他們放心地看到全軍於當月13日先後抵達北京及周圍地區。但是僅僅半個月時間，五角大樓和白宮發

現跟蹤失誤，因為一切軍事情報都明確顯示：志願軍第二十兵團在北京及其附近地區神秘消失了，去向不明。

原來，該兵團在一夜之間，士兵解甲歸田，軍官進京學習核彈專業技術。中共軍委調集各軍兵種的精兵強將近十萬大軍，包括這一年大學畢業的許多高才生，奔赴西北一個命名為「東風」的地區。

鐵道兵第九師與朝鮮戰場撤回的志願軍鐵路部門，匯合上海、蘭州、錦州鐵路局特選的工程技術人員就是在這種歷史氣候下開始進行秘密軍事鐵路施工的，鐵道兵司令李壽軒和工程兵司令陳士渠親自掛帥。

初期的鐵路施工異常艱苦，僅死亡的士兵達千人以上，1959年2月26日，240多公里的專用鐵路通車，建設速度相當驚人。六個多月之後，中國軍隊已經開始利用這條鐵路的運輸，在試驗發射蘇聯製造的導彈了。

就在這一年，美國情報專家在衛星拍攝的一大堆照片中發現：在中國西部大沙漠邊緣的戈壁灘上，突然間冒出了一條新的無名鐵路，這條鐵路直接通往發射場工程基地，基地規模巨大，整個面積超過一個浙江省，比美國的加利福尼亞西部發射基地和亞特蘭大的兩個東部基地還要大。

筆者有幸曾於十幾年前搭乘過這條鐵路線的專車，印象非常深刻。

鐵路的兩邊是一望無際的戈壁，荒無人煙，一片灰黃色寂靜的世界。據知，方圓幾百公里內只有一條嚴格控制的公路，基本上是沙漠、鹽鹼地構成的死亡地帶。這條鐵路除運輸外，每天初夜從基地中心東風地區發出一列客車，凌晨時分抵達清水，上午再返回東風。

當年幾十萬人口在這裡丟下青春，捨下妻兒，奮戰生存，人員物資的運輸全靠這條鐵路生命線。而這裡的一切都處於絕對保密中，來此人員都要經過審查三代，通信要經過登記。找對象要請示報告通

過審查，大陸法定的士兵服役期為二至三年，而在這裡當卻要服役四年，通信地址統一用「蘭州某信箱」的代號。所以後來許多將士的家眷千里尋夫，手拿書信走遍了蘭州市也打聽不到下落，只好痛苦而歸。即使僥倖知道真正地址的親友，也必須履行一系列嚴格的手續。首先要雙方提出探親報告，保衛部門接受報告後再去函調查來人的家庭，政治面貌及其表現，認定合格後方准持有有關證明踏上路途。到清水又須交驗一切有關證明手續，換領專用通行證後才可登上進入軍事禁區的火車，列車在運行途中還要多次查驗有關證件，一切程式都十分嚴密。

三十年間，在這條鐵路上進進出出的人員何止百萬千萬。然而，外界竟然極少有人知曉這裡的支爪片麟，足見其保密之嚴。

我記得從清水到東風需運行七個多小時，一路上軟臥包廂裡依然沙塵彌漫，不敢打開窗戶。列車長說這裡的風沙哪裡都能鑽進去，有時吃飯都要用衣服包著頭和飯碗，以防沙土落入。

當時，在這條鐵路上運行的軟臥車廂，堪稱世界上罕見的珍貴老爺車廂，比豪華的東京快車還有意思。有的車廂是日本昭和十四年出廠的。有時是抗戰勝利時接收過來的，還有的是朝鮮戰場上的衛生車改造的，由於保養得好，仍在良好的運行狀態中。別看這些車廂年老齡長其貌不揚。三十年裡，幾乎所有的中共黨政軍領導人都乘坐過它，周恩來先後五次來到此地，多次乘坐過這些列車。

鐵路邊豎立著排排電線杆，貫通著有線通訊的大動脈，電線杆子的細長陰影也是巡道兵唯一休息遮陽處。1970年發射東方紅衛星那幾天，每根電線杆下都晝夜守護著一名士兵，不准人畜接近，絕對保障安全暢通。尤其是，士兵和民兵們還必須隨時轟趕飛鳥，不許它們在電線上停留片刻以免影響通訊效果。如此高品質的戒備，古往今來，聞所未聞。

由於從小生活在核工業的神秘生活圈中，對那些諸如「永紅」、「馬蘭」、「東風」等核子試驗及製造基地的名字十分熟悉，日前偶

爾見報刊介紹大陸酒泉衛星放射中心對外開放的消息，不禁想起過去的三十年來。在三十年絕對秘密的發展中，由大陸這座最早最大的軍事基地發射的各種導彈的升天，導彈核武器試驗，東方紅衛星和首顆回收式衛星的發射，飛向南太平洋的遠程運載火箭。一枚火箭發射三顆衛星等中外矚目的重大軍事科學事件，統統溯源於這裡，世界軍政和科技界曾十分矚目過這裡。

　　而我們這些生活在大陸幾十年的人，卻可能對它一無所知，這真是大陸中國人的一種悲哀。

　　（原載美國《中國之春》月刊一九九一年一月號，署名：未名）

秘密檔案之五：神秘的藍軍

在江蘇南京西行二百餘公里的一處山坳裡，時常會傳出震耳欲聾的槍炮聲，然而被這些聲音所驚動的周圍居住的老鄉們，卻永遠無法得知裡面究竟發生了什麼樣的事情。

大約在一九八五年夏天的某日開始，這片方圓一百多公里的丘嶺地帶突然被大批軍隊佔據，以修軍事基地為名，趕走了幾千戶世世代代居住在這裡的農民，一條軍用鐵路迅速地架了起來。在一個漆黑的夜晚，一列長長的軍車拖著數百輛坦克和各式武器裝備駛入這個軍事基地，從此，再也沒有過老百姓進入這個突然建起來的營區。

有一天，一個獵人從只有他自己知道的一條小路追蹤一隻野鹿誤入了軍事基地，從山上往下望去，眼前的景象使他呆住了：只見數十輛塗有偽裝色的坦克車正以方隊行進，從未看見過的三角形軍徽十分顯眼地畫在坦克車車身上，數百名跟在坦克車後面以進攻隊形前進的士兵則頭戴長簷平頂帽，身穿豹斑迷彩服。獵人再抬頭一看空中穿梭著的綠色武裝直升飛機，嚇得立刻馬不停蹄地往家跑，幾小時後，當地縣政府和公安局都得到了「美軍在華東地區登陸」的消息。當有關人員全副武裝趕往出事地點時，在唯一通往山中的公路處，一排武裝大兵切斷了通往山區的要道，一塊二米見方的牌子上寫道：「軍事禁區，禁止入內」。正當雙方僵持不下時，一個略知內情的武裝部副部長正好趕到，地方人士這才知道，從這時起，在他們的地盤上，有一支不是解放軍的軍隊在此安營紮寨了。這支神秘的部隊，就是大陸軍方內部稱之謂「藍軍」的「外軍模擬部隊」。

「藍軍」，世界各國對軍事演習中敵方軍隊的習慣稱呼。一九六六年組建的以色列外國空軍模擬大隊，是世界上第一支正規的「藍軍」。那年八月，伊拉克一個名叫穆尼爾的飛行員駕駛「米格21」飛機叛逃到以色列。以軍立即抽調一批優秀飛行員由穆尼爾按蘇聯教官的方法，予以訓練，模仿蘇式空戰動作，並作為目的機與以色列空

軍進行對抗訓練。結果，以色列空軍在與伊拉克的空戰中，以1:20的比率重創對方。一九七零年七月三十日蘇聯清一色校級空軍教官親自出馬，駕駛「米格21」殲擊機，襲擊以軍編隊，僅一個航次，四架蘇軍戰鬥機沉入沙海，而以軍卻無一損失。以軍空軍司令員則得意道：「我們在作戰時遇到對手和訓練時遇到的沒有兩樣。」由此可見「藍軍」對以軍的功用。

七十年代後期，美國陸軍相繼建立了歐文堡、查菲、利文沃思和霍亨菲爾斯等大型外軍模擬訓練中心，設立了蘇聯、古巴、北朝鮮、中國大陸和越南等不同國籍的「藍軍」，訓練美軍同異國軍隊作戰的方法與技巧。蘇聯建立了西伯利亞大型外軍基地，英國建立了普格瓦斯訓練地，西德、法國、加拿大、日本、瑞典、澳大利亞，甚至連印度、巴基斯坦、越南也都陸續建立了合同模擬軍隊。

七十年代，美中關係開始出現轉機，大陸解放軍兩個副總參謀長李達和張震秘密訪美，在利文沃思堡觀看了美軍與模擬蘇軍的一場演習，深受啟發，回北京後，向毛澤東、周恩來起草了一份「關於建立模擬軍隊」的秘密報告，毛澤東不以為然，不置可否，然而周恩來則暗自鼓勵試試，於是代號為「七四一工程」的行動計畫下達給總參情報部和工程部，開始實施選地和選人工作，由於行動不周密，被毛遠新知道，告知毛澤東，龍顏大怒，李達、張震被雙雙奪權，從此失寵。

一九八一年秋天，中共軍隊在華北展開一場四十年來規模最大的現代化合成演習，動用五萬正規軍，兩億軍費。為捧新上臺的軍委主席鄧小平，重新被鄧起用的老部下張震乘機又提出「藍軍計畫」。老鄧興頭之上，慷慨許允。從此「七四一工程」進展順利。一九八四年十月，軍委訓練工作會在武漢召開，大陸軍方三總部，各大軍區，各軍兵種首腦紛紛到會，總參謀長楊得志宣佈組建「合同戰鬥訓練中心」的命令。時逢大裁軍，原番號為總參直屬的外軍模擬部隊，只好暫劃為南京軍區所屬，稱「南京軍區合同戰鬥訓練中心」，但一切業務及經費仍直屬總參作戰部隊和情報部主管。

一九八六年四月二十二日，外軍模擬部隊正式進駐上面所描述的「軍事禁區」。大陸軍方由北京專程飛來的有軍委秘書長洪學智、副總參謀長韓懷智，原南京軍區司令員向守志、政委付奎清、副司令員王成斌、史玉孝、參謀長劉倫賢等地方軍頭們也都到場示賀。另外，遵楊得志令，總參情報部、通信兵部、軍訓部、炮兵部、裝甲兵部、工程兵部、防化兵部、雷達電子對抗部等諸部長均帶隊趕來捧場。總參情報部當日下發了以高價從美、蘇、越及臺灣等地購置的各式軍服，並由總後調撥一個軍服工廠歸屬該部隊，專制各國四季軍裝。工程兵部部長周培根則大筆一揮，當場下發了價值數百萬元的美制火箭車和火箭佈雷車。裝備部也將寶利公司從國外購置的各式武器轉交合成訓練中心。

這次在中共軍內引起轟動的活動為外界所不知。老鄧只有一次對來訪的齊奧塞斯庫展示過這支部隊，並自鳴得意地稱之為「三八」式部隊，即八十年代的編制，八十年代的裝備，八十年代的戰術。

作為外軍模擬部隊主體的某裝甲師，是一個重新組建的軍隊，部隊番號，人員編制和裝備配合，均不同於大陸現有軍隊。從各地優選來的官兵，一律不再穿解放軍軍服，而是以各種外軍軍服為主要著裝，為了使「藍軍」更像敵軍，整個模擬軍隊內部均按外軍編制授予軍銜，消除解放軍的痕跡。在營地裡，禁止使用紅軍軍語，電臺呼號也由他們常用的長江、黃河、長城等變為壁虎、高雄、華盛頓、鱷魚等代替。說錯一句軍語，罰背一百句正確的「藍軍」軍語。內務條令也完全仿照臺灣國民黨軍隊現行的規章實施。有關美、蘇、台等外軍的電影，錄影和資料成為這支「藍軍」日常的學習資料，《2000年外軍武器裝備》，《外國軍隊軍事訓練》等錄影資料和書籍成為官兵津津樂道的話題。為了從生活上也形似外軍，該部隊還定期吃各國軍餐，模仿外軍官兵用刀叉吃西餐。

為了體現具有高技術、高合成、高效能特點的敵軍戰鬥行動，外軍模擬部隊乘坐均為現代化的運輸裝備，這對於生長於大陸的士兵來說，是一件十分苦的訓練。每天要在高速的直升飛機和裝甲車上下來

回訓練60次。當年萊斯維茨的普魯士軍官,以1:2373的比例製成世界上第一塊戰場沙盤,為後人所模仿。而今天,這種「沙盤遊戲」正演變成對抗性愈來愈真的實戰模擬。當伊拉克吸取以往的教訓而積兩年之演習,兩天拿下科威特時,困守在沙烏地阿拉伯的八萬美軍該多麼後悔當年從沒有把伊拉克的軍隊做為外軍模擬部隊。

就在海峽兩岸朝野紛紛以各種方式反對台獨的聲浪中,大陸的這支「藍軍」在舟山群島與「紅軍」做了一次成功的攻守演習。剛從老山前線調防到沿海參加演習的「紅軍」官兵,看到守島的青天白日旗和身著國軍服裝的「藍軍」時,不禁聯想到他們攻打臺灣的日子不遠了。

當然,「藍軍」的訓練不光是做為敵軍的樣板而訓練,它的另外一個重要目的在於訓練一支模仿敵軍維妙維肖的特種部隊。在「藍軍」中有一支特遣大隊,士兵均為全大陸軍內層層篩選出的,技能訓練仿日本特種部隊的訓練方法,要求每個人都有獨立作戰能力,能在荒野中堅持二十天以上,使用各種輕重武器均為百發百中。

現任隊長霍光勝曾到巴勒斯坦遊擊隊見習,並以商人身份到過臺灣。所以他自稱,如果有一天將他的特遣大隊空降臺灣,兩個小時內臺灣方面就無法找到他們的蹤影,十個小時後便可將臺灣方面指揮系統搞亂。此語雖為大話,但該特遣大隊幾百號人如果清一色國民黨軍隊裝備,悄悄潛入臺灣,以他們對臺灣政軍情的訓練程度,相信一定會帶來某些意想不到的麻煩和後果。

也許有一天,中共會為所有的敵對國家都建立一支「藍軍」,那時,不難想像,世界局勢將會變得多麼可怕。

(原載美國《中國之春》月刊一九九一年二月號,署名:未名)

紅旗牌轎車興衰

　　曾經是中共高官官階象徵的紅旗牌轎車復出，為的是重抖昔日之威風。

　　在大陸，提起紅旗牌小轎車，幾乎無人不曉。BMW、凱迪萊克、賓士等名車，是因為它們的高品質和優秀的設計為世人所知，人們以「勞斯萊斯」代表豪華，以「佳娃」顯示速度，以「林肯」襯托穩重……而中國大陸的紅旗車則沒有上述的任何一個優點，卻仍然揚名於世，這完全取決於它的地位象徵。

　　眾所周知，紅旗牌轎車是大陸的「國」車，中共曾規定用車者必須是正部（省）級和各大軍區司令員、政委以上級的高級幹部。對於中國老百姓來說，紅旗轎車的窗紗內的一切是神秘而遙遠的世界，它代表著一種政治身份和社會地位，是一種特權階層的標誌。由於這個原因，在大陸九百六十萬平方公里上，只跑著不到兩千輛紅旗牌小轎車，使之無論走到哪裡都格外引人注目。其實，這種毛澤東生前最喜歡的座車，無論從設計還是從性能上都是下乘之作，但由於1958年當時的政治原因，使紅旗車方案經毛澤東一錘定音，那年夏天，赫魯雪夫秘密來華，因提出在中國沿海城市修建潛艇基地和組建聯合艦隊的要求，使毛澤東大為惱火，雙方在中南海大吵起來，從紫光閣一直吵到游泳池邊，老毛聲稱要獨立自主，自力更生，赫魯雪夫則指著路邊停著的毛澤東座車「吉姆」說：「你們政府從頭到腳是靠我們蘇聯裝備起來的，連你坐的車都是我送的，別人早把我們看成一家人了，你還講什麼獨立不獨立的。」說完，將毛澤東一人扔在游泳池邊，揚長而去。毛澤東怒從心起，對站在身旁不知所措的周恩來大吼：「還不給我換部車？」

　　周唯唯而退，立刻責令重工業部副部長鐘林即日飛吉林，十天內拿出國產小轎車，向大躍進獻禮，並在當年「十一」國慶日出現在天安門廣場上。槍林彈雨中過來的瀏陽老鄉鐘林，對汽車製造一竅不

通，到了長春第一汽車製造廠後，當夜就要求該廠拿出新車來，從廠長、總工程師到蘇聯專家和技術人員都認為部長瘋了。但五八年畢竟是五八年「大躍進」的瘋狂年代，第十天就有一輛從前誰也沒見過的黑色轎車從工廠裡開了出來。這輛被稱之為紅旗轎車之父的第一輛紅旗車，完全憑幾十個工人模仿四十年代的「賓士」，硬用手工給敲出來的，更令人難以置信的是，在沒有一張藍圖的情況下，該車的發動機和底盤也是這些工人在十天內「造」出來的，由此可想該車的品質和車況如何。不管怎麼說，1958年10月1日，當毛澤東在天安門城樓上興高采烈地在檢閱隊伍中，看到兩輛方方黑黑的「國產」躍進紅旗車時，立刻喜歡上並下令安排生產，以取代高級官員乘坐的「吉姆」牌蘇聯轎車。這樣，長春第一汽車製造廠從1958年末到1959年9月，以第一台「紅旗」車為基礎，經過多次改型設計、試製和實驗，才製造出定名為CA七二型的紅旗轎車，供毛澤東檢閱用。

從此，紅旗車正式定為中共高級幹部專用配車，其中以毛澤東的座車為紅旗車之最。原來，在素講身份地位象徵的中國社會，口口聲聲主張人人平等的共產黨唯恐不及前人。他們將紅旗車分為五級：毛澤東的座車和檢閱車為最高檔級紅旗車，外飾為七面紅旗；國家主席為六面紅旗外飾；總理、中共中央副主席、書記為五面紅旗外飾之車；副總理、民主人士政協副主席為四面紅旗外飾之車；正部長級為最低標準：三面紅旗之車。當然，雖然紅旗車從形狀到外觀，幾十年來基本沒有什麼變化，但實際上從主機到內飾基本上每五年換代一次或二次。三十年來，中共為紅旗車廠（長春第一汽車製造廠轎車分廠）投資上億元人民幣，卻只生產了一千多輛CA七七〇型紅旗轎車。使紅旗車成為中國大陸最稀少的「高級」汽車。

大陸人對紅旗轎車既熟悉又生疏，都知道它是大官坐的車，但無法搞懂什麼樣的人該坐幾面紅旗的車。而交通警察卻熟知紅旗車的權威地位，在1976年以前，它幾乎不受交通信號燈管理。紅旗車一上路，各種車輛馬上避讓，儼然像古代的皇轎。當年王洪文從北京去天津郊外打獵時，其座車被一個鄉下小孩用死鳥打了一下，所在地縣委書記

被有關部門教訓一個月致使該縣農民均知紅旗車看不得摸不得。更有剛參加工作的交通警察因維護交通而攔下紅旗車的，第二天被莫名其妙地開除公職，也就是說，紅旗車本身在中共社會圈中都具有與其主人不相上下的地位，它像一具沉重的飛舟，三十年來在中國幾億人民面前晃來晃去，炫耀著權力和淫威。

進入八十年代後，進口高級轎車如洪水般開進中國大陸，豪華而舒適的西方貨，使那些手中握有大權的高級幹部們看之眼饞，避之不捨，紛紛以各種理由為名換用「賓士」、「豐田」、「尼桑」等高級外國進口轎車，一時間，紅旗轎車作為中共高級領導人乘坐的專車的地位發生了動搖，曾經顯赫一時的紅旗車開始受到冷遇。當諸位看到鄧小平從美國通用汽車公司特製的防彈型「凱迪萊克」和趙紫陽的「賓士五六〇EL」開進中南海時，乾脆就通知中央辦公廳他們都不再坐國產紅旗車了。於是紅旗車變成被淘汰的二手貨型放到部以下的一些機關。但各村有各村的高招，奉命接收紅旗車的單位和個人此時早已仿效中央高層弄到了進口豪華車，面對龐大而耗油又無空調音響設備的紅旗車，他們靈機一動，乾脆標價上市出售，新車四萬多元，舊車只需兩萬元左右。

自從大陸改革開放以來，許多萬元戶都買了私人汽車，但大都是中小型「波羅乃滋」、「菲亞特」、「拉達」等廉價的東歐進口車，或者為國產的小型客貨兩用車如「大發」、「松花江」、「飛虎」等等，偶爾有人購買了一輛日本進口高級車，即成巨富的象徵。近幾年，由於進口車價格飛漲，一輛東歐車從三、四萬暴漲到六、七萬，對於購車者來說著實難以招架。這時，物美價廉的紅旗車，就成了汽車市場的俏貨之一。但買紅旗車雖然便宜，問題卻不少，第一批購紅旗牌轎車的車主，根本不能換牌照，因為在公安局交通管理部門的檔案裡，就沒有紅旗車原車主的檔案，所有檔案均由中央警衛局主管，無原車戶檔案材料，自然無法給新車戶建檔案，自然也就無從換牌照。於是故事就發生了，一些個體戶乾脆不換牌照了，用著原車主的車牌反而更方便。北京通縣楊莊一個倒木材的個體戶，用一萬八千元

從北京軍區管理局買到一輛舊紅旗車，每天只要一開進北京城，就沒遇到過紅燈，各路口交通警紛紛喝斥其它車輛讓路，直到一次撞出車禍，才知道自己開的是原任公安部長華國鋒當時的座車，北京的交通警均知此車為公安部長專用車，所以才有上面的情況發生。這種情況在廣州、武漢、石家莊等地都發生過，當地土皇帝的專車成為爆發戶的發財工具。更有一些紅旗車擁有者，乾脆利用市民心態和紅旗車的地位象徵，進行坑蒙拐騙的活動，南京一周姓個體戶，在購買一輛紅旗車後，一年時間，就在該車後座上強姦或姦污女青年五百餘人，成為轟動一時的「紅旗車案」。

使紅旗車倍受冷落的另一個原因是因為它的維修困難。在北京城北，有個紅旗牌轎車維修服務點。1980年以前，所有的紅旗牌轎車都免費修理；後來，車屬原主人的，仍可免費修理，對於車已下放一般機關或售給個人的，則收費昂貴。到八三年後，乾脆無零部件可配了。因為1983年長春第一汽車製造廠接到中共國務院一份停產通知，理由是趙紫陽提出該車耗油太大。同年中共中央北戴河會中，所有老頭們一致同意停產紅旗轎車。而真正使紅旗車停產的原因是因為許多中共高官大都家住僻巷深處，院深路窄，而紅旗轎車則身寬體重，行車不便。更由於紅旗車沒有空調和音響系統，內部沒有進口車那麼舒適豪華，加上該車噪音大，起動慢、車速低，使那些真正崇洋媚外的中共領導們紛紛贊同淘汰紅旗牌轎車。這就使紅旗牌轎車的身價一跌再跌，從以前的可望不可及到了今日最為廉價的地步。

縱觀紅旗牌轎車的發展史，從1958年到1980年，長春第一汽車製造廠轎車分廠（紅旗車廠）在二十二年中，共生產紅旗牌轎車一千八百輛，到1980年底尚在庫房中積壓二百輛，也就是說已經售出一千六百輛紅旗牌轎車。按生產成本而言，每輛紅旗牌轎車的成本為九萬元，而售價只有四萬元，即生產一輛紅旗牌轎車就要賠上一輛。這樣連同積壓，該廠共賠出八千一百多萬元，平均每年虧損三百六十八萬八千多元，試想這樣一個廠，是怎麼維持到今天的？

本來紅旗牌轎車應該就此壽終正寢了。可忽然間，因六四大屠殺

而失去民心的李鵬又想起過去自己對紅旗牌轎車的企羨和夢想，那時位居北京水電局局長的他無時無刻地幻想有一天自己能像其養父周恩來一樣，乘坐象徵八抬大轎的六面紅旗之紅旗牌小轎車，威風十足地行駛在長安街上。現在，總理的寶座終於在血雨腥風中似乎坐穩了，但給予他深刻印象的紅旗車卻消失了。他當然不會甘心，因為他現在手中有了權力。今年初，他責令有關部門重新恢復生產紅旗牌轎車，以克萊斯勒發動機和凱迪萊克內飾為基礎，不惜任何代價搞出新一代豪華型紅旗牌轎車來，以實現他舊日的夢想，重抖共產黨昔時的威風。可惜，這也許太晚了，不知道李鵬還有沒有時間等待坐上新一代的紅旗轎車？

（原載美國《中國之春》一九九〇年七月號，署名：未名）

毛澤東家譜追蹤

　　從大陸出來的留學生，雖然對曾影響過他們父輩一生的毛澤東留有深刻印象，但對於這位被人褒貶不一的歷史人物的出身則不十分清楚，只知道他出生於湖南韶山沖的一個農戶家庭，卻不知道毛氏的血液裡含有南蠻少數民族的基因，更不知道毛家既不是大陸中學課本裡所說的貧苦農民家庭，也不是海外野史中所描述的土匪家族。也許人們無法想到，最恨地主、資本家，最講血統論的毛澤東卻出身於一戶穀米滿倉、良田百畝、年餘百擔的地主兼糧商（按中共成分劃分應屬資本家類）的大戶家庭。筆者素來對現代歷史人物的家譜有興趣，對毛澤東這個曾叱吒風雲的當代人物自然不會例外，所以特將毛氏宗譜介紹給海外讀者，以正史誤。

一、毛氏家族

　　根據湖南韶山毛氏宗族於清乾隆21年，即1737年所修族譜記載，毛澤東的鼻祖為毛太華。而毛太華曾征戰雲南，並娶少數民族女子為妻，生有四個兒子。

　　元朝建立的八十年後，紅巾軍大起義爆發了。一時間，農民起義如火如荼，群雄並起，天下大亂，從者如雲。在江西吉州府龍城縣境內（今江西吉水縣），有一個叫毛太華的年輕農民，不甘於老死蓬蒿，寂寞一生，扔掉手中的鋤頭，拿起長矛，參加了朱元璋的隊伍，跟隨其南征北戰，立下了不少戰功，可惜不甚被上司看重，只做到十夫長的小官。

　　明王朝建立以後，西南邊陲的雲南仍處於元朝宗室梁王的統治之下。對此，朱元璋是不能容忍的。於是，朱元璋派遣大將軍傅友德、藍玉率大軍遠征雲南，統一全中國。這時，毛太華已升任百夫長，他也是這支遠征軍的一員。

　　明軍攻進昆明，曉喻各個部落歸順，使雲南歸入大明版圖。考慮

到雲南地處偏僻，重山阻隔，與中原聯繫不便，為了有效地控制雲南局勢，朱元璋就指派自己的養子沐英治領滇境，同時將征滇的遠征軍的一部分留下來鎮守邊關。毛太華就是其中的一個。

毛太華被派到了邊境的雲南瀾滄江邊駐軍，即現在的瀾滄拉祜族自治縣。瀾滄，素為蠻煙瘴氣之地，生活條件十分艱苦，對於毛太華這個內地人來說，確有許多不便。毛太華也如其他官兵一樣，娶了一名當地少女為妻，毛太華的妻子究竟是哪個民族，已無史可考。但可以斷定她不是漢族婦女，而是少數民族婦女，因為當時在瀾滄江邊是根本不可能有漢族婦女存在的。

數年以後，毛太華夫婦先後生下四個兒子，被取名為毛清一、毛清二、毛清三、毛清四。晚年，毛太華思鄉心切，希望落葉歸根，向上司請求告老還鄉。上司體恤他戍邊多年，屢立戰功，申報朝廷後就批准他攜妻兒遷回內地。但不知是什麼原因，毛太華夫婦只帶了老大和老四內遷，而讓老二老三留在瀾滄江邊。數百年後，留在瀾滄江邊的毛清二、毛清三也也與湖南老家失去聯繫，是否有子孫繁衍就無從可知。

不知朝廷出於什麼考慮，並沒有讓毛太華一家返回江西吉水老家，而賜居湖南湘鄉。對於這種安排，毛太華和其少數民族出身的妻子自然不會有什麼異議，一是朝廷賜居，本身是一種恩寵和榮譽；二是歷史上江西湖南淵源深厚，兩省人素稱隔壁老鄉，回江西湖南無甚緊要。

毛太華夫婦和兩個兒子在縣城的北城外的緋紫橋安下家來。他們分得田地數十畝，加上歷年的積蓄，日子自然過得比較富裕自在。

毛太華活到七十歲時，一病不起離開了人間。幾年後，他那從瀾滄江邊帶來的少數民族妻子也逝世了。

數年後，毛太華的兒子毛清一和毛清四離開了湘鄉緋紫橋，遷移到湘潭七都七甲。這個七都七甲就是今天聞名天下的韶山。從這個時

候起，毛氏便在韶山繁衍開來。

由此看來，毛氏的先人含有雲南少數民族血統是基本可以肯定的。只是由於時代的久遠，資料的殘缺，其血統究竟是屬於哪個民族，就很難考證了。

二、毛氏三代

韶山沖是一個狹長的谷地，當地人俗稱韶山沖。它位於湘潭縣的西北邊，與湘鄉、寧鄉兩縣相鄰，在長沙的西邊，距湘潭90里，距長沙180里。

毛氏的先人，在這條湘北丘陵的山沖裡默默勞作，生息繁衍，世代農樵，在明清兩代王朝的數百年間均未出過什麼顯貴人物。清乾隆21年即西元1737年，毛氏族人也像其他中國農民一樣，第一次修了族譜。這個族譜是從毛太華的七代孫開始承繼的，一次定下來了二十子孫的名字族譜，為「立顯榮朝士，文方遠際祥，祖恩眙澤遠，世代永承昌」。正好是一首五絕。不難看出，毛氏先人是期望韶山毛門的後代子孫中能出現光宗耀祖的人物。果然，到了澤字輩，毛出立毛澤東、毛澤民、毛澤覃三人，不僅改變了韶山沖在世人心目中的地位，而且在中國歷史上寫了重要的一頁。

毛太華的十七代孫毛祖人，是毛澤東的曾祖父。毛祖人又名毛四端，生於清道光三年即1823年，卒於光緒19年即1893年。曾祖父的卒年即為毛澤東的生年。不過，毛祖人未能見到自己的重孫子降生，他在毛澤東出生的前幾個月去世了。毛祖人士一個普通的中國農民，目不識丁，終生苦耕苦作，一輩子靠打柴種田養家活口，口咬黃土背朝天辛苦了七十年。他又兩個兒子，次子毛恩普就是毛澤東的祖父。

毛恩普又名毛翼臣，生於道光26年即西元1846年，卒於光緒30年即1904年，只活了58歲。他死時，毛澤東已滿歲。毛恩普也是一個沒有讀過書的農民，一生只知道種田種地，從無非分之想，光緒4年即1878年，毛恩普與哥哥分家後，便從祖居地韶山東茅塘搬到上屋場居住，

就是今天成為「毛澤東故居」的那棟房子。毛恩普在「上屋場」的舊宅子，正屋開始是與一姓黃的農民合蓋的，一家一半，毛東黃西。後來毛家又在自己正屋的一側修蓋了一棟「橫屋」，一共有十多間瓦頂土坯房，至於西頭的黃姓卻始終只有原先那兩間正屋。

毛恩普只有一子，即毛澤東的父親毛貽昌。毛貽昌又名毛順生，他生於清朝同治9年即1870年。到了毛順生這一輩，情形不同了，少年時代，他就開始上私塾，斷文識字，成了一個有些文化的農民。

以前的湖南農村，都有給兒子娶童養媳的舊習，而且媳婦的年紀一般都比丈夫大。毛恩普也不例外。清朝光緒6年即1880年，毛順生剛滿十歲，毛恩普就給他娶了一個十三歲的童養媳，叫文七妹。文七妹並不是正式的名字，那時生下來的姑娘，父母一般是不給取名的，只根據排行，順口叫出二妹三妹的。文七妹，照此類推，當然在文家是排行第七了。文七妹的娘家在湘鄉四都鄉唐家址，與韶山雖不同縣，但實際距離卻只有十多里，中間隔著一座雲盤山。文家世代務農，家庭經濟狀況在小康水準以下，這是把自己的女兒嫁出去當童養媳的主要原因。

五年以後，毛順生滿了十五歲，文七妹也十八歲了，父母為他們正式「圓房」成親。婚後不久，毛順生因負債過多，外出當了二年湘軍。不過，他當兵時的湘軍，已不是曾國藩統帥，湘軍鎮壓太平天國時，毛順生還沒有降臨人世。

當了二年兵，見了世面，長了見識，大了膽子，使毛順生變得精明能幹起來。毛順生開始做小生意，克勤克儉，善於經營，積存了一些錢，逐步買進一些田地，先後共有幾十畝地，日子漸漸富裕起來。

然而有一件事叫毛順生不順心，就是妻子文七妹接連生下的兩個男嬰都在襁褓夭折了。「不孝有三，無後為大」，這對毛順生是一件最苦惱的事。直到光緒19年癸巳十一月十九日即西元1893年12月26日，他們的第三個男嬰誕生時，夫妻倆才放下了一點心。為了避免前二次喪嬰悲劇的重演，文七妹多方求神拜佛，祈禱神靈保佑，她自己從那

時吃了全素的「觀音齋」，謝天謝地，第三個男嬰無病少災，健康成長，讓毛順生夫婦歡喜非常。他們給這個男嬰取名潤之，學名澤東。

三、毛氏父子

毛澤東出生後，毛家的境況一天比一天好起來。他父親毛順生每年用大部分時間做販運穀子的生意。那時，湘鄉、湘潭、長沙、寧鄉一帶年景欠佳，穀米緊張，對糧食販運者無疑是個賺錢的好機會。毛順生經營有方，錢賺得不少，成了韶山沖裡新興起的一個富裕戶。家中有五十多畝土地，毛順生就請了幾個長工來耕作。奇怪的是，周圍四縣旱澇不斷，而韶山沖卻風調雨順，使毛家連年豐產豐收，穀米滿倉，除了一家吃用以外，竟然有幾十擔穀子的剩餘，這不能不算相當富裕的農戶了。毛順生還在銀田寺是「長慶和」米店入了股，並同「祥順和」、「彭厚錫堂」等鋪店經常有商務往來。為了流通方便，曾自家印了取號「義順堂」的紙票周轉，也使用「吉春堂」的紙票。「吉春堂」是湘鄉大平的一家大商號，開有藥材、肉食、雜貨等幾個店鋪，老闆姓趙，是毛澤東舅舅文玉瑞的丈人家，與毛順生有遠親關係。

糧足錢豐，毛順生還是改不了脾氣暴躁，專橫獨斷的壞毛病。對待子女，毛順生除了暴躁和專斷以外，還唯我獨尊，不容許子女有任何反對和不孝了舉動。毛澤東六歲時，就開始跟著母親到田裡去幹零碎活，儘管村裡有私塾，毛順生並沒有想到要把毛澤東送去讀書。毛澤東八歲那年，為了一塊山林的產權，毛順生同別人打起了官司，結果打輸了。打輸官司，丟了山林，把原因歸結為自己的文化少，不善言詞，不會駁理。於是，毛順生才想起送兒子去讀書，學文化，長知識，將來打官司不吃虧，還可以幫自己記帳打算盤。就這樣，毛順生把毛澤東送去上了私塾。毛澤東的第一個啟蒙老師是毛禹珠，是本家長輩。毛澤東很喜歡讀《三國演義》、《水滸》、《西遊記》。翻開毛澤東的語錄，像「不是東風壓倒西風，就是西方壓倒東風」，「捨得一身剮，敢把皇帝拉下馬」等等，均是他從這些書裡抄下來的。毛澤東的詩詞也有一半句子來自這幾本書。他從小崇拜草莽英雄，一心

想當「綠林好漢」，而性格上則與其父相似。

對於毛澤東的讀書，作為老爸的毛順生不僅不表贊許，反而表現了厭惡和反對。原因很簡單，毛順生送兒子讀書的目的是為了發家致富，現在見兒子不讀「正經」讀「閒書」和「雜書」，不由得怒從心裡起，開口就罵觸手就打，逼兒子就範。毛澤東從小就領教夠了。一次，毛順生非要毛澤東跪下來認錯，否則就要將他捆起來送祠堂以試家法族規。毛澤東堅持不下跪不認錯，以出走相對抗，逃進了韶峰，在山中迷路，整整三天三夜，才被家人找回來。回家後，他老爸不但不繼續責備他，反而對他客氣了許多，這使毛澤東第一次嘗到了「造反」的甜頭。不過，父子間的「戰爭」並未因此了結，仍然時有發生。毛順生經常斥責毛澤東對父不孝，是個逆子。毛澤東用經書作武器，反駁說：「父慈子孝」，父慈在前，子孝在後，哪裡有父不慈而子孝的呢？弄得毛順生無言以對。又有一次毛順生當著客人責罵他。毛澤東認為自己蒙受了奇恥大辱，又從家裡逃跑。毛順生窮追而來，不讓兒子逃跑成功。毛澤東心生一計，飛步來到家門前池塘邊，威脅說：「你再辱罵逼我，我就投塘一死。」毛順生嚇得魂飛天外，頓時止步不前，答應不再辱罵他，事情才算了結。事後有人笑毛說：「你是個游泳能手，怎麼拿投塘自盡來嚇你老子？你老子也是昏了頭了，竟也被你唬住！」毛澤東回答說：兵不厭詐。

真正對毛澤東的思想影響深刻的，是發生在韶山沖的一場民眾暴動。韶山哥佬會的一個會友同本地一個地主發生衝突。這個地主到衙門控告哥佬會的人。官府判地主勝訴，責成哥佬會賠款認錯。韶山哥佬會的首領彭鐵匠不甘屈服，扯旗造反，殺進地主家，然後拉著隊伍上了瀏山，建起山寨。官府派兵攻打，終於把哥佬會的反抗鎮壓下去了。彭鐵匠兵敗被擒，被押到韶山砍頭示眾。執行那天，人山人海，當鬼頭刀揮起，白光一閃，人頭落地，血噴半空，屍體噗通倒地的時候，在人群中周圍的少年毛澤東，覺得十分刺激和過癮。幾十年後，他同斯諾談起此事，仍感慨萬千。

四、毛氏四妻

說起毛澤東的妻子，人們都知道楊開慧、賀子珍、江青，卻很少有人知道他的結髮妻子羅氏。羅氏沒有名字，在韶山四修「毛氏族譜」中只記載了「羅氏」二字。羅氏比毛澤東大六歲，生於1889年10月20日。她依舊式封建婚姻，由父母包辦，於1908年嫁到毛家。羅氏到毛家時，正值毛家人丁興旺，家業發展順利的時期。

毛澤東對這門親事及羅氏這個妻子，一直是不承認的。他在1936年同斯諾談話中說：「我十四歲時，父母給我娶了一個二十歲的女子，可我從來沒有和她一起生活過——後來也沒有。我並不認為她是我的妻子，這時也沒有想到她。」

羅氏在韶山身體不太好，有時回娘家小住。1910年2月11日，年僅二十一歲的她病逝，葬於韶山南岸土地沖。

毛澤東的「嬌楊」開慧生於1901年11月6日，湖南長沙縣清泰郡下的板倉楊家。1913年春，楊昌濟從歐洲留學回來，楊開慧便隨全家一起遷到長沙。同年，毛澤東也來到一師求學，拜楊昌濟為師。他和蔡和森、陳昌等人常到「板倉楊」寓來求救，自然認識了老師的千金楊開慧。1918年夏，楊昌濟應聘赴北京大學任教，楊開慧隨全家北上，住地安門豆腐池胡同九號。九月份，毛澤東也來北京謀職，楊昌濟推薦他到北大圖書館當助理員，雙方仍然交往不斷。這時的楊開慧已是十七歲的少女，身處異地，遇到情場老手毛澤東，自然情愫暗生。毛澤東要赴上海時，兩人彼此心照不宣，相約分別後互相通信。次年四月，毛澤東轉到上海回湖南，楊開慧寫給毛澤東的信稱呼已是一個字：潤。毛澤東回信，稱呼也是一個字：霞。1920年初，楊昌濟去世後，楊開慧扶柩南下，將父親歸葬長沙板倉。這年冬天，毛澤東、楊開慧結婚同居。

毛澤東在楊開慧後娶的妻子叫賀子貞。賀子貞是1909年9月生於井岡山東麓的永新縣。她的祖父輩是永新的望族，擁有很多田產和房屋。她的父親賀煥文是個老實憨厚的讀書人，捐了個舉人，當過安福縣的縣長。母親杜秀，是廣東梅縣人，讀過四書五經，是個識文斷字

的大家閨秀。子貞有兄弟姐妹多人，祖父留給他們的家產還是很可觀的。

賀子貞的老家就在井岡山下，當共產主義學說傳進永新縣，她開始主動交結那些到省城讀書的青年學生，傳閱新書新報，並於1925年加入青年團。

1927年10月，毛澤東率「秋收暴動」的一夥人來到井岡山下。當毛澤東到賀子貞面前時，他感到有些驚訝，因為他沒有料到，在井岡山的「頭面人物」中，竟然有這麼一個年輕漂亮的姑娘，於是按捺不住內心的衝動，當即指令當地中共負責人，要賀子貞晚上找她「談工作」。從此，賀子貞就再沒回過家，成了毛澤東在井岡山的壓寨夫人。而這時，他的「嬌楊」正領著三個孩子在湖南瀏陽和板倉一帶四處討飯。當時井岡山中共的最高機密之一，就是不讓壓寨夫人賀子貞知道毛澤東有二個太太和三個兒子。用同樣手法，十年後毛澤東又得到了電影演員藍萍（江青）。這世界好像並不十分公平。毛澤東的很多罪過，都被人們算在了江青身上，而這個並非毛澤東最後一個的女人，實在是感到十分的委屈。可誰讓她嫁給毛澤東呢？

（原載美國《中國之春》月刊一九九〇年七月號，署名：魯城）

黑社會進軍大陸

眾所周知，黑社會在香港是極為猖獗的，被人們稱為香港社會三大支柱之一(香港當局，金融商家，黑社會)。隨著一九九七大限的逼近，在移民潮的衝擊下，黑社會中的幾大幫派也開始陸陸續續向美國、加拿大、法國和英國等地的華人社區轉移，令諸國治安當局十分頭痛。但其中有一些堂口（幫）則反主流而行之，他們不但不遠走北美、歐洲，反而進軍大陸，號稱打回老家去。其勇氣和膽量令人感歎。據廣東省公安廳內部估計，目前在廣州市民與盲流中正式辦了入會手續的黑社會成員約二十萬人，未辦正式入會手續的散兵游勇，更不計其數。黑幫大多屬「三合會」和「新義安」兩個堂口，還有新近結幫的「白手黨」、「頭巾黨」等等。

收保護費是黑幫收入主要來源，種類之多，實是無孔不入，遍及各行各業，以下是他們常使用的伎倆。

向娛樂場所勒索，如高級餐廳、舞廳、卡拉OK、酒吧等，都設有一些「睇場」員和「泊車」服務員，由黑幫派人充任。目前在廣州的這些高級娛樂場所大都為合資企業，投資與管理者也大都為外商老闆。所以，娛樂場所的經理為求生意興隆，平安大吉，必須交付一筆額外的費用(俗稱保護費)供養這些人員，金錢的多少沒有一個固定數額，要視這個場所的承包者與黑幫的交情如何、單位面積大小、地點是否在熱鬧地區、生意的營業額和業務種類等等因素來決定價目。

若有店家拒絕付款，黑幫便使用威迫利誘手法，務求達到目的。有時上演一場自導自演的「戲」，指派自己人到負責「睇場」的場所搗亂一番，由「睇場」人作和事佬出面調解。搗亂者離去，搏得老闆滿意，取得付款。羊毛出在羊身上，店家將這種額外費附加在消費者身上。

自建築地盤勒索。黑幫常常派員巡視自己「地頭」內的新建築工

地，窺探建築結構是否屬高級住宅或商業單位，工地上放置的機器設備是否昂貴，建築材料是否高級等，然後自建築商勒索保護費。

和娛樂場所類似，廣州的建築公司不是外商就是個人承包的，都屬「私人」企業。建築商經理為求施工順利，多不願向警方投案，暗中付款給黑幫了事。建築商不會甘受這種損失，在建築預算中撥出百分之二的比率，用來支付這筆額外開支，到頭來就是用戶負擔。

廣州實行房屋買賣政策後，住房成為市場上的緊俏商品之一，所以，黑社會又有了一項撈財的生意——向買樓者勒索。每逢新廈落成出售時，市民排隊登記買樓，黑幫派出一大群人到場外排隊占位置，再將登記到的買籌轉讓給他人謀利，常常是各個黑幫堂口都派人去排隊，經常發生爭鬥。真正要買樓的市民反而排不上隊，被迫出錢向黑幫買籌。

他們向公共小巴士司機勒索，小巴士行駛的路線，多被黑幫盤踞為自己的收費地盤。小巴士駕駛員為求路上平安和生意安穩，需向黑幫購買「通行證」。司機欲加入有利可圖的路線行車，必須由熟人介紹「入線」。沒有「入線」的司機，就無法靠站。因為到時會有人出來恐嚇乘客或製造事端，使乘客退避。

即使已「入線」的小巴，每次靠站等候上客時，會有人上車清理車內垃圾，司機每月要向黑幫繳付「清潔費」。

向街頭小販勒索。每個堂口的黑幫，大多向他們分占的地頭內的小販收取「保護費」，如不付給，便找個藉口進行搗亂，將貨物毀壞或搶走。

向工廠、商店、食肆勒索。黑幫一般不敢上大企業收「保護費」，但對於私人承包經營的中小型的工廠企業，黑幫每月定時派人上門收費，否則工廠或商店就有可能遭人無故放火或潑屎尿。

酒樓及戲院的老闆，須定期付給「保護費」，否則會被黑幫分子上門吃霸王飯或騷擾。手法是每晚派一群「馬仔」進店，每人占一席

位，只要廉價菜，整個晚上不走，其手段與香港一樣，令其他真正上門吃飯的顧客無席可坐，東主無奈，付「保護費」了事，不敢報警，就算報警到場調查，亦無理由拘捕此類合法的「食客」。

　　酒店旅館，在過年過節的時候，黑幫分子捧一盆桔子或一束鮮花，上門向店主道賀，收取「利市」。如果付款少了，他們就露出凶相糾纏，一定要付給滿意的「利市」才肯離開。

　　隨著廣州經濟政策的開放，港粵之間的走私活動日益猖獗，廣州的黃浦及增城、寶安都成了走私集團的落貨集散地。這些地方分別屬於不同黑幫的地頭，他們坐地分肥。收「陀地費」的計算方法是以走私船到達的次數計算，一船次收一千元至二千元，視貨物的貴重程度而定。以走私高峰期算，新界每晚有近七十個航次的走私船，最高每天可收「陀地費」十四萬元，每月是四百二十萬元。此筆巨額收入使黑社會組織財源滾滾。

　　有人會問：走私集團既然能躲過警方的追緝，為什麼不能逃過黑幫的魔爪？何況走私集團也是由亡命之徒組成的。這就是所謂「以黑吃黑」、「過江龍敵不過地頭蟲」。在上述的走私落貨地點，每晚都有黑幫「駐紮」，監視走私客的活動，對走私快艇點算出船航次，當場收錢。而這些地頭蟲和當地派出所的員警都有「拜把子」之交，甚至有的公安人員直接參與其中的「分肥」，有時還荷槍實彈地保護「哥們」行動，一次「分紅」的抽頭頂過當民警幾年的工資，在這種高利的誘惑下，廣州的員警涉足黑社會的人數越來越多。

　　許多地頭蟲配備有無線對講機，監聽走私快艇的活動，甚至及時提醒走私客當晚應繳的「陀地費」。

　　至於拒繳的結果會怎樣，試看以下這個事例：去年年底一個晚上，一家貿易公司被人在大門外加上一把鎖，然後淋上汽油放火，釀成兩死兩傷的慘案，據瞭解，這家表面上是以經營進口電腦配件為業的「貿易公司」，就因欠下黑幫的「陀地費」而遭到報復。

此外，有些黑幫分子直接參與走私活動，不過，無論這些人物在黑社會的「輩份」多高，在人家地頭活動，也照江湖規矩留下買路錢。

一般人的印象，以為黑社會成員多是中、下階層的人。其實在某種情況下，他們也與上層社會掛上勾。與香港類似，官方人員有些人也是黑社會成員，甚至法律、教育領域都有黑社會勢力滲透進去。這些人有些是年輕時入會，仍保持聯繫，有些是因為業務、生意與黑社會搭上關係，久而久之，加入了黑社會，有些人就算不入會，也成了協助黑社會的「參謀」、法律顧問。至於黑幫滲透到學校(主要是中學)，是為了從學校吸收新鮮血液，擴大組織，後繼有人，可以使黑幫成員逐步知識化，可以掌握使用各種先進的作案工具。

目前受黑社會分子滲透的區域，以東山、越秀區和大型住宅社區居多。黑幫拉學生入會的一貫手法，專向一些頑皮或怕事的少年入手，如拒絕加入，則安排打手將其痛毆一頓，聲明只有入會接受「保護」才保證上下課途中平安，否則永無寧日。入了會的學生常被逼帶香煙或出售軟性麻醉品，毒害更多青少年。

黑幫除了在學校內發展新對象，亦向流連電子遊戲機中心和公共場所的青少年下手。青少年受那些把黑社會人物描繪成英雄好漢的影片毒害，主動加入黑社會的也不少。

學校負責人得知本校有學生涉及黑社會，很少與警方合作提供資料破案，往往是私下將那些學生開除了事。被趕出校門的學生受到家長的責備和鄰居的藐視，灰心喪氣，一不做二不休，就為黑幫所趁，愈陷愈深。黑幫頭子看中哪一個入會的青年學生可以培養成為他們的死黨，出資送到專門機構，學習掌握無線電通訊及使用電腦、竊聽器、鐳射等技術，為他們組織的走私、販毒、盜竊、黃色架步、賭場等服務。

黑幫勢力在許多酒樓建立據點，主要目的是盜竊名牌貴重轎車，有些酒樓代客泊車人員是黑幫的助手。當他們接過客人的車鑰匙將轎

車開往停車場停泊時，就用軟膠將車匙模印下來，並記下車牌號，一併交給黑幫分子翻造，等候適當時機下手偷盜。得手後代客泊車人員可分贓三、四成。

被盜的車輛，有的拆散，有的整輛運往北方出售。有些黑幫頭子甚至開設地下車行，接受顧客訂單，按訂單的品種和數量部署手下的馬仔盜車。

在海外和香港雇請槍手到廣州打劫銀行、金鋪、手錶店，乃是黑社會近年的新「創造」。

雙方的合作過程是這樣：先由廣州黑幫向被雇傭的歹徒提供資金購買槍械，然後安排槍手循水路偷渡入境，由本地黑幫指引他們到某家店鋪下手。作案過程中，由本地黑幫分子擔任交通方面的工作，安排匿藏地點等。真正動手搶劫的是香港或臺灣來的所謂「港客」。他們行動快速，手法狠辣，槍法準確，動輒開槍傷人。得手後，本地黑幫立刻安排他們「原路來原路去」，使警方不易追尋線索，即使知道，作案的歹徒已返回海外。

過去，在香港的劫匪作案，大多持一把利刀或假手槍，遇到員警便拔腿竄逃。而這些請來的「港客」，在廣州遇到員警就開始拒捕。近一年多來，在鬧市區不斷出現「警匪」駁火，槍聲響、子彈飛的場面。去年以來，搶劫案件激增。廣州市民對治安非常憂慮。

面對黑社會肆無忌憚的活動，廣州公安局自一九九零年八月初開始，加強掃黑行動，對黑社會各堂口的關鍵人物進行嚴密監視，並施予多種壓力，搗掉他們一些收益較大的黃色架步、賭檔。

可是，他們不但不收斂，甚至採取最驚人的行動，反擊警方。十月二十一日中午十二時三十分，有兩名男子到東山區農林下路省委機關宿舍，廣東省公安廳副廳長李某某的官邸，逕自進入樓內按門鈴。屋內的安徽保姆出來應門，這兩名男子自稱是電話公司來檢修電話的，小保姆不虞有詐，讓他倆入室。他們隨即亮出一柄利刀及一枚螺

絲刀，先將女傭捆綁，再登上二樓，把副廳長的太太制伏，搜掠了一些文件財物之後，把電話線剪斷，揚長而去。

出事後，李某某聞訊趕回家，在羊城晚報記者採訪查詢下，他聲稱這是純粹謀財的孤立案件，不屬有組織的挑釁行動，為盲流所做。

儘管廣州公安部門拼命澄清，市民卻明知這是黑幫的一次示威行動，因為省委機關宿舍大院設有門衛，醒目地顯示這是高級官員的住所，難道這倆盲流瞎了眼看不到嗎？而且，兩天後，二十四日，北京路派出所竟遭人擲進兩枚燃燒彈，燒毀兩輛摩托車，這自然不是為了謀財。這又作何解釋呢？

這兩個事件轟動了整個廣州，人們紛紛議論：簡直是老虎頭上捋鬚子！

黑社會勢力在廣州存在不過數年，為何已如此囂張呢？據香港某些報刊輿論分析，是因「九‧七」臨近，黑幫分子考慮到未來他們將難於立足於香港，不如早移師內地，重新打開一塊新地盤。

面對香港黑社會對廣州的進軍，身為廣東省一號人物的葉選平有一句極妙的話：「今天的廣州，適者生存。」這也許就是中共當局無可奈何的一種感歎吧！

(原載美國《中國之春》月刊一九九一年八月號，署名：少君)

走私者的「天堂」：銀三角

　　粵、港、澳沿海地帶由於政治經濟、地理條件特殊，邊境走私，由來已久，屢禁不絕，尤其是近幾年更為嚴重。被走私者稱為「銀三角」！

　　粵、港、澳三地的走私者，近年借大陸對外開放之機，倡狂活動，賺取巨額利潤，一些人旦夕之間，便成為百萬富翁。

　　近十年來，粵、港、澳之間的走私活動，經歷了「三落三起」的過程。七十年代末至八十年代初，香港澳門走私到大陸的貨品主要為尼龍布和電子錶等，後來逐漸轉向日用品和家用電器；而從大陸走私出口的貨物主要是銀幣和貴重藥材。這個時期，香港約有六、七百艘漁船參加走私。大陸方面，以汕頭地區最為嚴重。1980年，海豐縣委書記王仲因捲入走私案件而被槍決，但受賄於走私的高層人物則無人追究。

　　不到兩年時間之後，海上走私所以能由隱蔽到公開，由兼營變為事業了「全方位」走私，由漁船夾帶、船艙暗格走私的「散兵游泳」戰，發展為港澳船、內地船、臺灣船和外國貨輪交錯運行，裡應外合，上下勾結「多國多方聯軍」戰。走私到大陸的貨品以電器及香菸、名貴汽車為主。從大陸走私出口的貨物以古董、玉器、出土文物、國際市場稀缺的金屬等為主。1989年，僅大陸邊防武警，就緝獲海上各種走私案件2333宗，繳獲的私貨價值人民幣二億五千萬元，約占了廣東全省繳獲私貨的五分之二。香港去年繳獲走私貨品為四千八百萬港元，比1988年上升五倍多。

　　走私之風越刮越猛，廣東沿海有些村鎮，聯戶集資購買走私船，一時間，廣東城鎮走私貨品成行成市。為此，廣東省有關方面從去年四月開始，加強海上緝私行動；緝私人員連續緝獲多艘外籍及臺灣走私船。但由於設備陳舊，人員素質低，使中共與港方一度因緝私問題

關係緊張。

八九天安門廣場事件以後，由於中共要求緝私武裝重查逃亡的大陸民運人士，使邊防公安、武警警衛邊防的任務加重，對海上走私的盤查忙不過來。香港方面，為了堵截越南船民，水警緝拿走私船支的力量也大為削弱，因此走私集團趁這個機會再度活躍起來，出現了人員專業化，組織集團化及走私工具現代化的新特點。去年下半年廣東走私進口積體電路猛增。第一季度緝獲的積體電路就有130多萬件，比去年同期增加六倍。據廣東省有關部門統計，今年頭五個月，緝獲走私案件1229宗，緝獲私貨價值人民幣13000萬港元。同期香港繳獲私貨價值1000多萬港元。而沒有緝獲的走私貨，僅電視機和錄影機，據香港海關估計，約達二十億港元。

目前香港的走私據點有以下幾個地方：大嶼山西北角的大澳，新界東北的大埔三門仔，香港島南部的香港仔。其中又以大澳和三門仔最為活躍。在高潮時期，幾乎每夜都有數以十計的大型快艇，運載走私貨物，朝著廣東海域的方向駛去。

走私貨物通過廣東、惠陽、汕尾、潮陽、寶安以及珠海、中山、番禺等沿海城鎮和農村，進入大陸市場。特別是大亞灣沙頭角海域的活動最頻繁。海上運私貨快艇和陸上的接貨與銷售掮客緊密配合，從澳頭至淡水，淡水至蝦湧，稔山至范和，吉隆至平海一帶，每天成群結隊的汽車、摩托車穿梭往來不絕，接運私貨，不分日夜進行。如果萬一被緝私人員發現，走私者便煽動部分村民圍攻，哄搶私貨，買私貨者大部分是個體商販，他們買到私貨之後，便運往廣州或北方城市分散零售。

由於香港走私者大多循正常途徑向商販購入有關貨物，故並未觸犯香港方面的法例，香港的執法當局不容易以走私罪名拘捕他們。一位香港警官說：「我們目睹走私者將二百台錄影機載入一艘有四部弦外馬達的高速快艇。我們知道他們去哪裡，但不能就此檢控他走私，只有待他將貨物運出海，並查出沒有辦理報關手續後才能拘捕他。」

因此，走私集團在香港是明目張膽進行活動的。

用高速快艇運載貨物，是當前走私的主要方式。據調查，在粵港海面從事走私快艇在一百艘以上。

快艇走私集團的組織情況大概是這樣，由內地的「地頭蛇」和擁有快艇的香港人合夥經營，由港人購置快艇及供應貨源，內地人提供導航人員和接應，並負責找客尋路推銷私貨。

這些快艇設備非常先進，一般的造價在70萬港元左右，可公開向當地的船廠定做。這些快艇有防彈裝置，在駕駛台左右兩側的船身都裝有很厚的鋼板，可抵擋猛烈的槍彈掃射。此外還裝有雷達、對講機、潛水鏡等設備，船員穿上避彈衣，隨時準備應付緝私武警的追擊。

香港九龍海關今年第一季度查獲的八艘走私快艇，每艘馬力高達120匹，速度比香港水警擁有的快艇還要快，所以在被追捕時常常能夠成功地逃脫。

廣東普寧縣靠近香港水域的村鎮，那裡的鄉民與香港人合夥走私，他們擁有的走私快艇，時速達到60至90海里，每艘快艇一個晚上可來回跑三、四趟，若每個航次裝運150箱香菸或250部錄影機，就可賺到6萬元人民幣的純利，他們花六、七十萬港元購置快艇乃屬本小利大的生意。

除了快艇走私之外，漁船兼營走私也相當普遍。估計同時持有廣東、香港兩地船牌的漁船走私最多，因為他們可以合法身份自由來往兩地水域或港口，這種走私漁船現時約有四百艘。它們每趟在香港卸下漁貨之後，趁返回大陸時裝載私貨。這些走私漁船有的船主獨資經營，有的則加入走私集團，聽從集團的指揮調遣，獲利後分肥。

財雄勢大的走私集團還雇用外籍和臺灣船隻裝載私貨，目的是使大陸緝私人員有所顧忌，這種手法很快被拆穿。如去年上半年，香港海關所緝獲的洪都拉斯走私船，船上便裝有走私香菸達7800箱之多。

　　走私集團不斷變換手法，逃避緝私人員的追捕。去年第二、三季度，發現走私集團的大型走私船滿載貨物停泊在公海上，使香港、廣東、澳門的緝私船都無權靠近查問，他們在白天不作任何裝卸接駁活動，到了晚上，才由來自大陸的小型船隻接駁貨物運回去。

　　這些接駁船常常故布疑陣，佯裝駛往福建的方向，中途突然改航向，駛向汕頭、南澳等地靠岸卸貨。

　　走私集團在香港市場上購進貨物，雖然是合法公開的，緝私人員莫奈他何，但是可以從中監視追蹤，對他們不利，因此，他們不斷該換進貨地點，將貨物運到東南亞其它國家去，再由掛著這些國家旗幟的走私船運貨停泊在公海上，讓大陸的船接駁貨物回大陸去。

　　某些龐大的走私集團還雇用「線人」，與海關及緝私人員結交「朋友」，藉以偵察警方及海關人員的行動部署細節，及時通風報訊。澳門的走私集團甚至派船整天浮在海面，監視水警的行動，在陸上以摩托車尾隨警車不放，隨時用對講機指揮走私船的行動。

　　廣東與澳門之間的走私，可分為兩個階段，1979至1984年為第一階段，這是大陸初開放階段，一些貪贓枉法的中共幹部聯結北方各省的盜墓者，與澳門的商人合作，用海船從大陸走私古董文物到澳門。曾有一段時期，小小的澳門突然冒出多間古董店，古董客商雲集澳門。第二階段從1986年至今，由澳門漁民勾結澳門水警和大陸的走私團夥，用快艇或漁船偷運香港電器到大陸。

　　日益猖獗的海上走私，對粵、港、澳三地任何一方的經濟發展和社會秩序都不利。但限於各方的法例和執法程式不同，很難進行大規模的聯合行動將走私團夥一網打盡。

　　鑒於利用快艇走私越來越多，粵、港兩地相繼宣佈限制快艇馬力的新規例。例如香港方面宣佈：凡是馬力大的快艇在夜間實行宵禁，只准日間行駛。超過600匹馬力和在弦外加裝馬達的快艇，政府停止發給牌照。

　　廣東有關部門也公佈新規定，限制漁船的馬力，子母船、拖網船的馬力不得超過65匹。對於那些沒有通過報關手續的快艇，將緝拿查處。

　　但走私團夥並不甘心就此甘休，他們又改換以漁船為主要走私工具。去年8月16日晚上十一時許，香港水警在柴灣對開海面截獲香港有史以來最大的一夥漁船走私團夥，這夥走私漁船共有16艘，其中11艘是香港船，5艘是大陸船，參與人數達60人，其中42名是香港人，18名是大陸人。這些漁船從香港簸箕灣避風塘裝進小汽車、摩托車和多種電器貨物，準備運往大陸。但早為香港警方發覺，12艘水警快艇預早埋伏在柴灣海面，待這些走私漁船將進入廣東海域之時，被前後夾擊，結果無一漏網，全部就擒。

　　重賞之下必有勇夫，粵港澳海面從事快艇走私的多是亡命之徒，死亡事件層出不窮。去年6月間，在香港水域發生走私快艇公然抗拒水警檢查，開足馬力撞沉水警橡皮艇，釀成水警一死二傷的事件。

　　8月10日晚上，香港西貢十四鄉海面，發生轟動一時的海上慘劇。事情的經過是這樣，當晚九時半，一艘載有600部電視錄影機的快艇，駛離三門仔後，於企嶺下海附近與另一艘沒有載貨的快艇相撞，兩艇俱安裝有120匹馬力的引擎，可能因高速航行和沒有亮燈的緣故，相撞後均告沉沒。

　　出事後無人報案，初時也無人發現，但稍後該走私集團另一艘停泊在附近「把風」的快艇，發覺兩艘快艇失去蹤跡。沿航道搜索，始知真相，隨即將浮在海面的六名遇難同夥救起，其中二人潛回香港上岸，秘密匿藏起來醫治。其餘來自大陸的四個人則由快艇載返大陸，在途中有三人內臟出血過多而傷重死亡。

　　走私集團在這次事件中除了損失價值200餘萬元貨物之外，還要交付給死者家屬巨額「償命錢」。據走私集團的堂例，遇事喪生的成員，每人可得到100至200萬港元的賠償。去年某走私團夥的一位快艇駕駛員在被水警追捕中中途死亡，其在港家屬便得到了200萬元的賠償。

重賞之下自然有要錢不要命的亡命之徒。所以，被稱之為走私「銀三角」的南海三角洲，在今後相當長的一段時間內，仍然是走私者的「天堂」。

（原載香港《百姓》半月刊一九九一年五月一日第239期，署名：未名）

因經濟改革而起的殺人

中國十年改革起源於農村社會經濟的變革，繼之引發支撐國民經濟的國營企業改革，無論是市場機制還是價格體系的變化，無不圍繞在企業改革這個中心問題上。然而，以趙紫陽為首的「改革派」最終沒能翻過這個大坎，抓的抓，逃得逃，樹倒猢猻散了。

做為那些身為廠長經理，操勞改革第一線的人，在生產經營的角鬥場上日夜拼搏，煞費苦心，還要甘罹風險。他們是些聰明能幹的俊傑之才，他們的出人頭地是以冒險為代價的——政策的轉換可能使他們跌得鼻青臉腫。市場的變換可能叫他們名利兩傷。改革中出現的一切困難都要在他的身上得到體現，他們是試紙，是靶子，是探雷器。

十年過來後，反觀在改革中沉淪的大陸企業界，你會發現大陸社會中明顯地生成一種無法抗拒的情緒——工人的反抗。這將是中國大陸今後動盪與安定的一個最具分量的砝碼。

一、改革仇殺錄

也許有人還記得1988年1月20日《光明日報》三版那塊不大的一條消息：1987年底，一個叫闞元軍的年輕人以他的壓倒多數的選票和一張中專文憑而受聘為吉林省潭江軸承廠鍛壓車間的承包人。這位年輕有為的小「老闆」上任後便大刀闊斧，回報他的卻是一封接一封的恐嚇信「你再這樣搞，就別怪我們不客氣了！」不久，他家的玻璃被砸得粉碎，他的家被偷，繼而恐嚇信又換成了遞向上司的「檢舉信」，男女關係經濟不清之類最容易玷污人，也最不容易說清楚的罪名從天而降，直到折磨得小老闆花發早生。一向膽小的闞家老父不時地被充滿血腥味的陌生人來信嚇得魂不附體。「再讓闞元軍承包，我們就先殺死你孫子，再殺死你兒子，最後毀了你全家！炸藥我們都準備好了！」老人認定大難將至，終於一命嗚呼。留下遺言，兒子斷不可再去做承包人！墳頭野草茇茇，小老闆欲訴無言，欲仇無路，真是惘然

茫然。

　　然而這只是千千萬萬個企業家仇殺事件中的小案子。

　　哈爾濱市香坊區浴池綜合總店經理兼黨支部書記何香榮，是區裡有名的女企業家和優秀共產黨員。1987年7月，她帶領職工集體租賃了香坊浴池，半年盈利近萬元，超定額兩倍，她的名字因此上了光榮榜，她的事業光彩燦燦。

　　也許是她幹得太紅火了，卻沒有發覺一顆炸彈就要在她腳下引爆。1988年8月4日下午一點鐘，店內職工甄國拳找到何香榮說：「咱們旅店不是要買彩電嗎？去我家看看吧。」何香榮焉知是計？進了甄家，甄國拳立即反鎖房門，從腰間拔出一把尖刀，咬牙切齒地說：「今天買彩電是假，殺你是真！你不是共產黨改革紅人嗎？我就是要拿你開刀，殺你這個改革家！」

　　一路走紅的女經理總以為世上所有的門都是為歡迎她而開。這意想不到的打擊使她倉徨無措。何香榮因心臟病復發昏倒在地，喪心病狂的甄國拳極盡招數，大肆暴虐，使一個聞名遐邇的女企業家被蹂躪殘暴達五小時之久。甄國拳用刀尖逼著何香榮拍裸體照片，還一邊狂叫……「讓你這個黨支部書記好好光彩光彩！」

　　這真是駭人聽聞！暴徒與何香榮有什麼深仇大恨嗎？殺父之仇或基督山式的報仇？不，都不是，據罪犯自己說——「租賃以後，我分的工作不好，獎金總拿不到，辦自己的事也不方便，何經理總是批判我。我貪污，她拿我開刀。我就是為了報復。」

　　披露這件事的兩位記者綴後寫道：「我們在吉林、遼寧兩省採訪的一個月間，幾乎天天都能聽到像甄國拳這樣『就是為了報復』的人和事。據吉林省公安廳介紹，1985年以來，吉林省發生殺害廠長、經理，縱火燒毀廠房嚴重刑事案件十一起，殺死九人，致傷致殘二十四人，發生侵害廠長經理合法權益事件二十六例。今年以來，此類案件發案率又有上升趨勢。」

然而，企業家的被害事件，有著種種不同性質和原因，也給人們留下了種種啟示和思考……

在瀋陽市北郊，有一片二十萬人的工廠區，那裡有中國航空航天部屬下的三家大工廠。

1988年5月25日下午五時許，一個神情異樣的大個子青工從新陽機械製造公司大門匆匆出來，穿過熙攘的下班人流，在松陵第二小學校附近的馬路上追上了一位五十多歲模樣的人——「X你媽，反正我也沒好了，我捅死你！」

隨著慘烈的叫聲。兩支半尺多長的水果刀以很快的頻率輪番刺進幹部模樣人的前胸、腹部、頸部。兇手發瘋了，兩眼血紅，面無人色，血在噴湧飛濺，幹部模樣的人掙扎著，翻滾著，黑紅的血鋪染著地面……

一分鐘後，兇手楊學利帶著滴血的刀到現場附近的小學校，大門口的收發室裡，四位教工正圍住一張桌子在「窮和」，誰也沒有注意到外面發生了什麼事情。

「你們給派出所打電話，報案。我殺人了。」門外的大個子青年平靜地說。

「什麼？」「搬磚」正搬得熱乎的老師以為年輕人在開玩笑。

「真的，你們打電話告訴派出所。」

這位精神不是有毛病吧？

「要是不肯馬上報案，我就自殺！」楊學利舉起了雙刀。那刀上血跡猶存。

老師們張大了嘴巴。

顫抖的手指撥動了號碼。

五分鐘後，派出所來了位騎自行車的員警，把楊學利帶走了。

被害人楊佳順——新陽機械公司二分廠廠長，男，五十二歲，因失血過多死於搶救過程中。醫生在他身上找到二十一處刀口。一場震驚全國的殺人案就這樣發生了。但在這起惡性兇殺事件的背後，都有哪些「內幕」呢？

楊學利，男，二十四歲，是新陽機械公司二分場的普通工人，高中畢業後曾入技校學習，進廠當工人後忠厚老實，勤奮好學，不抽煙，不喝酒，不嫖賭。工作努力，還搞過技術革新。種種跡象表明，他是現今大陸社會並不多有的老實青年中的一個。

1987年4月，公司在本系統內招考教師，好學上進的楊學利決定報考。當他找到楊佳順並談及自己的想法時，怎麼也沒想到車間主任會說出這樣的話：「你就這副德性樣兒，還不把學生給嚇著呀！」

楊學利本來就為自己的脫髮病而有些自卑。主任這種明顯地侮辱他人格的言辭並未使他怒形於色。他只好忍氣吞聲。

皇天不負有心人，楊學利終於等到了公司招考電大學員的機會。楊學利白天工作，晚上複習，他以自己更嚴重的脫髮為代價，硬是考取了電大電子專業。美中不足的是，公司其他單位的電大學員都是全脫產學習，唯獨楊學利的分廠規定只能業餘學習。

1988年5月，電大即將複習考試了，公司有關部門決定，電子專業的學員可以請長假複習，工資按70%發。於是他去找已升為廠長的楊佳順。廠長卻把嘴巴撇成一張弓說：「什麼複習功課，你是想出去做買賣呀！」

楊學利只好給廠長跪下來，好話說了幾車，好歹爭得廠長的同意，發給了楊學利的一張請假條，班組和工段廠也都分別簽字同意了。萬沒想到，楊佳順竟像孩子過家家似的又變掛了——不批，就是不批！

楊學利終於發火了，這位怯懦於楊廠長手下飽嘗其苦的年輕人揚起脖頸，跟領導吵了起來：「你整整泡了我兩年啦，行也是你，不行

也是你！這次先說行，表都簽完字了，你又說不行，為什麼？！」

楊廠長無話可說，只得讓他二十四日早上再來取表。

遭受幾次折騰，畢竟還是批准了呀！楊學利拿過那張請假表，感慨之餘，他說：「跟你說好的不行，不吵不鬧的你不批，看來你是怕硬的！」

兩個人又吵了起來。楊佳順找來另一位姓楊的副廠長，指著楊學利的鼻子說：「這小子要殺我！」並當即決定讓楊學利停止工作寫檢查，令其承認說過要殺廠長的話。楊學利表示根本沒說那話，所以不能寫那樣的檢查。楊佳順一個電話打到公司公安處去。

公安處聞訊派了兩名員警來，提著電棍和手銬。這還了得嗎？在兵工廠裡，光天化日之下，要殺廠長，這種人不給點顏色看看能行嗎？

第二天上午，正趕上分廠發四月份獎金，楊學利應得金額為16.03元被楊佳順堅持扣了。楊學利又去找廠長論理，廠長說：「你跟領導吵架，還說要整死我，我有權扣罰你的獎金。」

幾年來的恩恩怨怨，一時間翻湧於心，真是個怒從心頭起，惡向膽邊生，他想：「左右也是個完，索性宰了你罷！」

楊學利回頭從工具箱裡找出兩把水果刀，橫了心追出去，一陣亂刀……

請看楊學利殺人事件發生後，那家工廠的反應——

「楊佳順是有名的『笑面虎』殺死活該！」有人這樣說。

「實在太不公平了，工人一年忙到頭，只得八十元獎金，而分廠的頭頭年底卻拿上千元獎金，公司一層就更多，他們根本不把工人當回事，只顧自己撈。大家都憋了一肚子氣。」一些工人這樣說。

「必須嚴懲兇手，不然今後領導沒法當，工人更反啦！」部分中

層幹部這樣說。

「公安處姑息養奸，如果早抓起來，——」有的領導這樣說。

「早抓起來根本不夠條件，我們得依法辦事。提醒過分廠領導，他們為何非要激化矛盾？」公安處的人辯解說。

「當初報考這報考那，怎麼就沒明白！要是給廠長送點什麼去，哪能弄到這步田地呀？」只有兇手的母親真心地追悔莫及。

成百個問號都尾隨在案件的背後，向每一位思考者的大腦衝擊！

這個案件不是孤立的偶發事件，凡是瞭解當今企業狀況的人都明白，這不過是企業中積蓄的矛盾最極端的爆發方式而已。

請看遼寧省公安廳1989年上半年的一組「內情通報」——

1月27日中午，瀋陽薄板廠廠長劉相榮接到一封匿名信，內容是：你是我們心中的好廠長，但好中有不足，有條件的住樓房，我們沒條件的住平房，我們只要求安上暖氣，但你能辦到就是不辦，今去信向你提一提，如沒有回音，你不要後悔，我們和你一直鬥到安上暖氣為止。限期半個月，不答覆我們就要行動了，我們暗鬥，不像獄ＸＸ那樣明鬥，落款是丁香屯宿舍群眾。

4月23日，瀋陽蓄電池廠原廠長蔡福林（退二線）收到一封匿名恐嚇信，內容是：尊敬的蔡福林閣下，這幾年你撈肥了，可我們總不能不活吧！我們向你索要一千元，八年再還，請你務必於4月30日晚帶錢到薄板廠車站交穿棉襖的人，如不按時赴約，半月內將你臭老婆和流氓兒子殺死。有你的好瞧的，只要捨得出血，保你平安，落款是紅強。

4月5日下午，重型機器廠鑄鋼分廠工人五繼臣（男，二十歲）以要房為由，手持菜刀闖入該分廠辦公室，將菜刀放在分房負責人趙貴善的脖子上進行威脅，又闖入書記辦公室，用刀將書記辦公桌玻璃板拍碎。

調薪、分房、安排工種、獎金等級、醫療勞保……這些按企業中「實打實」的利益因素越來越成為矛盾的焦點，同時也每每成為引爆惡性事件的導火索。企業的租賃承包，優化組合客觀上增加了企業家與職工之間的衝突，越來越成為足以與資金、原材料相鼎足的制約企業發展的「第三因素」。大量事實顯示，大陸企業中的幹部群眾之間關係狀況已成為對立勢頭，警報聲在企業回蕩。

二、誰是誰非

1988年7月26日，瀋陽市人民旅社總經理著名大陸企業家王淑琴被殺，使此類案件達到極端形態。

知情者敘述——

人民旅社年輕的裝卸工李丹幾個月來一直為找對象的事情心懷愁結，雖然別人介紹過幾個，但最後不是因為人家嫌棄他的工種，就是因為他是少數民族都吹了。他申請調動工作已有幾年了，跟旅社頭頭軟磨硬泡，可就是不答應。有一次他甚至這樣央求：「王經理，你就成全我一回，等我把對象找成了，我還回來當這個裝卸工。」王經理仍是搖頭。

中午，兩瓶啤酒下肚，李丹漸覺胸中如火，仿佛工作調動的事兒今天必得有個解決了，一天也不能拖。

下午一點多鐘，李丹來到總經理室，總經理王淑琴與副總經理劉哲等都在裡面，李丹說：「兩位經理，我的調動申請批准了沒有？」

王淑琴見李丹氣勢洶洶，便繃起臉來說：「你今天喝酒了，不跟你談。」

李丹問：「那什麼時候談？」

王淑琴說：「不喝酒時，再跟你談。」

李丹怒目圓睜，大聲喊叫起來：「少跟我扯里根楞！以前我沒喝酒找你們談過多少回？你們給我解決了嗎？告訴你，今天你想解決也

得解決，不想解決也得解決！」

怒火使這個身高一百八十公分濃眉大眼的小夥子無法再忍受欺辱，幾個月來親朋同事們背地裡的同情和支持使他越發覺出「老闆」的不近人情來。在這種「老闆」手底下還有個好嗎？不給她點厲害瞅瞅她能服嗎？

李丹繼續吵著，一群本社職工把他拉走了，一邊安慰，一邊說著些同情話。

十五分鐘後，怒氣未消……李丹闖進餐廳廚房，找到一把剔骨刀別在腰間，又來到總經理室，沖著王淑琴大聲質問：「你放明白，到底能給解決不能？！」

「今天解決不了。」

「你有孩子，你家好幾口，我光棍一條，怕你啥！」

副經理張樹仁、史文軍等人將李丹推了出去，推勸之間，他們發現了李丹藏在身上的刀子。

下午三時許。

按旅社領導的指示，保衛科副科長謝慶華撥通了馬路灣派出所電話。

五分鐘後，治安民警徐、劉二人趕到了人民旅社，調查取證後，李丹被帶到派出所審查。

下午五時許，分局副局長批准對李丹處以行政拘留十天的處罰。

民警徐寶昌向李丹宣佈了分局的裁決，並且問李丹是否服從。

李丹說：「我要申訴！」

徐寶昌說：「那好，明天上午十點鐘以前，你把申訴材料交到派出所來，還有五百元錢的保證金。」

　　回旅社取材料時，天色已近晚，旅社要安排民警就餐，民警們客氣推讓，就在這一謙讓之間，不受歡迎的李丹自己下車了，走進了旅社大門。

　　李丹奔向餐廳廚房，拿出把一尺多長的砍肉刀，然後直奔總經理室，持刀問王：「再問你一遍，你給調動工作不？」

　　王淑琴似乎沒有想到眼前這個年輕人會真的動刀砍她，難道不該給他點教訓嗎？都這樣跑來鬧，當領導的還怎麼幹工作？

　　「拘留你十天後再說！」

　　李丹咬牙切齒地叫了聲：「憑什麼拘留我？」便將長刀掄了起來。第一刀砍在王淑琴的左臉上，鮮血突然噴湧出來，王淑琴下意識地伸出手去，兇手略一猶豫，接下去越砍越瘋狂…當第九刀砍下去，王淑琴已經悄然無聲。

　　李丹的自白——

　　「我1981年參加工作，1985年到了人民旅社當上裝卸工。這活累不說，錢也不多拿，還讓人瞧不起，為此我多次找王經理談思想，說我還小，幹裝卸工受不了。王每次都不耐煩地說，等有機會再說吧。

　　現在瀋陽姑娘少，找對象面太窄，親戚朋友近年給我介紹了六、七個，都嫌我工作不好，想起王經理以前說過的話，又去找她談。王還是不同意。我看沒轍了，想自己找點門路，就利用業餘時間跟鄰居一名司機學開車，但需要我單位開個證明信。我去找王，王沒有馬上答覆，只說研究。我抱著很大希望等了三個月，又去問王，王卻把此事忘了。我把想法說了一遍，王說證明信不能開。當時我心裡很憋氣。去年夏天，我幹活時常頭暈，到醫院一查是血壓低。後勤部門主任為此找到王經理，說我再幹裝卸工怕出事，能不能調換一下工作。王還是不同意。

　　「7月26日那天，我因調級補發了工資，中午，請單位幾個要好

的到外邊喝酒。喝酒時，他們問我找對象沒有，我說沒有，臭裝卸工誰願跟。喝完酒，我回旅社，路過王經理辦公室，敲門進去談調換工作的事，王說，你喝酒不和你談，我被噎了回來，心中憋氣，就到餐廳拿了把尖刀插在腰間，用衣服蓋上，想去經理室嚇一嚇她，但在經理室門口被別人擋住了，隨後，幾個人把我拉到旅社對面的冷飲店，喝了點冷飲，勸了我一番，這時我氣已消了一半。回到旅社，誰想派出所來人要拘留我十天。我心裡不服。派出所的人問我申訴不，我說申訴。他們讓我寫申訴材料。這時，我就到餐廳拿了把砍肉刀別在身上，心想，如果王經理答應給我調換工作，就好說了，十天拘留我也認了；如果不答應，我就砍了她。到了經理室，我問王：拘留出來後調換工作一事能不能解決？王用話嗆我說，那得看你表現如何，回來後再聽候處理。我想我沒偷沒搶，以前沒有前科，被拘留出來頭也抬不起，工作調換也沒成，一氣之下就殺了她。」

請聽一聽事件發生後，瀋陽城街頭巷尾是怎麼說的吧——

「王淑琴這樣的頭兒就是該殺！這些人錢撈足了，政治資本也差不多了，你看他們對工人那副凶相！恨不得把你當牛馬！」

「聽說，連公安局的員警也對這件事的處理不滿。幹嘛要拘留？不拘留，他能想到動刀子嗎？」

「李丹押到看守所以後，管教一點也沒為難他，家裡送什麼東西一概讓他本人收到，槍斃他的時候，槍子兒儘量不破他的面，從嘴裡打出去的。說是現場在離他家不遠的地方，他家裡的人可以看見。」

「審判的時候，不少人都哭了。李丹還給大夥兒鞠躬來著。」

與楊佳順被殺案相隔整整兩個月，兩案的兇手都是二十三歲，又都是身高180公分的大個子，相貌堂堂的小夥子，而且都既無前科，又非社會上那種不三不四的壞青年，人們歎息疑惑不解，這到底是怎麼回事？為什麼這樣的孩子也能殺人？而且手段那般殘忍？

全社會都在問這個問題，誰是誰非？

三、「刁民」造反

1988年11月2日的《人民日報》以「『王淑琴慘案』重演」為題報導了發生在武漢市第四冷凍廠的工人殺害廠長事件。

「10月21日，武漢第四冷凍廠廠長辦公室依照有關規定，決定給予毆打職工、無故曠工、長期不上班的該廠工人張志發開除廠籍，留廠查看一年的處分。24日下午，廠職代會通過了這項決定。張志發不思悔過，痛改前非，反而蓄謀報復。張志發攜帶三角刮刀竄進廠長辦公室，趁廠長潘茂華打電話之機，兇殘地向潘茂華的背部、胸部連刺六刀。潘茂華當即倒在血泊之中，經搶救無效停止了呼吸。兇手被聞訊趕來的職工和公安幹警抓獲。」

人們忿恨、歎息，這是與李丹兇殺案件不同的另一種兇殺，長期的大鍋飯體制培養了許多磨洋工，泡「病號」，不上班不出活，工資獎金卻不能少的懶漢刺頭，改革一觸動這類人的利益，他們便難以適應，忍無可忍。乃至鋌而走險。

一些幹部在企業裡的「主子」地位之高，權力之大，令他們不可一世，忘乎所以，不把普通工人放在眼裡，誰也不能把他咋地。一有矛盾，工人來正道的不行，就難免有人給你來黑的。

在某公司，一位職工跟女經理說話時嗓門大了些，她便厲聲斥道：「你敢這樣跟我說話！還沒有人這樣橫我呢！我問你，這個月的獎金你還要麼？」

他們是官，而且是現管的官，他們時常被冥冥中的一個聲音提醒著。為官的快感使他們陶醉。

一位剛提拔的紡織廠廠長對一位老工人說：「你的獎金沒有我的多，這很正常。我領導的是1200人，你只領導你老婆孩子，你有什麼氣不公？」老工人說：「不是氣不公，我這個月一天工也沒耽誤，老伴有病，我要是不多拿幾個獎金，一個月掙的就不夠一個月花的了。」廠長拂袖而去，走到門口回頭說：「告訴你，今後決不慣你們這種毛

病！你們吃大鍋飯順暢了，老想搞平均主義。今後幹什麼活拿什麼錢。改革嘛！」

大陸的經濟改革不但需要素質高的企業家，而且同時也需要工人提高自身的素質。

然而，管理體制的完善，人的素質的提高，在積弊甚深的中國，並非幾日之易事。於是，改革的車輪滾滾向前，企業幹群的矛盾也日趨劇烈。

來自「工人的威脅」的確成為中國企業的一大難題。或許正因為如此，大陸的廠長開始武裝自己了。

許多地方的廠長都配備了自衛器械。為了使廠長們能夠有效地保護自己的人身安全，瀋陽市公安局給他們配備了具有三種功能的「電棍」和直撥電話。據說也曾發給廠長們麻醉槍來著，廠長們不會使用，公安人員當場做示範，不想用來試驗的那支麻醉槍不幸爆炸了，這一來廠長不無警覺，擔心那玩意搞不好會傷著自己，於是就免了這一項。

安徽有一家軍工企業，幹群關係僵化到了幾乎以武器對峙的地步！以黨委書記為首的廠領導班子成員，每人配備一支警棍，以備防身。

1989年夏天，有關方面對重慶186家企業進行了調查統計，有43個企業的65位正副廠長（經理），配備了高壓電棒或高壓手槍。黃坪電鍍廠的廠長，不僅配有高壓電棒，還配置了警服、手銬！

重慶市玻璃製品廠、重慶塑膠十九廠，都是虧損企業，職工的工資也難發全，更不要說獎金了。然而他們的廠長竟然動用公款，以每月三百元的高薪為自己雇用了「保鏢」。看著跟在廠長身後的一身武功目光炯炯地「衛士」，工人卻不敢面對面質問，只有在酒桌上，在茶餘飯後，發發怨忿：我們連飯都吃不上，他們卻花這麼多錢請什麼保鏢，廠長的命有這麼值錢？

請問：「刁民」焉能不造反嗎？

四、優化組合的陰影

企業實行優化勞動組合，這無疑是一項改革。「進了工廠門，成了企業人，出工不出力，國家養懶人。」這幾筆粗線條的勾勒，真實地刻畫出大陸企業的狀況。優化勞動組合正是要從這一困谷中走出來。在這個進程中，不僅要改變原有的管理模式和各項規章制度，同時也在變革著人們的思想觀念。這幾乎成為唯一的選擇。

優化組合使得一部分人丟了飯碗。有些丟飯碗的人並不認命，他要去問個明白。而有些砸別人飯碗的人理由並不十分充分——個別廠長經理確實存在著挾嫌報復或任人唯親的行為。在許多企業裡，優化組合導致了內部「火拼」，剝離變成了仇離。

一位工人氣呼呼地告訴調查人員：「我們的頭兒死要面子，不許別人說個『不』字。有一次他遲到了半個小時，我給他提意見，沒想到捅了馬蜂窩，他當場指責我在群眾面前降低領導威信，用心不良。這回，他把我編外了。」

有個叫朱世萍的工人概括了他們車間張主任優化組合的原則：聽他話的——組合；不順他眼的——編餘。

瀋陽市大東區有一間三十人的集體小工廠。1988年11月24日這天下午，工人羅秀峰來到廠院裡，挨個屋子走了走，便進了廠長金安淳的辦公室。五分鐘後，有人在院裡驚呼「殺人啦！殺人啦！」當人們跑到廠長辦公室，三十八歲的金安淳趴在他的辦公桌上，身上滿是血窟窿，臉上被尖刀刺得面目全非。一把自製的匕首深深插進死者的右太陽穴中。

兇手羅秀峰出了廠院之後，到派出所投案自首。

金安淳、羅秀峰是同齡人，1968年他們一同中學畢業下鄉到法庫縣當知青，1974年又一同抽調回瀋陽市裡當工人，一同分配到煤建商

店，1979年，為了安置60餘名待業子女，煤建商店辦起了大東衡器修配廠，他們又一起做為技術骨幹的「全民工」派到該廠扶佐廠長。十幾年裡，這兩個人親如手足，形影不離。不久，金安淳以承包性質就任廠長，羅成了金的左膀右臂。

羅秀峰性格內向，品質內秀，對管理這家工廠充滿信心，但上級已經任命金安淳為廠長了，又不允許他與金競爭，礙在哥們兒面子上他也無法去爭，於是他有怨在肚子裡悶，有氣在被窩裡憋，漸漸地，工作也不如從前那樣主動了，金安淳覺得羅不像從前那樣維護自己了，弟兄感情由此開始疏遠隔閡。

1988年8月，承包制賦予廠長的人事權力乘著「剝離」的東風在金安淳手裡得以實現。優化組合的頭一個對象便攤到了羅秀峰頭上，他被調出衡器修配廠，安置到配件車間當維修工。羅秀峰感到委屈、忿懣、不理解，兩個月間他十餘次「上訪」，然而都無法更改既定的「判決」。於是，羅秀峰走向了極端……。

1989年3月底，吉林市中級法院判決了一批死刑犯，其中就有一名叫許瑞軒的某廠廠長。二十年來他憑自己的本事由一名高中畢業生逐級升到了近千人企業的廠長，正當他要在自己的崗位上幹一番事業的時候，不想卻殺死了兩個人。

女人的魅力是許瑞軒人生淪落的不幸契機，而將這女人的魅力推薦給許廠長的又不能不說是優化組合。

王鳳並不漂亮，但頗性感，當她微胖的身子從許瑞軒眼前走過，她那三十歲的圓臉上總有些在許看來十分生動的表情。有一天，外面下著大雪，王鳳來到廠長辦公室，見屋裡只有許瑞軒一個人，便湊步到他跟前，放肆地撫摸著他的頭髮說：

「當心身體啊，看你四十幾歲的人，頭髮都見白了。」

許瑞軒聞到了青年女人特有的氣味，不禁一陣心血來潮，便把手伸向那豐碩的臀部。

終於有一天，王鳳的丈夫要出車去樺甸，說是三天後才能回來。機會來了，王鳳偷偷打電話給許瑞軒：「今晚上你到我家裡來吧！」

許瑞軒平生頭一次跟妻子和孩子說了謊，踏著仲夏溫馨的夜色來到王鳳家裡。

早有準備的王鳳把孩子送到姥姥家去了，剩下一副淫心搖盪的肉體等待著罪惡的擁抱。樓頂是個安靜的所在，任憑這一對男女為所欲為，整整半個夜晚，在這個人不知鬼不曉的所在，瘋狂的欲望挾風裹雨，淫亂的快感使許瑞軒完全忘掉了他的社會身份，剩下的只有愉快的呻吟。

事情完畢，王鳳便跟廠長攤牌了——車間主任嫌她幹活偷懶，據說要把她打入「編餘」，你當廠長的可要給我做主呀。許瑞軒當即表態，那還用說嗎？不但不能打入「編餘」，還要給你調個不打夜班的好活兒！

這時，二人最怕的事終於發生了，樓梯上有了響聲，在夜深人靜時顯得格外清晰。

門開了，進來的是王鳳的丈夫。

王鳳傻眼了；分明是丈夫早有準備，成心要「捉雙」！

許瑞軒頭一回遭到這等棘手的事情，頭一回意識到費盡心機爭取到的功名這樣輕而易舉地面臨威脅。許瑞軒顫抖了，他要鋌而走險了。他藉口喝水，去外面找了一把殺豬刀，突然逼住了王鳳的丈夫。王的丈夫見狀，猛地抱過電視機，向許砸過去。王鳳驚恐萬狀，歇斯底里地喊叫起來。許瑞軒一看不好，上前就是一刀，隨著一聲慘叫，王鳳倒在地上，緊接著，許瑞軒又向王的丈夫連紮了數刀，地面變成了血泊……

有人說，身為一廠之長許瑞軒太不值得了，為了一個女人惹來殺身之禍，不是太愚蠢了嗎？也有人說，王鳳太無恥，為了個優化組

合，不惜以肉體為代價。

更重要的是：「優化組合」作為企業內部雇傭工制度的改革，為何會引起如此過分的反響？

五、誰是改革既得利益者

1990年初，陰曆臘月二十九，正值千家萬戶歡歡喜喜的日子，瑞雪飄飄，長春某宿舍區到處是鮮紅的春聯，就在這時，一群騎自行車的年輕人氣呼呼地奔到一座樓下，車剛停穩，這群人便將早已準備好的磚頭塊拋向二樓的一面窗戶上。頃刻間一陣轟響，玻璃碎裂，女人的驚叫，孩子們的哭號，使這除夕的傍晚那般地不和諧。

這夥「暴徒」發洩完畢，恨恨地走了。當一個熱心的記者去公安派出所報案時，有人告訴他說：這已經是第五回了！

原來，被打破窗戶人家的戶主，是一家建築公司的經理。三年承包期滿之時，那人拿得了七萬餘元的獎金（這還是工人們私下裡保守的計算）。與工人相比，他的獎金高出了十倍甚至幾十倍！

分配不公！這呼聲越來越強烈。人們可以毫不費力地指出某某廠長某某經理如何成了闊太爺，而這樣的闊太爺即使是合情合理地批評工人時，也會招來反感與憎恨。

鞍山市一家企業一年中發了101種獎金，其中96種廠長可得。新金縣有五家企業，1988年職工人均獎金258元，而廠長人均11890元，是職工的46.1倍，其中有一家工廠全年獎金數額為13.8萬元，而五位廠長（書記）卻分獎金10.9萬元，占全廠獎金數的79%！

又是權力，可以給人謀得實惠的權力！如今工資晉級權放到了企業，百十人小廠的廠長月薪可以定到808元，超過了領導11億人口的國家主席和國務院總理的薪水。遼寧省埠新市所屬61家企業的83名負責人，1986-1988年除一人未升級外，其餘的都晉升了工資級別，升兩級以上的占43%，最高的升了六級！而他們所在企業的職工三年裡升了半

級的只占60%，有40%的職工根本沒沾上升級的邊兒！

遼寧省丹東市有過一項對50個租賃企業的149名經營者收入的抽樣調查。結果表明：他們1988年人均收入為14636元，是職工人均收入的8.9倍。其中某廠長年收入高達381416元，是職工平均收入的100多倍！

嚴重分配不公令人難理解

誰都知道，國家規定經營者與工人的獎金收入差只為一至三倍。

分配不公！嚴重的分配不公！

然而還不止這些。促使廣大職工們深深不滿的不止是金錢數額差異。

1989年春天，關東古城遼陽爆出一大新聞——大陸全國紡織系統勞動模範、全國總工會市三大代表、「五・一」勞動獎章獲得者、遼陽紡織廠廠長熊家慶因索受賄賂二十餘萬人民幣而被繩之以法！

五十四歲的熊家慶是遠近聞名的企業家，聲威顯赫的新聞人物。他1982年當上這家萬人企業的首領，曾以大刀闊斧的改革措施使該廠躋身優秀企業行列。1984年，他讓妻子把持了經營處主管棉紗、棉布銷售計畫的實權。在棉紗、棉布價格上調而又普遍緊缺的情況下，廠長夫人那支筆不啻一間造幣廠！1987年以來，丈夫出權力，妻子出手段，大肆索賄受賄。僅案發後收展在遼陽市政府設立的「警鐘館」裡的贓款就達十五萬多元，高檔家用電器、金銀珍寶首飾。高級毛料毛毯、名菸佳酒、成垛的海珍品、成筐的雞蛋……觸目驚心呀！這些令平民百姓眼暈的財寶，這些比從前的資本家容易得多的致富之路。是誰開給了他們通向暴發戶與枉法的通行證？

不可思議。不能理解。不能不恨呀！大陸的工人和市民一般是看重實惠的。在切身利益上給工人以安撫，會馬上見到收效。錢、住房、子女就業，這是今天工人最需要滿足的東西。有些工人明確地說：你看，我們很少埋怨勞動條件怎麼艱苦，就連有害於身體的工作

環境也能夠認可。有的人還特意撿那種污染性強，對身體損傷性大的工種幹，為的多拿幾個補貼錢。

大概這個欲望在今天世界性的工潮中是最可憐的要求了，然而卻無人給予重視和滿足。

全世界都注意到了中國1979－1989的十年改革，至今還有許多人以改革自居，更有人靠改革的經歷混飯吃，而對今天中國大陸十一億仍然貧困的同胞，我們不禁要問：誰是改革的既得利益者？！

（原載香港《百姓》半月刊一九九〇年十一月一日第227期，署名：李遠）

當代鴉片戰爭

菸草公司正向第三世界推銷死亡──美國癌症學會領導人威廉‧傑克遜

一九八九年年五月五日，美國《洛杉磯時報》記者大衛‧露利爾在一篇報導中寫道：「一場特殊的戰鬥正在席捲東亞和發展中國家的大片地區，人們稱之為一場新的鴉片戰爭」。

據筆者省略歸納，今日這場以菸草為對象的新戰爭，和一百五十年前的鴉片戰爭確有許多相似之處。A.推銷的商品都是健康和生命的敵人，B.推銷手段都具有殘酷性，C.推銷的商品都有暴利可圖，D.推銷者的某種遭遇也一樣，都遇到了愛國主義者和義憤填膺的反菸運動者的堅決而激烈地抵制。

牛津大學癌症專家理查‧皮托去年四月在澳大利亞舉行的一次菸草與健康國際會議上發表講話說，大約有五億人將死於菸草引起的疾病。

然而在大陸，由沿海到內陸的販菸狂潮中，已繁殖發育出龐大的團體。他們是推銷死亡的積極行動者，他們就是那群社會危害能量極大的菸販子。自去年下半年以來，從福州、廣州、廈門和昆明發往北方的旅客列車上，幾乎每趟都有菸販子上車。他們成幫結夥，少則二三十人，多則一二百人。小菸販帶幾十條，大菸販帶幾百條或上千條，最大的菸販是不出山的，出錢雇人帶菸。

西南部的一部分菸販已成立了相當嚴密的組織，他們分工明確，協作水準也相當高。這個組織內部，有「長腳杆」(負責長途販運)，「短腳杆」(負責短途販運)，還有「鏟地皮」(負責接菸送菸)。這三股人馬各倒一段，實行信用交接，暴利各得一份。

滬昆鐵路線上，也有類似組織，這個組織已發展到幾百人。指揮

機構設在上海，昆明、貴陽均有據點，已形成採購、販運、接貨、銷售一條龍。旅客列車行駛到向塘西、鷹潭一帶，黑夜裡突然亮起一片火把，車上菸販看見信號，就把整箱整箱的雲菸往下扔。菸販們的組織，自然效率更高，謀利更豐，豈是那些跑單幫的小菸販所能比擬？執法機構中有的稱這些菸販組織為黑社會的雛形。

菸販團夥與團夥之間，也少不了明爭暗鬥。誰老大，誰老二，關鍵是看哪夥菸販的老拳厲害，刀子鋒利。

去年一月十五日，武昌站內，二十多武漢市的菸販衝上244次列車，有的操刀，有的舉棍，要強行搶奪湖北花園菸販的一大批外菸和雲菸，車廂裡頓時一片混亂。一場混戰被站上幹警和車上乘務人員制止後，列車啟動緩緩出站；不料，大大小小的石塊雨點般砸落在列車上，武漢的這幫菸販才了解了心頭之恨。結果，244次列車十八塊玻璃被打碎，兩名旅客被擊傷，帶著累累傷痕和一片驚恐，離開武漢。

菸販子在旅客列車這條大通道上，為逃避檢查，拆卸設備到處藏捲菸。許多列車設備被菸販嚴重破壞，水箱一個連一個報廢，廁所一處又一處漏水。頂棚是藏菸的好所在，被捅得亂七八糟。據檢查，滬昆線79/80次車體的頂部、管道、電器檢修門已有百分之六十被破壞，危及行車安全。今年一月十日，廣廈線45次列車因菸販拆損設備藏菸引起電線短路走火，一節硬座車的頂棚被燒壞，造成大火災。

在水路、公路、航空、郵路，菸販子也惹出過不少事端。一九八八年瀋陽郵政部門和公安部門一場爭執，沸沸揚揚，引起全國關注，地方領導勸說不下，官司一直打到北京。最後還是中共上層說了話，才平息下來。爭執的起因，就是郵袋裡發現大批捲菸。公安局要扣，郵政局不准，要維護郵政信譽。後來，官司打輸的郵電部下了一條命令，取消准許每人郵寄兩條菸的規定，對菸販關閉了閘門。關閉前，一些菸販鑽政策空子，一人寫出幾十個假名。見郵政局就進，一天也能寄出百八十條。

現在倒菸的通道，菸販看中的是鐵路和公路。公路倒短的為多。

廣東、福建一些沿海縣份始發的公共汽車，攜帶走私菸的乘客常在半數以上，有些走私菸的乘客在車上甚至人人帶菸，各帶數十條不等。菸草專賣部門公路上設下查處，幾十個帶菸者吵成一片，女人哭，小孩喊，老人罵，誰去查處沒收都頭疼。

至於鐵路的貨車，菸販們極欲利用，卻又怕利用。沒有菸草專賣部門的證明，捲菸就上不了車。有些菸販盯著貨車，又打起主意，例如把捲菸混入別的貨物，魚目混珠，也不乏成功之舉。但是，倒楣的也不是少數。去年七月三日，北京車站調入一車海帶，收貨人：東城區三兆副食店。值班貨運員開封驗貨，發現車廂內八百件「海帶」，有五十九個無任何標誌的紙箱；駐站人員打開一箱檢查，發現裡面裝的是希爾頓捲菸。兩天後，北京市菸草專賣局、北京鐵路公安局會同收貨人聯合開檢，五十九箱內裝的是捲菸。共計有希爾頓五千二百九十九條，金橋菸三百九十九條，良友菸三百條，折價總共有三十多萬元。

水陸空運輸線上的隱瞞偽裝術，還是容易識破和防範。至於菸販們以金錢腐蝕各種人員買通各種關係而闖出的黑暗隧道，就很難辨清了。捲菸走私知多少？憑誰問，不甚了了。但有這麼個基本事實可以說是篤定的：近年來，進入大陸的走私菸直線上升，今年，東南沿海一帶，洋菸已成為第一大宗走私物品。

據香港當局公佈的數字計算，一九八七年度，香港向大陸出口的轉口的捲菸量為二百七十萬箱(每箱一萬支)左右。當年，經大陸國家菸草專賣局批准進口的外菸不足一百萬箱。除去過境旅客免稅攜帶的外菸(有關部門估計數字為六十萬箱)，其餘一百多萬箱外菸哪裡去了？總不至於扔到大海裡去吧！

一九八八年度，香港向大陸出口和轉口捲菸的數字為四百萬箱。同年，經大陸國家菸草專賣批准允許進口的外菸數量僅有一百三十六萬箱，扣除過境旅客准許攜帶的六十萬箱，黑道上走私過來的，至少有二百萬箱！

這些海上菸販子翻江倒海的手段，那些內地的菸販子只可望其項背。

海上菸販子擁有先進的通訊設備和快捷的運載工具。內陸的菸販子，包括從邊境不報關或假報關的菸販子，擁有一輛運貨卡車裝運捲菸，就算作夠闊的了。海上菸販子，擁有的卻是高速度摩托快艇和大馬力的機動船！一般每艘船為九百馬力至一千馬力，時速可達九十海里，香港往返一次，只需個把小時。相比之下，海上的緝私船隻有一百至三百馬力，你說寒酸不寒酸？火車上的菸販子以篝火為號，而海上菸販子擁有的卻是高頻率的對講機、環球通訊機，甚至擁有性能先進的雷達。他們的電子通訊設備甚至可以覆蓋並干擾海關的通訊聯絡。

裝備上的優勢給菸販子壯了膽，為了上十倍的利潤，他們甚至可以瘋狂。去年四月二十九日，九龍海關一艘緝私艇在大鵬灣海面發現目標，緝獲了七條走私的摩托艇和十二名走私分子。押解他們返航的途中，意外的情況發生了：一條走私摩托停在海面，聲稱機器壞了。當一名緝私人員上艇查看時，艇主鋌而走險，把一名緝私幹部劫為人質，逼迫九龍關緝私艇放貨船放人，否則就殺死人質。這真叫見財膽壯：海陸兩棲類菸販只要鑽過管理之網的洞眼，就可以在兩種價格的巨大落差中卷走一筆暴利。今年開華東菸草專賣管理工作協調會時，會上有人算了一筆帳，走私管道每流進一箱走私菸，就損失關稅一千五百元，走私一百萬箱，關稅就流失十五億元。這樣推算，一九八九年因走私菸草所流失的關稅就是三十億元。有了這三十億元，大陸可以輕鬆地再辦一次世人注目的亞運會！如果把近三年間流失的菸草關稅都回收，則可以從容地舉辦一次「奧運會」！

「在美國，什麼地方都不能吸菸，在工作單位不能，在飛機上不能，在餐館也不行。」

「在中國大陸，你在任何地方都可以，即使有法律規定不准抽菸也照樣會有人抽。實際上中國沒有每個人都要保持空氣潔淨這種概

念。」

「難怪所有的美國公司都開始到中國來推銷香菸，它們可以在這裡賺錢，賺更多的錢！你不能在美國抽美國菸，但你可以在中國抽美國菸！」

有些話，刺得人耳朵疼。

有些事，憋得人胸口疼。

美國今年披露的一份報告說，一個終身吸菸的男性，壽命將縮短十八年。這項報告是依據對三千九百名男性成人和四千三百多名男性死者家屬的調查比較得出的。

歐美的公民是怎樣看待科學家們的忠告呢？有一組報告說：「吸菸在世界上越來越不受歡迎，西方發達國家的菸草消費量平均每年以百分之二點一的數量遞減。」美國公共衛生局前任局長庫普證明，一九八九年和上年相比，美國國內菸草銷售量下降百分之五十。

與此同時，美國菸草出口正在激增，一九八九年比上半年出口量增長了百分之二十。美國菸草商人協會今年四月公佈的一項調查報告說，美國公司一九八九年向海外輸出了價值五十億美元的菸草產品。美國菸草業的一個遊說組織發現了有影響力的新論據：在美國貿易長期出現逆差的情況下，美國菸草出口的順差穩步增長，到一九八九年底，純菸草貿易順差已達四十三億美元，難道還不應該給予支持嗎？

有正義感的科學家認為不應該支持。「菸草公司正在向第三世界推銷死亡。」美國癌症學會主要領導人威廉・傑克遜在今年四月菸草與健康國際會議上喊出這句名言之後，進一步指責道：「美國菸草公司是一種流行病的載體，而我們的政府已成為一種自願幫助強行出口這種流行病的工具。我們這些美國人只能對我們的政府損害他人健康的行為感到慚愧」。

美國《洛杉磯時報》記者大衛・露利寫道：「在一國之內或國家之間，涉及菸草貿易的政治鬥爭愈演愈烈，而且戰後已經明朗化。一

些菸草爭端正在升級，有些爭端則將爆發。」

美國政府大力支持菸草公司輸出捲菸製品，並揚言要對日本、南韓等國家實行貿易制裁，以迫使他們開放捲菸市場。對泰國的威脅更露骨，聲稱一九九零年下半年適當時候，如果泰國仍不允許美國菸進去，美對泰將實行懲罰性關稅制。

泰國不屈服。在首都曼谷，美國駐泰使館附近，泰國不少公民集會抗議，有傳單上寫著這樣幾句話：「如果吸菸者肯定會走向死亡，寧可抽泰國菸死去！」

時至如今，一些發達國家早已明白，許許多多的利益，靠戰爭得不到，通過貿易卻輕而易舉地得手了。菸草更是如此。不過，同世界上其他人類行為一樣，菸草貿易也有常態和變態，有正常的貿易，更有非法的交易。當沉甸甸的菸草之舟被又厚又重的關稅壁壘碰回之後，乘著夜幕下月黑浪高的萬頃波濤，不知有多少艘霎那間變成了面目猙獰的走私船！

大陸當局過去沿用的辦法概括起來說，是這麼十二個字：海上抓，岸邊堵，陸上查，市場管。這十二字，你可以理解為「綜合治理，天衣無縫。」但是，由於人為因素、政策措施等原因，實際上往往是海上大部分抓不住，岸邊大部分堵不嚴，陸上大部份查不著，市場大部分管不了。

「廣州、北京等許多城市的菸攤上，明擺著良友、希爾頓等走私的外菸，個體戶非法經營的外菸應該怎麼對待？」筆者問。

大陸國家專賣局的一位主管幹部說：「北京市總共才十幾個菸草專賣幹部，一是管不過來，二是管不起，主要由工商局管。」而工商局市場管理司的一位女副處長說：「工商局管的大案要案還忙不過來，哪能騰出手去管那麼多的小菸攤？」

如果有興趣，漫步街頭及某些商店時，你不妨稍微留心看兩眼，凡是正常管道進來的外菸，條包和小盒上均印有「由中國菸草總公司

專賣」的字樣。凡印有「處理走私捲菸」字條和印記的條包和小盒的外菸，都是緝獲的走私菸販的正宗貨。若無這兩種標記，大都是黑道上來的或是假冒偽劣品，其經營單位或個體，均應是工商局和菸草專賣局查處的對象。這些不法經營戶可以慶幸的是，他們的同伴如此之多，經營數量又不是特別大，執法部門管不過來。

長此下去，這場新的鴉片戰爭又要以當局的失敗告終了。

(原載美國《中國之春》月刊一九九一年五月號，署名：趙進)

黃金案

　　一九八九年，湖南省爆出一椿轟動大陸的「黃金案」。這件大案涉及省、常德市，桃源縣三級財政局，倒了三位「財神爺」。

一、財政局長的「桃花禍」

　　一九八九年五月二十五日，常德市原財政局局長劉呈祥被該市紀律檢查委員會召見，獲悉將停職隔離審查，隨即被送到某處隔離，他明白自己完蛋了。

　　可他不甘心。他覺得自己完得太不值，僅僅因為桃色事發，就斷送了前程！

　　他將永遠忘不了五月二十三日那個既尋常、又不尋常的夜晚。他像多少個銷魂的夜晚所做的一樣，依約悄沒無聲地走進了那個豐滿多情的少婦劉某的住處。沒有亮燈的幽暗處一個女人撲進了他的懷抱。儘管他也是慾火難奈，但他仍不忘先鎖上房門。可當他摟著情婦的身體沉浸在快樂谷的時候，偏偏有人溜了進來，攪斷了他們的好事！

　　這個人是市財政局的炊事員。劉呈祥跟少婦的曖昧之情，他從頭到尾都瞭若指掌。因為少婦在跟劉呈祥暗通款曲的同時，還慾壑難填地跟這位廚房大師傅勾搭上了。不用多說，劉呈祥始終蒙在鼓裡，以為少婦獨鐘於己，否則他不會充任危險的「第三者」了。這一天，炊事員同志妒火忽燃，用少婦的住處鑰匙開了門殺將進去，徑直抱起床上顛鸞倒鳳的男女扔在一旁的衣物，理直氣壯地跑到市紀委報「喜」去了。

　　在圍觀群眾的冷嘲熱諷中，劉呈祥一邊罵娘，一邊衣不遮體溜回自己家去。

　　堂堂財政局長就這樣開始被審查。

　　僅僅為了女人問題，局長並不害怕。光有名有姓的長期情婦，劉呈祥便有四個，且個個風情萬種。劉呈祥擔心的是別的問題被牽扯出來。俗話說：「人一倒楣喝涼水都咯牙」，果不其然，他行賄、索賄的行為相繼暴露，一根無形的繩索緩慢然而有力地把他往深深的陷阱裡拽去。

　　不能再等了。不是魚死就是網破，他決定豁出去了─出逃！

　　八月二十日中午一時，劉呈祥飯後上廁所。因廁所只有一扇上了鋼欄的窗，看守人員便沒有跟進去。可窗上的鋼欄缺了一根，剛好可以穿過一個人。他緊張地舒了一口氣，毫不猶豫地鑽了進去。兩分鐘以後，劉呈祥跳下圍牆，顧不上看看摔出血的右手，便慌慌張張地沿著公路狂奔而去。

　　劉呈祥跌跌撞撞地走了一段路，來到農貿市場南側李某家中。李某是他四個情婦之一，平素他待她不薄(還送過她一枚金戒指)。李某見他這樣落魄，也不忘舊情，將他安頓下來，寬衣上茶，好不熱乎。

　　劉呈祥剛喘過氣來，不知怎麼又觸動了他一片兒女情長。他提出要和李某去找個照相館照幾張合影留個紀念，李又感動地連聲應允。他倆到了附近的照相館，深情款款連拍了五張，劉呈祥鄭重其事將取像條放到李某的手上，叮嚀她一定要保管好。

　　一番纏綿之後，李某又領他到一家私人診所看了病(劉有腎病)，清洗了逃跑時摔傷的傷口，開了一些紅花油之類的藥物。

　　接著，李又喊上丈夫、劉的一位熟人楊某，四人來到一家幽靜處的私人餐館，叫了一桌酒菜，劉呈祥很感動地向客人敬了一番酒，他自己也喝了個酩酊大醉。李某的丈夫將他用摩托車馱回家中，安頓他睡上床。

　　劉呈祥百事不知地呼呼睡了近兩個鐘頭，公安局的車開來了。公安人員沒透露誰傳遞了情報，他自己心裡有數。

二、黃金效應

一九八八年四月的一天，常德市財政局辦公室主任劉德坤自長沙歸來，在局辦公樓走廊上碰到局長劉呈祥，向他彙報：

「劉局長，我這回去長沙，省廳的頭頭們提出要點金戒指，你看這事？」

劉「嗯」了一聲，也沒問是誰要。「研究研究吧」。

三、五天後劉呈祥想起這件事，他一個人不想作主，便來到市政府程林義市長辦公室，把劉德坤的原話學給他聽，然後靜候一旁。

程林義聽完也良久沒有吭聲。後來，笑吟吟地反問他：「你是財政局長麼，你看這事怎麼辦？」

劉呈祥打哈哈：「市長，我拿不准才找你彙報的嘛。」

程林義想了想：「兩條原則：第一量少，第二收錢。」

劉呈祥裝糊塗：「這兩條原則太大了，執行起來太困難。量少是指總額的量少還是指具體到的人少？收錢是按市場價收還是按國家牌價，抑或意思意思？」

「你考慮問題很仔細，不愧是財政局長！」程林義不知是褒還是貶：「你提的是問題，但你要請示我，我也只能這樣答覆你。」

劉呈祥不死心：「是否請市長再具體點？」

程林義不願意再多說，徑直走到辦公桌前坐下，嘴裡吐出一句：「你就按這個原則去辦吧。」

翌日，劉呈祥來到劉德坤辦公室，見無雜人，便打著官腔說：「你上次請示的問題，我跟市長提起過，他點了頭，你著手去搞吧！」

劉德坤也不傻瓜，他追問一句：「怎麼個搞法？」

「到下面去搞唄。你可以去桃源縣找周局長。」

「送出去收不收錢？」

「按國家牌價收吧。加工費什麼的就不要收了。」緊接著，劉呈祥補上一句：「這個事，你就不要再在局裡說了。」

劉德坤得了尚方寶劍，立即大張旗鼓行動起來。首先，他一個電話把屬下的桃源縣財政局長周元春召來常德。

周元春也是一個舉足輕重的人物。他的信條是「有權不用，過期作廢」。因此他上任以來，利用手中的財權到處請客送禮，幫忙許願，結成了龐大的關係網。當然，既然有個「金位子」，他自然也要為自己撈點實惠。隨手舉上一例：一九八八年初，上級有關部門核准縣財政局新建一棟造價四十四點八萬的幹部宿舍樓。局黨委研究決定以招標形式確定承建單位，掛帥者當然非周元春莫屬。

四十多萬元基建工程這塊大肥肉，立刻使一批建築單位聞風而至。

首先出馬的是桃源縣三陽鎮建築公司。他們拉上鎮委書記，找上周元春大套熱乎，要周輕額貴首。對這種毫無意義的泛泛而談，周元春一笑置之。

三月六日中午，該建築公司支部書記、經理等一行四人拎著兩瓶酒、兩條菸、兩瓶罐頭走進周元春家。剛開口提起承包工程，周元春便一口打了回票。這麼點東西也想拎出來辦事，別讓周局長笑掉大牙了。幸虧經理還留一手，他拿出內裝一千元的信封起身放入周家衣櫃的抽屜裡。周元春嚴肅地說：「這是幹什麼，不要這麼搞嘛！」推來推去，周局長也就不作聲了。

但隔了好幾天，財政局那邊動靜杳無。三陽公司的頭腦們像熱鍋上的螞蟻，媽的，肯定嫌錢少了！好，再加一千元！三月十日晚，原班人馬又殺進局長大人家。這一次周元春在煞有介事研究新聞聯播，對三陽公司的人打擾了他分析國內外大好形勢滿不高興：「咳，你們又來幹什麼？」

「還是那事，嘿嘿，您一句話就得。」

周元春板著臉，原則性很強：「那事不用提。你們技術太差，你們給縣工商局修的房子品質就不好麼！」

書記解釋：「周局長，我們現在技術可提高多了！我們修的湘運服務大樓，縣委還表揚過我們吶。」

周元春臉色緩和了一些，但仍不鬆口。經理便熟門熟路將一千元又放入了衣櫃抽屜。同上回一樣，周元春略做推辭，終於笑納。

過了兩天，周局長派了兩人到三陽公司考察了一番技術力量，但從此仍無下文。又過了兩天，一個資訊傳入經理耳中：有建築隊給周元春送了更厚的禮，只怕這項建房業務要「改嫁」了。消息雖不知真假，也把幾個頭頭急得坐立不安。到嘴的肉豈能讓人奪去？幾個人一合計：再放點血。

於是，四千元現金又進了周元春的腰包。

一周後，他們上門去聽回音。不料周元春卻說：「我們派人考察過了，你們業務上還不行。」經理只好又拿出四千元遞上。周元春說：「你們這錢反正要上帳，查出來想要我老命？」

書記趕緊解釋：「周局長您放心，我以黨性擔保，我們沒有帳，承包了，錢就是個人的。」

半個月後，三陽建築公司浩浩蕩蕩開進了縣財政局建築工地。

這樣的事例還可舉出不少。

周元春應召來到劉德坤辦公室。兩人照例一陣寒喧，然後關上門來商議密事。兩小時後，周元春身肩重任回到桃源。他一進辦公室，依樣畫葫蘆地撥了個電話召來桃源縣茶庵鋪區區長李某，直接了當地要李區長幫忙搞點黃金。

李區長說：「搞黃金嘛又難又不難，關鍵是有錢。」

　　周元春一眼看透了他的心思：「李區長，你放心，財政撥款少不了你的。」

　　李見財神爺這般爽快，也不再拿姿態，當即佈置手下去向當地採金專業戶收購金子。

　　五月中旬，當全省財政局辦公室主任會議在桃源延漢賓館召開時，李已收購到第一批黃金。周元春利用會間休息，領上省財政廳辦公室主任和劉德坤到李家察看收購來的兩大駝黃金，主任對金子的成色很滿意，大家便都說可以可以，還不錯。

　　周元春說：「那好，等我們把它加工成首飾後，馬上送長沙。」

　　於是，李花了五個月的時間大力收購了二百六十多克黃金，但只交給周元春轉劉德坤一百四十四點六克，其餘部分則自留他用了。

　　而劉德坤用三次收到的一百四十四點六克黃金交由金匠打製成五條項鍊，十七枚戒指，四副耳環。劉德坤自己理所當然留下四枚戒指，其餘的便先後進貢給省財政廳的某些要人，共計用款一萬七千四百四十五元，收回七千九百九十九元。

　　一九八八年七月，劉呈祥又到長沙「彙報」。進了財政廳大樓，劉叫陪他一起來的預算科長到預算處去辦事，他自己到了某處負責人的辦公室。

　　該負責人正在伏案辦公，見了他讓座道：「老劉你來了，這次辦什麼事？」

　　「我給你帶了個東西。」

　　「什麼東西？」

　　劉呈祥慢吞吞從兜裡摸出個戒指，對方頓時瞪大了眼睛，但倏忽又恢復了恬然的常態。他接過戒指握在手掌心，露出微笑：「謝謝你，老劉。」旋即去抓桌上的電話，說：「我馬上安排聽你們的彙報。」

三、黃金與權力

一九八八年全省財政工作會議期間，這天吃過午飯，劉呈祥在食堂外等到了他要見的人，省財政廳某處的科長。劉呈祥親昵地挽住他的手：「走走走，到你房間去。」科長說：「怎麼，想殺一盤？」他指的是象棋。劉呈祥說：「行啊，看看到底鹿死誰手。」

進得房門，劉呈祥看看屋裡無人，拿出一隻四克多的戒指說：「咱們老熟人了，送你一件小東西吧，不要嫌棄呦。」科長呵呵笑了：「好好好，我收了。」他把戒指塞進口袋，然後打開抽屜找象棋。

一九八九年元月，省委蓉園賓館。省財貿廳某處副處長到劉呈祥的房間來聊天。這天會議休會，時間似乎不好打發。倆人閒聊一陣，副處長起身告辭。劉呈祥送他至門口，忽想起一事似地摸出個紙包塞到他手中：「這兩個戒指(九克)給你。」副處長接過紙包，笑道：「雷公有沒有？」劉呈祥嘿嘿一笑：「放心，我不會忘了他的。」副處長拍拍他的肩膀：「老劉，那我謝謝你了。」

一九八八年十月，全省財政工作三大會議期間，劉呈祥兩次到某廳長家裡去，但都未遇著。後一次等到晚上九點了，廳長仍未回來，劉呈祥只好離去。巧得很，快出廳長家附近的巷口時，廳長回來了。小巷裡太黑，廳長並沒有看見他，劉呈祥連忙喊了一聲，廳長停步看了他良久才認出是他，淡淡地說：「哦，是你，有事？」劉呈祥說：「有件事想跟您說說。」廳長點點頭：「到家裡去談吧。」說著帶頭上了三樓。

廳長給他沏了茶，遞了菸，劉呈祥還未來得及開腔，省控購辦的一位負責人來了，找廳長彙報查處彬州地委擅自購買高級轎車的案子，劉呈祥只好待在一旁看電視。終於，省控購辦的人彙報完走了，劉呈祥也站了起來。廳長說：「怎麼，不再坐一會兒？」劉呈祥說：「不打擾您休息了。」他走到門口，才拿出一條項鍊兩隻戒指說：「項鍊是桃源的老周托我帶來的，戒指是我收來的。」廳長面無表情

看了看紙包裡的東西，沒有多說，「好，謝謝你。」劉呈祥直到下了樓梯才舒了口氣，他原以為會有點難度的。但一切卻這樣順利，這樣平常。

儘管後來省財政廳的一些要員，以每克四十元的低價付了一部分金首飾款，但差價還剩不少。這筆差價款，劉呈祥等人當然不會自己掏腰包，這些權柄魔術師們很快想出了一個移花接木的伎倆。

首先，劉呈祥授意經辦人員陳忠明報假帳。一九八八年十一月三日，陳忠明持四千多元真假摻雜的發票到紫園賓館報帳，劉呈祥要走二千餘元；一九八九年二月，陳忠明又到紫園賓館報假帳，劉呈祥又拿走二千四百元，並將購買二百美元的七百四十六元人民幣在假帳中沖抵了。

而後，市財政局就像劉呈祥的私人銀行一樣，憑劉呈祥的一句話便向茶庵鋪撥款三萬元。縣財政局長周元春旋即將其中一萬元劃撥到延溪賓館，然後提出現金來任意補貼採購黃金的差價。好一群權柄魔術師！

一九八八年正是國內黃金價格扶搖直上的年頭，黃金，成了千千萬萬人炙手可熱的緊俏物品。多少人為弄到黃金作為穩定的貨幣儲存下來而攪盡腦汁仍不可得。但黃金對劉呈祥來說，不過是小菜一碟；他想什麼時候就什麼時候要，他要多少就能搞多少，而且，不用他自個兒掏一分錢。

僅舉數例。其一：一九八八年五月的一天，劉呈祥到屬下的鼎城區黃土店鎮視察工作，鎮上的頭頭腦腦們全體出動作陪，用鎮上極有限的經費在飯店極慷慨地叫了一桌極豐盛的酒席，為劉局長洗塵。席間，劉呈祥直言不諱對鎮領導說：「你們想辦法為我搞點黃金，我辦事要用。」問：「劉局長需要多少？」「二十克左右吧」。「不多不多」鎮領導說，「就是小鎮資金緊了點，不過我們一定盡全力搞到。」劉呈祥「嗯」了一聲，沒有多說。

六月二十七日，鎮上人專程前往市財政局給劉呈祥送去黃金十九點九克，劉呈祥收下後分文未付。

但他當然不會白得，事後，劉呈祥授意市局以維護房屋的名義，向黃土店鎮財政撥款五萬元，了卻了這筆債。

其二：一九八八年八月五日，劉呈祥駕臨漢壽縣財政局，聽完縣王局長等人工作彙報之後，劉呈祥提示：「如今好像金戒指不太好搞吧？」王當即心領神會：「劉局長如果要的話，我們可以搞到一點。」劉呈祥獅子大開口：「那好，給我搞十來個吧。」沒辦法，王某只好叫下屬東嶽廟鄉的人出面收購五十二點七克的黃金，耗資六千三百元，然後打成十一枚戒指，派人送給了劉呈祥。

劉呈祥照樣分文未付，還是以維修房屋的名義撥了五萬元給縣局。至於下屬如何去沖抵黃金款項，他就用不著操心了。

這樣的事例舉下去會沒完沒了。劉呈祥手中有了這麼多的黃金，除了行賄與自己享受之外，他也沒忘記他的情婦們。而且他對四個情婦一視同仁，以免她們爭風吃醋。

由於有了昂貴的黃金的鋪墊，劉呈祥在事業上一帆風順，在當地他是說一不二舉足輕重的人物，連市府的首腦們也要讓著他三分；在省裡，省財政廳從上到下都誇常德的老劉是位能人，有魄力有路子，前途遠大。在生活上，劉呈祥享盡榮華富貴，吃遍名貴佳餚，嘗遍女人的千種風情。他可謂人間少有的心想事成的人了。

四、東窗事發

桃源縣的財政局長周元春東窗事發，令許多人連呼不妙。

一九八九年三月十日深夜，劉呈祥家的電話急促地響起，將劉呈祥從美夢中驚醒。他抓起電話正欲發脾氣，對方桃源縣劉副縣長的聲調一下子令他安靜了下來：「劉局長，出了件不好的事！」「什麼事？」「電話裡不好說，請你明天上午無論如何在家等我。」

　　第二天上午九十多鐘，劉呈祥才在辦公室等來桃源來客。辦公室談話不太方便，劉便將他領回了家中。副縣長剛挨到沙發上，就說：「唉，周元春出事了。我們昨天晚上剛開過縣常委會，他的事不能不通知主管部門，所以我今天是來向您彙報的。」

　　原來，桃源縣檢查院在清查有關人員營建私房的過程中，無意中發現該縣三陽建築公司有一本帳外帳，上面記載了該公司向周元春行賄一萬元的事實。當即進行了調查落實，然後特請縣委書記專門找周元春談話，周元春起先矢口否認，但在確鑿的事實面前終於作了如實交代。

　　劉呈祥始終不露聲色。周元春有什麼問題不關他屁事。他關心的是牽扯到他的那些事。

　　劉副縣長說完了，劉呈祥才漫不經心地問了一句：「發現周元春其它事沒有？」

　　「除剛才說的，還沒有。」

　　「他還給省裡的一些人送過東西，你們不知道？」

　　「送些雞呀蛋之類的土特產，不算什麼，縣裡也知道。」

　　劉呈祥冷笑道：「光一些雞呀蛋的倒沒事，可他還給省廳的人送金戒指！這事如果搞開了，不光縣裡不好辦，省裡就更麻煩了！」

　　劉副縣長直皺眉頭！「還有這事？我回去以後，一定跟書記彙報。」

　　劉呈祥煩躁地站起來：「彙報有什麼用？書記又會有什麼辦法？問題不在這裡。」

　　但問題在哪裡，劉呈祥又不說了。他愁眉苦臉，心裡在盤算著什麼。劉副縣長見狀頗為不安，囁嚅良久，才低聲說：「劉局長，周元春現在已停職反省了，縣局的一把手位置不能空著。常委們研究了兩個候選人選，想請您定奪。」劉呈祥點了其中一個，副縣長便告辭了。

　　過了幾天，劉呈祥為桃源縣財政局點下的那位局長候選人來到他家，更詳細地透露了一些關於周元春的內幕情況。他說：縣委已經研究過了，凡涉及到上級主管部門的事，要周元春暫時不要亂講，這個安排已派專人跟周元春作了談話。

　　劉呈祥問：「周元春自己的態度怎樣？」

　　「這個…不太清楚。」

　　劉呈祥對此當然放心不下。他心裡明白，周元春的問題現在可不是他一個人的問題了。他此刻就好比多米諾骨牌的第一張牌，他一倒，後面的一長串都得跟著倒。

　　他再也坐不住了。馬上去見程市長。程市長以一個局外人的超然冷靜聆聽他的陳述，臉上什麼表情也沒有。末了，程市長用紅藍鉛筆敲了敲桌上的玻璃台板，慢悠悠說：「沒想到周元春的品質這麼複雜。」又說：「這是個問題，是個問題。」劉呈祥心裡著急，點了一句：「別的倒沒什麼，就是後一件送黃金的事，扯到了省裡的不少人，這事搞開了，就不好了。」說完，他盯著程看，希望他不會忘記，當初送黃金是經過他程市長認可的。程市長臉上仍然沒有表情，不過他問了句：「現在這個事情搞出來沒有？」

　　「目前還沒有。」劉說。

　　程市長不吭聲了，不知在想些什麼。突然，他又問：「那你們局裡搞的那批東西，是不是他那裡來的？」

　　劉呈祥說：「有一部分是的。」

　　程市長起身走了幾步：「這你就必須做好準備呀。」

　　「真有那麼一天，我什麼也不會說。」

　　程市長輕聲笑了：「你這樣是不行的。到時候人家問你，你的東西哪裡來的，到哪裡去了，沒有一個清楚的交代，人家會放過你嗎？所以你要作好思想準備，我也要有思想準備。好吧，這次就談這麼多。你多注意桃源縣的動向，我有機會也會過問這事。」

聽了程的許諾，劉呈祥心裡略為寬鬆一些。

可是到了一九八九年五月初，劉呈祥剛剛放鬆一點的心又懸了起來。這段時間他在紫園賓館開會，桃源也有人來。從桃源來人的口中得知，縣裡現在正為周元春的處分問題爭論不休。縣委、縣府傾向於保住他的飯碗，但檢查院的意見極為對立，檢查長是周的同學，傾向性不言自明，但有一位副檢查長很不好說話，態度十分堅決，一定要搞清楚。

「多做做這個人的工作嘛。」劉呈祥說。

「做了，沒有用。」對方說。

劉呈祥咬著牙，歎了口氣。程市長說過問此事，不知過問了沒有？他心裡一點底都沒有。

也是活該他有事。等待的日子太難熬，時間不好打發，他遂於五月二十三日晚溜進了情婦劉某的房間，藉以發洩內心的惶恐不安；結果桃色事發，自己先被隔離審查了。

這一念之差，完完全全墜入了無法挽回的陷阱。他覺得他太委屈了，比他貪得多，幹得大的有的是。

如今，黃金夢已經破滅。

周元春，行賄受賄罪，判刑六年。

劉呈祥，行賄受賄罪，判刑十年。

程林義在案發後自殺未死，他的定罪有兩條：一，作為市長，負有不可推卸的責任。二，事發後向有關部門及有關人員通風報信，干擾辦案。

但涉及此案的湖南省政府機關二十多名處以上幹部，只有六個副處長受到記過處分。接受黃金賄賂的兩個廳長和一個副省長卻無人敢碰。法不治大夫，這是中共的「黨紀國法」中最重要的一條。難怪劉

呈祥至今都大喊冤枉。

　　　(原載美國《中國之春》月刊一九九一年三月號，署名：程路)

盲眼死囚越獄行動

　　湖南省耒陽市東南方向三十五公里處，是一片起伏的丘陵，其中有一個不很惹人注意卻又絕非尋常的煤礦。高牆、電網、崗樓、哨卡以及道道電控鐵門，足可使身處此境的人摒棄一切越軌的企念。如若進了此間的死囚室，還要妄言越獄脫逃，似乎更無異於天方夜譚。

　　然而，1989年4月14日凌晨四時許，一陣尖厲的警笛聲伴隨使人心悸的槍聲在礦區響起，一名雙目失明的要犯居然從死囚室不翼而飛，臨刑脫逃了！

　　耒陽市、衡陽市檢察部門迅速組成專案組飛車抵達新生煤礦。湖南省檢察院派出三人小組自省城抵礦親臨督陣。最高人民檢察院，司法部派員自京日夜兼程火速趕來。公安部緝捕逃犯的通訊令發向全國……

　　等到案情一天天趨於明朗，各執政法官員的眉頭也越來越緊——案件的成因，遠比案件本身複雜得多，也嚴重得多。

　　新生煤礦五工區嚴管隊禁閉室關著一名囚犯。

　　陳文雄，1962年出生在湖南省新田縣一個農家，高中畢業後到新疆某部隊服兵役，因在部隊小偷小摸，被提前復員。可陳文雄回家時搖身一變，自稱是某某公司「經理」，而後去向不明。不久，村裡人看見郵遞員經常往他家送去某局、某廠或某公司寄來的匯款和大大小小的包裹，這些匯款和包裹上白紙黑字：速交陳文雄經理收。陳文雄偶爾回家已面貌大變，今非昔比。西裝革履、頭髮油亮，抽的是「洋菸」，喝的是名酒，儼然是大人物富貴還鄉之態。村裡的頭頭想跟他借錢還戰戰兢兢的，可他沒事人一樣，出手就是四位數！不久，他又娶了個如花似玉的姑娘進了屋。窮鄉僻壤裡的鄉下人哪見過這架式？不由得嘖嘖稱奇，村裡的一些年輕人對他更是佩服得五體投地。

　　不承想，一夜之間，東窗事發。陳文雄被郴州市人民法院以偽造印章罪、招搖撞騙罪和盜竊罪判刑兩年六個月。服刑期間，其行為不軌，被強制留在新生煤礦勞改。陳文雄仍不思悔過，又伺機從新生煤礦逃跑，先後流竄廣東、湖北、江西、福建、浙江等地作案，僅在這期間他所作的有據可查的案件就達三十起，盜竊金額達17000餘元。1987年，陳文雄再次被抓獲後，自知罪孽深重，難逃法網，於是心一橫，竟用鐵釘自殘雙眼，想以此獲得保外就醫機會再圖逃遁。可是，苦肉計失敗了，礦裡沒讓他保外就醫。陳文雄仍不死心，整日呆坐，另謀脫逃良策。

　　二進宮的陳文雄深知新生煤礦警衛森嚴，對他這個要犯是戒備有加。若想靠通常打洞越牆等方法逃遁出獄，那是白日做夢，到頭來只能是更快地尋死。

　　數年浪跡江湖，招搖撞騙並屢屢得手，使陳文雄總結出了一條頗為自得的人生哲理：每個人都有致命的弱點，所謂智者，就是要能夠研究，掌握並恰到好處地去利用他人的這些弱點，為自己鋪設一條成功之路。他認為當今之世人，有的好吃喝，有的好嫖賭，有的好虛榮，凡此種種，一概跑不掉一個「錢」字，這是常人之病，亦是時代之病。他篤信，用錢攻心，即使是他這個要犯也可以絕處逢生。何況，他的確還有一把花花的票子，有一副三寸不爛之舌。現在的當務之急是找到一個合適的對象。

　　陳文雄把目光轉向身邊那些頭戴大蓋帽的管教幹部，選擇的第一個目標是年輕幹警康壽保。

　　選擇康壽保，原因有三：其一，康壽保年輕，與自己年齡相仿，同齡人之間情感易於溝通；其二，康壽保家境平平，卻準備大辦婚事，需要花費；其三，康壽保在平時審案中不自覺地流露過對他曾揮金如土的生活經歷的羨慕情緒。

　　機會說來就來了。一天，康壽保提陳文雄單獨談話。陳文雄抓住時機，投石問路，說：「我恐怕死定了，才只活過二十六個年頭，

看來政府不會再給我一個改造的機會……」說到這兒，陳文雄欲言又止，留下兩行渾濁的淚水。見康壽保並不反感，只是沉默不語。陳文雄見狀一把抓住康壽保的衣襟，聲淚俱下：「要是有人幫我一把就好了，那他就是我的再生父母，我的一切都是他的！」聽到這話，康壽保扭頭往窗外探了探，低聲說：「忙，我還是願意幫的，但現在社會風氣不怎麼好，恐怕要破費。看來，沒一、二千怕不行。」真沒想到康壽保這麼痛快，順著杆子就爬上來了。陳文雄喜不自禁：「錢，小菜一碟！」他叫康壽保取來紙筆，摸摸索索寫了一張給妻子和弟弟的字條：「龍梅、文兵：康老師是我的朋友，你們要相信他。把米缸下的定期存款挖出來交給康老師——陳文雄」。

康壽保拿到字條後二話沒說，向隊裡告了兩天假，便行色匆匆地往陳文雄的老家新田縣下漕洞上浯村去了。

龍梅、陳文兵仔細辨認了陳文雄的字條，消除了對這位突然登門的幹警的疑意，取來鋤頭，搬開米缸，揮鋤挖去。可坑深一尺還不見單。康壽保頓生疑惑，他朝龍梅、陳文兵吼到：「找不到？真有你們的！好，陳文雄死了你們得負責！」

見康壽保勃然大怒，龍梅、陳文兵慌了神，忙不迭地解釋。賭咒、鬧騰了好一會，康壽保悻悻地離開陳家，手裡攢著龍梅送他出門時暗暗塞給他的一百元錢。

康壽保上鉤，猶如給陳文雄打了一針嗎啡。要增加保險係數，還得撒鷹去抓更大一點的兔子。

於是，鷹爪悄悄逼近了嚴管隊隊長羅桂元。

近來，羅桂元心情極壞。父親從農村來隊裡住了幾天，他得向人告貸，張羅伙食費。父親住了幾天不順心，要走，他又得去張羅盤纏。作為一名幹部，羅桂元怎麼弄到了如此一貧如洗的地步？這裡有一段插曲需要交待。前年，這位嚴管隊長看社會上不少人經商，發了大財，眼睛便也熱起來，呼朋喚友，集資籌款，正兒八經辦了一個汽

酒廠。然而，第一瓶汽酒還沒冒泡，他的發財夢到先破滅了。幾年的積蓄賠盡，還虧空五千元！

上述這一切都被陳文雄掌握並逐條分析過了，

這一天下午，羅桂元繃著臉來監房查巡。陳文雄忙挪過去，假稱有重要情況要彙報。

羅桂元看了看錶，五點一刻，快下班了。但轉念又覺得眼前這個看來不久人世的瞎子也怪可憐的，便答應了。

「羅隊長，我從側面瞭解你的為人：講義氣、重感情、有良心，很能幹……」

「有話就痛快點說，你要講的重要情況就是這些？」羅桂元打斷了他的話。

「不是，當然不是。隊長，現在，我──有個小小的要求，你能不能答應？」

「說吧，只要我辦得到。」羅桂元隨口應道。

「我有個女兒叫帥帥，今年才三歲，我老婆二十歲，還年輕，又長得花裡胡哨的。我死後她肯定會嫁人。所以，我想，我想把我的帥帥託付給你，請你把她撫養成人，受點好教育，不要像我……當然，我不會讓你吃虧，白養我的女兒。等我上刑場那天，你去刑場扶我一把。我左手心裡有張小紙條會放到你手裡。紙條上的數字不講百萬、千萬，幾十萬是有的。你拿到這筆錢，培養我的女兒綽綽有餘。現在，金錢對我來說如同廢紙了，我只有這樣，才對得起我那年幼失父的帥帥。」陳文雄說完，淚流不止。

這番話在羅桂元心頭引起了一陣複雜的騷動。他很想吸支菸，努力鎮靜一下情緒，手下意識地伸到制服的兜裡，掏出來的似乎不是菸，他低頭一看──竟是為父親籌措盤纏打的欠條！

羅桂元怦然心動，快步走到陳文雄面前：「小陳，你這麼相信

我，我會用全力培養你的後代的，這事就交給我吧！」

不要說聽到這話，就是一聲「小陳」，也叫陳文雄如釋重負，深深地舒了一口氣。然而，就在這舒心的須臾之間，一個須緊鑼密鼓予以實施的再行試探羅桂元的計畫，已在陳文雄心中構思成熟。

第二天，陳文雄又把羅桂元叫去。

「羅隊長，我還有一件很重要的事跟你談。我現在如走錯半步，就等於自己找棺材進。我說了以後，你不要難為我。」

羅桂元答應下了。

「我的眼睛——並沒有瞎。」

「……？」羅桂元驚得目瞪口呆。

「還不信？」陳文雄狡黠地沖羅桂元笑笑「還不信，你就寫幾個字讓我認認。」

羅桂元拔筆在自己左掌上寫了幾個字。

「是我的名字——陳文雄。」

「這，這究竟是怎麼回事？」

「不錯，那次我刺破了雙眼，但眼睛並沒有瞎，我騙得醫生下了失明的診斷，想搞保外就醫，可這一個希望破滅了。」

看到自己將這一秘密告訴羅桂元，羅桂元並沒有異常的反應，陳文雄趁熱打鐵，又進逼一層，「羅隊長，我現在只有一條路可走了，就是跑出去。你不要作我的難。當然這事對你我關係都很大，你考慮考慮再說吧。」陳文雄又欲擒故縱。

「這可是違法的事，要判刑的呀！讓我想想，讓我想想。你眼睛的事千萬不要張揚出去。」羅桂元最後丟下一句，便失魂落魄地匆匆離去。

康壽保從新田縣上浯村一回來就直奔陳文雄監房，這次赴新田，

他是乘興而去，敗興而歸。他認為，不是龍梅、陳文兵，就准是陳文雄搞了鬼。見到陳文雄，他恨得咬牙切齒，「你這個打靶死的，死到臨頭，還敢欺騙老子，害得老子白跑一趟！」

「我若騙你，天打五雷轟！老實說吧，米缸下的確埋了個存摺，不是一千兩千，是一萬五千塊。」

「一萬五！那好，你至少得給我五千，我結婚等著用。」

「行，小意思。這點錢就算做老兄的為你的喜宴添了兩杯酒錢。」

這天下午，羅桂元氣急敗壞地來到陳文雄處，對陳說：「你是糊弄我，想另找條出路，還是想把我也拉來同你一起蹲牢房？」原來，午飯時，平時極少登門的康壽保來到羅桂元家說要弄兩杯喝喝。酒過三巡，康壽保就話裡有話地說些「我們一塊共事，情同手足」，「有什麼事互相關照關照，大家方便」一類的話。見羅桂元支支吾吾，康壽保乾脆攤了牌，說他聽到一個反應，羅桂元答應救出陳文雄。

「這事你不說，康壽保哪會知道！？」羅桂元的指頭直搗陳文雄的鼻子尖。

這事當然是陳文雄說的。就在康壽保張口就要五千時，陳文雄頓生一計。他想，你們想放老子的血，哼，這錢你們也莫想拿得那麼輕鬆。於是，他不緊不慢地把同羅桂元的關係告訴了康壽保。他深知康壽保貪婪又多疑，一定會去找羅桂元透風。這樣，既可防止康壽保空手索錢、漫天要價，又可促使羅桂元痛下決心。最後，只得三人抱成一團，成其大事。

看到羅桂元大光其火，陳文雄呵呵一笑，遞過去一劑安魂藥，「你急個什麼勁？康壽保早就想放我走了呢。」

「唉，事情到了這步田地……反正，你走不走，我橫豎不知道！出了事，不要連累我！」羅桂元說罷就走了。

正如陳文雄所料，康、羅兩人的關係迅速發展。當天晚上，康壽

保來找羅桂元，把陳文雄藏有一萬五千元存摺的事說了，並保證「事成之後，我倆平分。」康壽保並要羅桂元注意蔡副隊長的舉動，因為他發現蔡其康好幾次有事沒事找陳文雄單獨談話。「還不是為了這個。」康壽保做了個點鈔票的動作。

第二天，康壽保再次趕到上浯村。在陳家米缸下挖了兩尺後，一個銅盒露了出來。打開一看，裡面果真裝有一個一萬五千元的存摺。康壽保急匆匆地去新田縣銀行取了款，自己留下一萬，其餘的給了陳文雄。並按照事先三人商量好的，將龍梅帶到新生煤礦三工區的一個鍋爐房住下，以便就近聯繫，內外呼應。

見康壽保回礦，羅桂元急切地問：「怎麼樣？搞到手嗎？」

康壽保伸出兩個指頭。

「兩萬？」

康壽保搖搖頭，「兩千。存摺沒找著，他家裡給了兩千，我存了銀行。事成之後，一人一千。」

康壽保的話在羅桂元心頭勾起了一片疑雲。

陳文雄深知康壽保貪得無厭，為人乖戾，他去取款，完全可能向羅桂元打埋伏。如今自己花錢消災，怎能不給羅桂元一點甜頭嘗嘗？於是，他又叫來羅桂元。

不巧，禁閉室門前坐了好幾個人，陳文雄不便明說，便笑著對羅桂元說：「今天我想出了一首小詩，寫給你看看，大概你會喜歡。」陳文雄接過羅桂元的筆和紙，塗鴉了幾筆。羅桂元接過一看，「哦，這詩寫得還真像那麼回事。」

「詩」是這樣寫的：

龍梅：

相信羅隊長。先拿一千元給他，不得有誤。　　　——陳文雄

　　三月初，衡陽市中級人民法院發來通知：對陳文雄的宣判定於三月十七日。得知這一消息，陳、羅、康抓緊時間，密謀要在宣判之前逃跑。

　　陳文雄成竹在胸，擺出他早已盤算好的計畫，開始調兵遣將：「羅隊長，你的任務是提供警服，並以開會的名義把值班的管教幹部集中到一個房間去。康幹事是二號警服，我穿大了。羅隊長你是四號吧，我穿剛好。」

　　「你怎麼才能穿上警服？」羅桂元問。

　　「你在十六號上午就把警服帶到辦公室。還有警帽，把警帽中的鋼箍取下折疊起來。下午，以找我談話為名把我叫到辦公室。我穿上警服，外面套上囚服，誰都不知道。

　　「警服怎麼還我呢？」羅桂元說。

　　康壽保接過了羅桂元的話：「我在四號門接應，送他出二號門，到紹興庵附近，他再把警服脫下來，由我帶回。」

　　羅桂元又問陳文雄：「你怎麼走出嚴管隊？門衛認出你怎麼辦？」

　　「這個你不用問了，我自己有辦法。」

　　看來每一個細節陳文雄都考慮好了，羅桂元便對陳、康兩人說：「那就這樣定了，三月十六日晚上行動。現在我們馬上散開，這幾天也不要在一起，以免讓人懷疑。」

　　一連數日無語。羅、康、陳焦急地等待著十六日夜晚的來臨。沒想到情況有變—衡陽市中級法院於三月十六日提前一天向陳文雄宣佈：判處死刑，剝奪政治權利終身。

　　宣判後，新生煤礦加強了對陳文雄的警戒，把他從禁閉室押到了死囚室，手上加銬，腳上加鐐，腳鐐又鎖到地上的大鐵環上，並增派十五人日夜輪班看守。

　　康壽保從他家裡究竟拿了多少錢對陳文雄來說一直是個謎，謎就是被動，就是危險，拿著金錢去買危險陳文雄絕不幹。

　　這一天，羅桂元悄悄告訴他，他母親和弟弟來了。陳文雄聽了，要求秘密見他們一面。羅桂元立即安排。他把陳文雄帶到監房二樓南端的平臺上。從這裡，可以看到從監房一直延伸到山底的斜坡，近處，是綿延於斜坡上的高牆，透過高牆上的高壓電網，可以看到一片草地。陳母和陳弟早就等候在那兒了。

　　陳文雄剛和母親談了幾句，突然發現不遠處崗樓裡一個身影一閃——是康壽保！這傢伙在偷聽！陳文雄忙改用新田上浯村土語問陳文兵：「康幹事拿了我們家多少錢？」陳文兵會心不遠，亦用土語答道：「一萬。」「對康你們要小心，以後不論做什麼必須有我的條子。」

　　站在一旁的羅桂元聽陳文雄他們突然改用土語嘰裡咕嚕不知講些什麼，也怕陳文雄背後搞鬼，連忙喝道：「不許講土話！」此時，陳文雄他們已經談完話了。

　　陳文雄剛回到死囚室，康壽保便鑽了進來，「你們背著我秘密會見，這對你很不利！」

　　陳文雄毫不示弱，反唇相譏：「是嗎，男子漢大丈夫作事要敢作敢當。不要以為別人不知道就可以瞞天過海。」

　　康壽保心虛，便軟下來：「你說我拿了多少？」

　　「我的錢，你拿得完嗎？這筆錢，你若獨吞，你得小心！我在社會上的那幫朋友不會放過你。你最好留下兩千元，其餘的退給我老婆！」陳文雄的口氣沒有絲毫的商量餘地。

　　「我要是不退呢？」

　　「不退？我死後你會跟著我來。退了，你還算是我的朋友，我還會幫你的忙。」

　　唉，煮熟的鴨子也讓飛了！康壽保回家後歎息了半天，無可奈何地將八千元退給了龍梅。

　　過了兩天，康壽保提陳文雄單獨談話，這次康壽保顯得格外謙卑，他想，八千元丟了就丟了，不能因小失大，真的惹火了這尊財神菩薩。

　　「我覺得你有魄力、聰明，又講義氣。」

　　「康幹事你扯到哪裡去了，總得到你們的關照，我心裡過意不去呢。」

　　「我是說真心話，我很佩服你，跟你交往是我的幸運，我想，如果我們結拜兄弟……」

　　陳文雄不由楞了一下，陳文雄相信有錢好辦事，但對於它產生的眼前這種戲劇性效果，卻是始料不及。「老兄，那我可是高攀了，高攀了。」

　　「不，你的年齡比我大，我應稱你為兄。」康壽保糾正陳文雄。「以後，我們兄弟倆，有難同當，有福共用，互不背叛！」康壽保拉著陳文雄的手屈膝彎腰，三叩九拜，指天明誓，就這樣，這位頭頂警徽的公安幹警同一個在押死囚演了一齣現代「桃園結義」。

　　「桃園結義」以後，康壽保儼然兩肋插刀，不僅積極為陳文雄活動上訴，還拉上蔡其康為陳文雄寫上訴書。可這些，在陳文雄看來於事並無大補，他想更多地借重嚴管隊長羅桂元。

　　可羅桂元近來顯得不冷不熱，若即若離。「你被判了死刑，不同以往，不好弄了。危險太大了。」

　　「有危險你也得幹！」

　　「怎麼個有危險也得幹？」

　　「哼，你還不知道，你的一舉一動都逃不過我的眼睛，你不信？那好，我問你，今天上午八點半，你是不是到過保衛科？」

羅桂元暗自詫異：自己上班不久的確去過保衛科，可從進去到出來還不到抽根菸的功夫，陳文雄怎麼就知道了？

「羅隊長，不要以為我坐在牢裡就什麼都不知道了。你應知道我和我朋友的神通。」

「你幹嘛要瞭解我這些事？」

陳文雄奸笑一聲：「這還不是關心你！你不也很關心我嗎？」

羅桂元氣得臉上紅一陣，白一陣，「你這是要脅！要我救你出去，你為我考慮過嗎？我有老婆、兒女，你出去，我跟著就會進來！」

「這個我考慮過了。你萬一坐了牢，我有朋友救你。出去以後，我每年給你一萬元。」

「你不要信口打哈哈。」

「打哈哈？來，找張紙把我的話記下：北京體育學院三樓304房是我花了三萬元買下的，你從對門303號房主手裡拿鑰匙，你就說『我是陳真的朋友。』打開門後，順窗臺上的瓷磚往下數到第二排中間的那塊，把它打破裡面有個小洞，放了個油紙包，包裡有十多個存摺，共計六十萬零八千塊。」

「怎麼能證明你的話呢？」

「現在我的確無法證明，只有你親自去方知道。」

「我不需要你開空頭支票，不拿點錢給我家老少安排生活，我是不幹的！」

「先給你兩萬。」

「……」。

「你要多少？你自己開個價嗎。」

「你給我講實話，你家裡能拿出多少？」

「拿現金只一萬多點，把房子賣了可以搞到兩萬。」

「房子不能賣。賣房子會引人注意。」

「這幾年我不在家，也不知道家裡還能搞多少。我說話算數，出去以後給你二十萬不成問題。」陳文雄說罷，從羅桂元處拿了紙筆寫了一張字條：

龍梅、文兵：

我有重要事情要辦，一切聽羅隊長的安排。羅隊長的要求你們得保證答應，不得違背。否則……

陳文雄字

羅桂元把條子給了龍梅，龍梅約他第三天晚上七點在三工區附近紹興庵先給五千元。

第三天，羅桂元如約來到紹興庵。

龍梅氣喘噓噓來了，後面跟著陳文兵。陳文兵遞過一個紙包說：「時間緊，只搞到4770塊。還差230塊，過兩天給你。」

「小數字就算了。」羅桂元一把抓過紙包。

「五一」將臨。按慣例，節目前後都要嚴懲一批罪大惡極的罪犯。陳文雄預感死期已近，忙催康壽保擇定一個日子逃跑。

康壽保略思片刻，說：「4月11日是我當班，你不能走，就12號吧。」

12日上午，陳文雄把他和康壽保策劃當晚越獄逃跑的計畫通知了羅桂元。

羅桂元說：「警服的事我負責，嚴管隊其他人怎麼對付？」

「我有安眠藥，酒中下藥，把他們藥翻！」

「你哪來的安眠藥？」羅桂元清楚地記得，陳文雄曾叫自己買安

眠藥，自己藉故推掉了。後來，陳又叫康壽保、龍梅去買。可並沒買到。

「這個你不用管！」

夜來臨了。陳文雄如籠中的困獸躁動不安。上午時，他曾托蔡其康幫他買幾瓶啤酒和一些酒菜，說是長夜難熬，想請大夥宵夜，可晚上應該當班的蔡其康拿了錢卻一去不回，輾轉向其他管教幹部打聽，原來，蔡其康跟人搓麻將去了。

正夜十二點，大雨滂沱。羅桂元冒雨來了，得知情況有變，越獄計畫又無望，便抽身欲走。但轉念一想，又留了下來，靜候蔡其康。

凌晨三時，蔡其康一腳水一腳泥地來了，見羅隊長在此，便漲著臉想給自己擅離崗位來一番解釋。羅桂元舉手止住了他，淡淡地說：「算了。今晚我替你值了班、明晚你頂我的班就行了。」

蔡其康見羅桂元毫無責怪之意。忙一口答應下來，樂顛顛地回家睡覺去了。

次日，陰雨綿綿。

在各路兵馬的默契中，越獄計畫正悄悄地進行：

龍梅按陳文雄之囑，趕緊去萊陽搞摩托車和出獄後陳文雄要穿的西服。陳文雄另托人買了酒菜，並將安眠藥投入幾瓶酒中。晚上喝酒宵夜的邀請也已一一通知到位。

可情況又突然有變！就在這天，康壽保一早來向羅桂元告假，就是他父親表姐夫的弟弟今天結婚，他要去赴宴！羅桂元望著康壽保漸漸遠去的背影，狠狠啐了一口唾沫：「滑頭！」

晚上八點，幾個執法者和被專政者一同席地而坐，舉杯痛飲。幾杯下肚，喝得有些酒酣腦脹的蔡其康見陳文雄舉杯不便，便替他打開了手銬。死囚室裡，猜拳行令，吃五喝六，鬧將起來……

晚上十點半，龍梅與她表姐夫劉秋元乘雅馬哈雙輪摩托車來到五工區對面山腰的石市小學，羅桂元背了一個軍挎包，手持一柄雨傘已等候在那兒了。見到龍梅、劉秋元，羅桂元輕輕囑咐一聲，「不要離開，不見不散」，便匆匆地走了。

十一點五十分，羅桂元來到嚴管隊門前。按了好久的門鈴。門衛才來開門。好傢伙，隔著門都聞到了門衛的酒氣。

羅桂元佯裝不知，徑直來到死囚室。見是羅桂元闖來，紅頭赤面的蔡其康忙站了起來。

「羅隊長，是你呀！我還以為是紀檢幹部來了呢。嚇我一大跳！」

羅桂元環視一眼，正色喝道：「你們好大的膽，竟在這兒喝起了酒！不知道是犯紀律？還不趕快打掃一下。」

這當兒，陳文雄悄悄伸出一個指頭朝羅桂元晃了晃。羅桂元心領神會，轉身離去——陳文雄告訴他：凌晨一點行動。

羅桂元走後不久，蔡其康等人酒勁藥性上來了，便各自隨便找個鋪位歪歪斜斜倒頭就睡。

陳文雄見還有兩個人醉眼惺忪地坐在原地沒動，便說：「今晚幹部要找我教我武功、氣功，你們見了不方便，最好現在就睡覺。睡不著，也要裝睡！」這兩人醉意朦朧，乾脆往陳文雄的地鋪胡亂一倒，睡了過去。

凌晨一點差五分，羅桂元取出軍挎包中的警服、警帽溜出辦公室。他在死囚室門口一閃，便折到死囚室前面的葡萄藤下，將警服警帽擱在葡萄架下。然後去嚴管隊門衛室，藉故引開門衛。門衛室裡，只見蔡其康已趴在門衛的床上鼾聲大作。

見羅桂元在門前一閃，陳文雄忙擰開腳鐐上的螺帽，掙脫腳鐐，竄出死囚室，直奔葡萄架下，心急火燎地穿戴好警服、警帽。然後大

模大樣走出此時已無人看守的嚴管隊門衛室。

羅桂元見陳文雄走出了嚴管隊，不由地舒了一口氣：該幹的都幹了，剩下的是他們的事了。然而他仍感到有點不放心，就躡手躡腳地緊走了幾步，想暗暗尾隨陳文雄一陣子。沒想到才跟了沒多遠，陳文雄卻在一牆角處停下不走了。

「幹嘛還不趕緊走？」

「在等你。」

「等我？你不是自己想法走出四號門嗎？」

陳文雄一把抓住羅桂元的胳膊，「不，今天只得一塊走了！」

陳文雄猛地一抓，使羅桂元徒然省悟：自己和陳文雄已經再也分不開了，兩人的命運早已被拴在了一塊，陳文雄的成功就是自己的成功，陳文雄的失敗就是自己的失敗。只有破釜沉舟，孤注一擲了！

下了一道坡後，距四號門很近了。門前那盞500瓦的燈泡照得羅桂元心裡直發慌，他情不自禁地捏緊了陳文雄的手，他知道，從看守佈局上說，四號門是最森嚴的。除鐵門裡有一道門衛，鐵門側邊有一座武裝崗樓外，門外邊還有一道門衛，二十四小時都有人值班。

可今天，天不滅曹——平日緊鎖著的鐵門，如今非但沒鎖還敞開著一條縫。兩人大步流星走過去，擠出門縫時，門衛的臉只朝這邊晃了一下。

兩人順利來到一號門前，見大門已經落鎖，羅桂元示意陳文雄把警帽往下拉拉。便去推門，門反扣著，門衛在裡邊看書。羅桂元輕輕叫了兩聲，門衛起身開了門，連頭都沒抬一下，便又坐到椅子上看書去了。

凌晨三時許，躺在陳文雄地鋪上的一個醉鬼醒來，發現陳文雄不見了，忙推身旁的酒友。這人卻說：「別管閒事，幹部帶他出去了。他一個瞎子還能怎麼的？」又過了好一會兒，仍不見陳回來，兩人急

了，忙去叫人，跑到門衛值班室見蔡其康睡在那，忙將蔡推醒，告訴他可能出事了。蔡其康哪肯相信，他揉了揉惺忪的睡眼，美美地伸了好一會兒懶腰這才起來。來到死囚室，見地鋪上沒有人，地板上有一副撐開的腳鐐，這才急了。「我要倒楣了，我要倒楣了！昨晚是我帶班呐！」昏頭昏腦急了好一會兒，他這才猛想起應當馬上報警。於是，他忙掏出五四手槍，「啪啪啪」朝天就是幾槍。旋即「噠噠噠」崗樓武警的自動步槍聲和尖厲急促的警笛聲也響了起來……

此時，已是凌晨四時許。

話說陳文雄乘摩托車逃出新生煤礦後，便要劉秋元徑直驅車去耒陽火車站，到了火車站，他爬上二五二次列車連夜逃往成都。在成都他賊性不改又進行盜竊，被成都公安部門抓獲，此時，通緝令正好抵渝。4月30日，陳文雄被押回耒陽受審。

在專案組和有關各級政法官員的晝夜偵破審訊之下，羅桂元、康壽保、龍梅、陳文兵分別被捕獲歸案，收容審查；

嚴管隊副隊長蔡其康和另一名知情不報的管教幹部許鶴飛被隔離審查；

案發當天負責看守陳文雄的管教人員蕭斌、李主錄嚴重失職被傳喚；

龍梅表姐夫劉秋元在耒陽被捕獲；

其他涉及此案的人全部被調離嚴管隊，聽候發落。

10月，當記者來到五工區嚴管隊死囚室查看現場時，除了地上一個孤零零的鐵環仍擱在那兒以外，室內已徒有四壁了。人們注意到在死囚室的一面牆上，留有兩張發黃的白紙。其中一張大字赫然——《看押死囚犯制度和職責》。看罷，直叫人哭笑不得，此件不太長，姑且照錄如下：

一、全體值班人員必須履行看守職責，在當班時間不准擅離崗位、打瞌睡和幹與看守無關的事情；

二、值班人員必須服從分配，不准隨意調換，更不允許請人頂班；

三、值班人員在看守中必須仔細觀察，如發現死囚有自殺、兇殺、逃跑或無關人員進入死囚監舍時，必須及時制止，並立即報告上級處理。

另一張，則是看守陳文雄的值班名單，共有六名帶班的管教幹部。細心點點，這六名管教幹部中，竟有五名涉及了此案。

（原載《中國之春》月刊一九九二年七月號，署名：吳明）

鐵道部的大貪污案

　　江澤民當政之後，中共為挽回在中國大陸老百姓心目中的不良形象，大搞反貪污反賄賂和反黃運動，企圖把國內的反抗情緒有所化解。但一年多過去了，不但康華、中信、光大等有皇天厚土根基的大「官倒」一個個安然過關，甚至連這次搞出來做替罪羊的官職最大的鐵道部副部長羅雲光案也一筆帶過。據新華社北京1990年6月8日電：原鐵道部副部長羅雲光，任職期間以職務之便收受賄賂，分管運輸局工作嚴重失職，在黨內外造成惡劣的影響。經中共中央批准，中央紀委決定開除他的黨籍。

　　而所謂「失職」的事實則是觸目驚心的，據中共紀律檢查委員會上報材料稱：1986初至去年四月，鐵道部機關和鄭州鐵路局少數領導幹部，乘鐵路運輸能力不能滿足運量需求，車皮緊張之機，利用職權，採取各種手段，以車謀私，貪污受賄，現已查明，此案涉及鐵道部和鄭州鐵路局科以上幹部共48人，其中副部長一人，局級幹部十五人，處級幹部十九人；犯罪總金額為96萬多元；鐵道部運輸局以各種名義違反有關規定向貨主或下級單位非法索要和收受各種款項76萬多元。

　　1986年擔任鐵道部副部長的羅雲光，自1988年以來，憑藉職務之便，先後接受原鄭州鐵路局副局長潘克明等人賄賂現金2000元，金戒指一枚（價值465元）和價值2354元的電冰箱一台；收受非法所得950元。羅分管運輸局的工作，對原局領導班子近年來貪污受賄以及違反規定向貨主和下屬單位索要或接受錢物的嚴重問題負有領導責任，犯有嚴重失職錯誤。國務院已撤銷其鐵道部副部長職務。同時決定開除鐵道部運輸原局長徐俊、副局長賈霜、胡均樂、局長助理魏國范（局級待遇）和鄭州鐵路局原局長何志矩、黨委書記劉德民、副局長潘克明等八人的黨籍。

　　有關這個所謂大案的情況，大陸司局長級以下等幹部，也僅僅知道這些而已。而鐵道部大院的住戶們依舊能看到羅副部長的專車天天

早出晚歸，稍知內情的人會告訴那些大惑不解的人，羅副部長現在不再忙於公務了，反而輕鬆自在地去某中共要員的公館擺「長城」（麻將）去了。大陸有句歌詞叫「萬里長城永不倒」。大陸的法律是給老百姓制訂的，刑不上大夫，古而有之。人們不禁要問，羅雲光之案為什麼就不可以公開呢？中紀委書記韓天石答曰：這涉及國家機密問題。但我們還是設法搞到了一些有關羅雲光案的「機密」材料，並讓這些根本不存在「機密」問題的「機密材料」曝光，使人們來瞭解一個「要案」的真實情況……

一、天方夜譚

1989年4月。鄭州。

鄭州鐵路局職工，注意力忽然集中到了一個傳聞上：一個小偷潛進鐵路局一位局長家裡，伺機行盜。不曾想，這個局長大人家裡的鈔票成捆成打，嚇得這位涉世太淺的小偷舉止失措，不敢下手……，最後不知出於什麼心理，拎出一捆連號鈔票，「重新做人」，到舉報中心舉報了……簡直是天方夜譚。

鐵路局職工被這個傳聞搞得浮浮躁躁，鄭州市的大街小巷也在紛紛議論，相互打聽……

一日，鄭州鐵路局召開局機關幹部大會，局黨委書記在會上對此進行了闢謠：

「在這幾天，路內路外，到處都在議論，說我們的一個局長家裡被盜了，這是沒有的事，毫無根據，是造謠。我鄭重告訴大家：在我們鐵路局，沒有一位局領導的家被盜……」

最後，他還極其嚴肅地發出警告：「以後，誰要再傳謠，就要追查誰的責任！」

三個月後，傳聞中的主人公——「被盜」的鄭州鐵路局副局長潘克明，卻真的因貪污、行賄被檢察機關收審了！時間是1989年7月31

日。

收審潘克明的當晚，檢察院對他的辦公室和兩處住宅進行了搜查。

現金數萬元，存摺十多個，就連那落滿灰塵的新衣服裡也塞著一打一打的人民幣；各種名酒成箱地從地面一直疊到屋頂，其中茅臺酒一百多瓶，五糧液酒數十瓶；菜籽油和香油42桶，計五百多斤，各種肉、蛋、水果、高級補品和易開罐飲料琳琅滿目；各種服裝、毛料、毛線品種俱全；彩電、冰箱、冰櫃、錄影機、收錄機、全自動洗衣機、地毯、毛毯、電風扇、空調機、摩托車等高檔消費品應有盡有；金戒指、金項鍊、銀元、美元、港幣也數不勝數；甚至還有高壓電筒一個、警棍兩根、「五四」式手槍一支，子彈八十一發。

現實已經遠遠超過了傳聞中的想像。

潘克明案所引發的是中共至今公開的涉及級別最高的國家機關工作人員貪污、行賄受賄特大經濟案。全案涉及鐵路系統四十多人，其中副部級一人，局級十五人、處級十九人。案發中，鄭州鐵路局領導班子全部參與，鐵道部運輸局領導班子全部涉及。

1989年3至4月間，鄭州鐵路局紀委，鄭州鐵路檢察分院和鄭州市金水區檢察院，分別收到了反映鐵路系統有人以車皮謀私，行賄受賄，大量倒賣煤炭、非法謀取暴利等問題的舉報信。在信中，鄭州鐵路局主管運輸的副局長潘克明，鄭州鐵路局綜合服務公司副經理侯創國、河南省燃料公司科長劉興臣以及農民呂振中等人被一一點「將」了。

呂振中，這位新型農民，憑藉自己那三寸不爛之舌和投機鑽營的手段，成為近幾年遠近聞名的「倒煤」專業戶。他的車皮、煤炭大都是從劉興臣那裡搞來的。

通過劉興臣，呂結識了侯創國；又由侯牽線，幾番行賄送禮後，他就沾上了局長大人潘克明——自此以後，呂振中便「手眼通天」，到1988年10月以前，他倒賣煤炭所需的車皮，就大都是潘批的了。

劉興臣，雖說只是個科級幹部，但他手裡掌握著全省的煤炭運輸大權，財粗氣壯，為此，他曾一度被視為鄭州鐵路局的「座上客」。從1987年底到1989年5月，他先後向鄭州鐵路局領導和有關人員送了二十台彩電，其中一部分白送，一部分低價賣給對方。對潘克明，劉興臣更是格外小心，他特意多送給潘一張豪華型夢思床，又給潘夫人送上一枚金戒指。

投桃報李。鄭州鐵路局專門騰出了局招待所的一間客房作為劉的辦公室，還給他安裝上了鐵路系統的電話。那一段時間裡。只要貨表上有一個「劉」字，鄭州鐵路局便會為之大開綠燈。劉興臣辦事優先，幾乎成了當時鄭州鐵路局運輸部門的一條不成文的「規定」。

1988年上半年，潘克明買了十輛鳳凰女車。一天，潘在辦公室召來侯，三言兩語，閒扯了幾句後，便進入正題：「前幾天，我幫朋友買自行車，一算帳，賠了二千五百元錢，咳……」

侯創國心領神會，馬上起身：「不急不急，我那兒有錢。」片刻的功夫，他便從辦公室拿來了二千五百元錢交到潘手裡。

1988年下半年，潘克明通過呂振中為其好友聯繫了一台24萬元的豪華型皇冠車。

錢從哪出呢？

潘克明首先想到了他的「猴子」。他讓侯向蕭山駐南陽物資站借款14萬元，付給呂，然後，潘給侯批了一列發往蕭山物資局的加價煤——潘克明竟用這加價部分，在侯的公司帳上註銷了這筆借款！那另外的十萬元，潘也如法炮製，批車皮給呂，讓呂從所「賺」的煤錢中，去自己抵消。潘克明曾經授意侯從服務公司轉給局招待所十二萬元，以後，他就從這筆錢中以「招待費」名義出了近九千多元……

有了侯創國的這份「虔誠」，潘克明自不會虧待侯創國。

日後，經辦案人員查證，僅從1988年7月至1989年4月，侯創國就

通過潘克明，先後搞到三十多列計畫外車皮，從長治、晉城、安陽等向江浙、福建等地發運煤炭。他們規定每運一噸煤加價十到三十元不等。這裡，我們不妨做一個粗略的估算：如果每列火車按五十節車皮，每節車皮以裝五十噸計算，那麼他們就可發運1500多車，近7500餘噸煤，如果再按每噸平均加價15元計算，僅在加加費一項，這個精明的「猴子」就垂手可獲利110多萬元！

二、京官吃賄

羅雲光，這位鐵道部主管運輸工作的副部長，自然要被罩在了這張網上。

1988年6月的一個晚上，羅雲光家裡的電話鈴響了。

夫人拿起話筒。

「我是鄭州潘克明啊。請您找個人明天早上去接252次車，我給副部長捎來了一幅字畫。」

「幾點呀？」

「正點是六點四十八。」

「您一定要找人去，要找個可靠的人！在軟臥車廂門口……」

這頭，夫人心中也悟到了意思。

列車正點到達了。這卷字畫由家人安然無恙地帶到了羅府。

夫人細心打開畫，只見從畫面掉出一疊人民幣和一枚閃閃發光的金戒指，夫人扯開字畫，點數著一疊人民幣，1000元整！

夫婦倆坐在沙發上，在昏暗的燈光裡相視著，夫人禁不住又提到了前一次潘克明送來的1000元錢。

那是一個星期日。

下午，潘克明急匆匆地來到羅雲光家。

「別客氣啦，我馬上就走。」潘克明謝茶免菸，忙著從衣袋裡掏出一個裝有1000元現金的大信封，放在茶几上，直陳來意：「要過年了，你們也很緊，這是我的一點心意……」

1986年「八·一」節前夕，潘克明召來侯創國。

「最近準備讓你去鐵道部看幾個人。」

「……我可都不認識呀！」

「這好說。」潘克明拿起筆，就給侯開列了一個十幾人的名單，上面註明了職務、住址、聯繫電話。

兩天後，一輛「豐田」客貨兩用車，裝滿香菸、小磨香油、易開罐飲料、青島啤酒、大紅棗、西瓜等物品，直奔京城。

到京城後，他先找到了連絡人馬鳴山。

馬鳴山收下一份厚禮後，便充當起了嚮導，按圖索驥，他們挨家挨戶地送，羅雲光、徐俊、賈霜、魏國範……

第一次進京送賄禮，侯創國的體驗是：人家都有不要的意思。

第二次又是潘克明開列的名單，範圍更廣，運輸局的頭頭腦腦基本都在，還兼顧了其它一些局的頭頭。

第三次送賄禮，正值盛夏，河南「鄭州三號」大西瓜便成了眾多賄禮中的寵兒。此外，潘克明煞費苦心，還在新鄉加工了五百多塊錢的道口燒雞，一起送上。

侯創國印象最深的要屬1989年春節前那一次，因為那是他最後一次履行「特使」的使命了。

這回主要是送年貨：帶魚、太湖扁魚、鯉魚、大炸蝦、豬下水，還有香菸、健力寶飲料……此次開了兩輛車！

到北京後，他總覺得意思還不太夠，對重點部門還應多表示一

點，於是，他到王府井轉了一圈，買回四瓶茅臺酒（時價每瓶350元），四瓶五糧液酒（時價每瓶90元）茅臺酒徐俊、賈霜、魏國範和XXX各送一瓶，五糧液酒馬鳴山和XXX各送兩瓶。

忽有一日，潘克明想到：此般興師動眾大包小包往家裡送東西太顯眼，還得給人家留些面子。「我們是不是，壓縮壓縮，比如送錢、送金戒子什麼的？」

1988年12月，侯創國按照潘德意思，攜現金幾萬元上北京了。他先到了馬鳴山家裡。馬鳴山接過1000元錢，竟堂而皇之地客氣了一番：「我對鄭州局出力不大，受之有愧，受之有愧。」

再到徐俊家。侯創國說：「我來時，潘局長交待了，讓給運輸局二萬元錢勞務費，您看怎麼安排吧。」侯創國先遞過去一包。「……另外，還有6000元，是您，魏國范，還有賈霜的。」徐俊臉上沒有什麼表情，依舊是一副辦公的口吻：「好，你回去謝謝潘局長。」

潘克明、侯創國之所以不惜代價地「饋贈」他們的上司們，不外乎是為了兩個字：車皮。火車一響，黃金萬兩。

三、一團汙爛

坐火車難。這對今天大陸人來說已經習以為常。不管是客運、貨運，大陸鐵路的運力都已經達到了極限。無論鐵路系統怎樣調整，仍然滿足不了接踵而來的擁擠人流。

貨運更緊張。儘管貨運量以每年五千噸的速度增長，但主要幹線仍只能保證社會需要的70%。據統計，每月大約要有五千多人向鐵道部運輸局申請計畫外車皮。

人們寄厚望於鐵道部運輸局。但是，人們哪會想到，他們寄予厚望的鐵道部運輸局，其領導班子已經潰爛了。你懷著厚望走進運輸局的辦公室，卻往往是帶著失望出門——即使是極正常的工作關係，業務往來，假若沒有「上供」，也會一事無成的。

還是潘克明深諳這本「真經」。他在交待中曾說過：「我的前任幾位在這個問題上是有教訓的……鄭州鐵路局每回只要少裝五百輛車，運輸就完了。所以我接任後一心想把工作搞上去，把關係搞好，希望上級能照顧一下……這是很實際的事，只要他們筆尖歪一歪，我們就受不了。」

「……怎樣搞活？要是和鐵道部搞不好關係是不行的，鐵道部運輸局對各鐵路局具有很大的權力，我們能否開展好工作，和運輸局就有很大關係？

身為鐵道部運輸局局長的徐俊，不也曾毫不掩飾地說：「鄭州鐵路局為什麼拿錢來，就是因為我們平時給他們批車皮了。」

1988年年初，鄭州鐵路局運力不足。潘克明打了一個報告給羅雲光，羅就把原配屬給烏魯木齊鐵路局的五台東風四型內燃機「變更配屬鄭州局」了。

賄賂，成了工作之間、上下級之間的潤滑劑！

外界在議論：運輸局是個「肥缺」。

徐俊等人張大了胃口，怡然自得地生食著這個「肥缺」……

北京大都飯店。是時，一桌豐盛的晚宴已近尾聲了。這是江蘇連雲港市與運輸局商議用自備車運輸煤炭會議的最後一個節目。徐俊、魏國範等運輸局的十一人在座。當他們酒足飯飽、談笑風生地起駕回府時，每人手裡都拿著一個樣式精美的小包——裡面是他們「笑納」的對方贈禮：每人一架「理光」D30型照相機。

由於自備車要經過鄭州，所以，運輸的合同是由運輸局「坐莊」，以鄭州鐵路局名義和連雲港市簽約的。為了感謝運輸局的這份「厚愛」，鄭州鐵路局來人秉承局領導的旨意按老規矩，帶上了3000元現金。

有人悄聲將鄭州鐵路局的意思告知了魏國范，魏馬上與徐俊商

議，徐幾乎是毫不猶豫地就拍了板：「不要言聲，小範圍分掉。」於是，徐俊、賈霜、胡均樂、魏國範等六人「小範圍」私分掉了這3000元賄金。

1987年夏，山西陽泉大旱。山西省提出「生產自救」、「抗災度荒」的口號，要求安排一千萬噸緊急救災煤銷運山東等地。12月25日，運輸局第1573號調令終於發出。代價是：每運一噸煤，要支付鐵路「勞務費」二元錢。運輸局給了陽泉一個「鐵科研運輸所」的帳號。僅1988年，陽泉方面就四次往這個帳號匯款，共計6萬元。運輸所分6次，將這筆現金交到徐俊手裡。

徐俊每次接到錢後，除了客氣地對運輸所提供的「方便」表示感謝外，都要順手抽出300元，賜予對方。「算作代辦費吧。」徐很大度。

第二年，為感謝運輸局的「支援」，陽泉煤炭運輸公司又特意在北京買了十架「企諾」牌照相機，配齊了三角架、閃光燈、彩卷和電池，每台合計1165.50元，交給了運輸局的一個人，叮囑分送運輸局的有關人員。羅雲光、徐俊、賈霜、魏國范、馬鳴山、胡均樂等人，自然都歸入了「有關人員」之列……

1987年，廣東的一個「三聯」公司，幾經周折，托人搭橋引線，好不容易拜到了運輸局的「佛門」前，請求他們能安排該公司運輸石油液化氣的火車通過鐵路限制口，並列入鐵路運輸計畫，商談成功後，該公司董事長在北京，全聚德烤鴨店宴請了徐俊、胡均樂和馬鳴山。伴著對地道的佳餚的贊許，董事長應允「三聯」公司以後每季度給運輸局「勞務費」5000元。這樣，徐俊等人就先後三次收受並私分了這筆「勞務費」共計1萬5000元。

四、刑不上大夫

1989年10月，一份中共中央紀律檢查委員會《關於鐵道部和鄭州鐵路局一些領導幹部貪污受賄案查處進展情況》的絕密文件，擺在了中

共中央政治局委員的案頭。

閱畢文件，老頭們眉頭緊鎖，李鵬拿起筆作了如下批示：「此事必須嚴肅查處」。遞給楊尚昆，楊尚昆知道李鵬的用意，是想推出羅雲光來沖淡人們對他自己的怨恨。他不動聲色地在羅雲光名字上畫個圈圈，他不能見死不救。手握全國鐵道調度大權的羅雲光，不但是鄧朴方的好朋友，而且也是他自己小兒子楊紹明的「鐵哥們」。這幾年羅雲光對沒有列入營運計畫而要車皮的康華、寶利公司出力不薄，諸公子從不把他當外人看，這次翻了船實出不慎。為雲光案說情的人，「十一」那天幾乎踏破了楊家的門檻，其它幾位委員一看這情形，都跟著在羅雲光名字下面畫圈，意為「免殺」。

於是，在檢察院擬就的逮捕名單中，羅雲光的大名即刻被除去了。

五、法網灰灰疏而不漏

1990年3月10日，京都各大報紙都在頭版顯要位置刊登了監察部日前舉行新聞發佈會上公佈的消息：鐵道部副部長羅雲光嚴重失職，利用職權非法收受他人錢物，錯誤十分嚴重，經國務院討論，決定撤銷他的鐵道部副部長職務，責令退出全部非法所得。

而早在這之前，1989年10月14日，徐俊、馬鳴山被拘捕，16日，賈霜、魏國範也被依法拘留。

10月26日，北京市召開了打擊經濟犯罪寬嚴兌現大會，徐、馬、賈、魏被宣佈正式逮捕。10月20日，胡均樂也被北京人民檢察院以受賄罪逮捕。在鄭州，9月9日，潘克明被當地檢察機關宣佈逮捕；10月中旬，何志矩也投案自首，被檢察機關宣佈取保候審。

1990年7月，中共監察部、中紀委通知鐵道部有關羅雲光的處理為：免於起訴、開除黨籍、撤銷鐵道部副部長職務、保留原工資級別和待遇，辦理離休手續……

至此，羅雲光一案在大陸老百姓眼前一晃而過。該吃賄仍然在吃，該貪的還在貪，難怪羅雲光在牌桌上大發牢騷：「我才拿了幾千塊錢，那些上萬的、十萬、百萬美金存在外國銀行的老頭們誰敢動一根汗毛？他們官比我大，貪的也比我多得多，只可惜共產黨的法律從來沒有在部長以上的幹部身上用過。不信，你們查查共產黨的歷史。看牌！我糊啦！……」

（原載香港《百姓》半月刊一九九〇年十二月一日第229期，署名：未名）

公安部11.13行動報告

1989年10月，中共的政治局開會，在對趙紫陽問題處理上爭論了四個多小時無結果後，由李瑞環提出整頓社會治安，掃黃、掃毒、挽回民心的提議。這一為掩飾六四大屠殺的血雨腥風，同時乘機抓捕異己份子的「高招」很快形成政治局決議。

1989年11月13日，以北京為中心，電波傳向全國，國務委員兼公安部長王芳在中共國務院召開的電話會議上下達命令：在全大陸範圍內迅速行動，掃除「六害」！

這一代號為「11·13緊急行動」的大規模抓捕，實際上也是為「六四」之後搜捕被通緝的天安門廣場學生領袖製造機會。果不其然，大批民運人士在這個期間紛紛被捕，王丹、王軍濤、陳子明、劉剛……僅半個月內，各地逮捕人數為：

北京：956名。

天津：675名。

廣東：160多名。

河北：200多名。

湖南：300多名。

在大批民運人士被捕的同時，中共也乘機掃蕩了各地黃色、賭博和吸毒的隊伍。1990年1月，公安部政治部編出《11·13行動報告》的內參材料發給中共各部委、省市、自治區，以示功績。但由於其中問題問題多到令人心悸，有損社會主義的形象，故該材料列為「秘密」級，僅供局以上幹部參閱，並限期交回。本文即根據這一材料寫成，它能使我們在海外的中國人對今天大陸的諸多問題有一個比較客觀的認識。

引子

　　自王芳發佈命令後一個月內，共查處「六害」案件14萬多起；查處違法犯法犯罪人員35萬多人；其中依法逮捕2500多人，處決了一批罪大惡極者；送勞動教養2200多人；給予治安處罰25.8萬多人；正在審查7.4萬餘人。

　　近些年來，人們驚異地發現：在中國大陸諸種社會醜惡現象又迅速蔓延開來，賣淫、嫖娼氾濫，淫穢物品在廣泛傳播，賭博，封建迷信活動彌漫城市、鄉村的各個角落。吸毒、販毒又死灰復燃，拐賣婦女兒童的犯罪活動頻頻發生。

一、黃流滾滾

　　書是益智冶性的良友。然而，一個時期內，人們竟相借閱的書籍無一不是帶色的。一部《查特萊夫人的情人》，曾全國風行，個體書販竟把它賣到40多元一本。

　　近幾年來，大陸出版業在改革中實行自負盈虧，推出了以書養書的模式。而淫穢書刊正是賺大錢的出版物，於是乎，上至中央級省級出版社，下至地方小報個體書販、印刷廠，都在爭相出版淫穢書刊。在國外曾因色情太過被禁的《情場賭徒》、《玫瑰夢》、《老船長的情婦》、《風流偵探》等等，不知真假地被翻譯出版，而國內的「土特產」也被一些文人騷客花樣翻新，《性交姿勢100種》、《性交大全》等紛紛出籠。人民文學出版社出版了《金瓶梅》的清潔本（刪節本），以供研究參閱，但某出版社卻出了一本《潘金蓮與西門慶》，把人民文學出版社刪掉的淫穢情節，統統搜集在一起，美其名曰：「拾遺補缺」。據某權威部門統計，大陸已發行嚴重色情的淫穢書籍達六十多種。

　　出版界為了錢，哪管它庸俗低級，只要賣得出去，就敢出版，美其名曰市場導向。在人們擁有了錄影機之後，淫穢錄影帶則又繼淫穢書籍成了熱門貨。人們熱誠推出的「石獅模式」、「溫州模式」，曾激動著無數人的心弦。但是，權威部門的統計報告又指出：石獅、溫州是中國淫穢物品最主要的集散黑市和黃色錄影帶的主要複製傳播

源。據有關人士估算，石獅市有1/10的人口在從事著複製、販賣淫穢物品的活動，而溫州也有5%的人在從事這一行當，從1988年6月以來。石獅市複製的非法錄影帶每日流散於全國各地的達1萬多盒，在全國收繳的淫穢物品中，從石獅流出的占1/2，從溫州流出的占1/10。

石獅市個體戶蔡某，開始做服裝生意，賺了一筆錢。後來看到複製錄影帶賺錢更多，便果斷地購進12台錄製設備，從事淫穢錄影帶等的複製行當。最高時，他一天即錄製了1700多盤錄影帶。他手下有一個複製組，共有6人，有一個叫賣組，共有18人。叫賣組的成員大都是不滿18歲的未成年人，用蔡某的話說：「未成年人販賣淫穢錄影帶被抓獲後，法律可以從寬處理。」更為惡劣的是，蔡某在沒有淫穢錄影帶可供翻制的時候，他還專門雇傭了暗娼表演進行錄製。據蔡某稱，僅其雇傭的暗娼表演的錄影帶，就達80餘盤，複製後獲利18萬餘元。他每次付給暗娼5000元勞務費，使得許多暗娼樂意為他服務。

在溫州，複製淫穢錄影帶者不像石獅那樣公開，它大多來自於地下「文化市場」。個體戶王某，在商場租了櫃檯，做鞋帽生意，然而，做鞋帽生意他不在行，接連虧了4萬元。經朋友串線，他得到了一批淫穢錄影帶，先是私下販賣，不久即開始複製。有老婆的幫忙，從1987年8月開始，到1989年8月，共非法複製錄影帶1.1萬多盤，其中淫穢錄影帶3200多盤。他售出的錄影帶，一般的和武打功夫類的，一般20元左右，而淫穢錄影帶，他最高的賣到65元，低者也不下30元。

石獅、溫州的不少複製錄影帶的賣主都配備了BB機、對講機、摩托車，備有長期包租的計程車，還有保鏢、偵探（專門防備公安機關、工商幹部的突襲檢查）。他們手段狡猾，設備先進，即使被發現線索，往往難以抓住賣主。

二、淫欲橫流

賣淫、嫖娼，這一早在五十年代就被大陸政府掃蕩殆盡的社會公害，在三十年後卻死灰復燃。由點到面，日益蔓延。

　　廣州中國大酒店，中國最豪華的酒店之一。這裡每層樓的三號客房，都住有娼妓，來這裡投宿的男客不時可以接到一個個做「生意」的電話。成交之後，三號客房便熱鬧起來。這些暗娼的最低價碼是100元人民幣，有時搭上境外人員，其價碼倍增。在此安身的暗娼王某，身材苗條，看上去是典型的東方溫柔型女子，而她僅通過賣淫向境外人員索得金項鍊就達240條。

　　廣東省東莞市虎門鎮某賓館，擁有南北兩幢樓和酒店一處，長期住在這裡的暗娼多達30餘人。這些暗娼來自湖南、廣西、四川、上海、瀋陽、黑龍江、湖北、貴州等地，年齡大都在20歲左右，她們有的由「皮條客」帶來，有的在本地請了保鏢，包房長住，每賣淫一次收100元，陪宿一夜收費500元。

　　掃「六害」開始後的一天，兩位前來摸底調查的公安人員A君和B君，著便裝以個體戶的手法住進了這家賓館。他們剛進房間尚未放下行李，就有兩名暗娼尾隨而入，一個拉著A君的手，一個摟著B君的腰，直接了當地問他們要不要。當兩位婉言謝絕，這兩個暗娼即開導說：「不用怕，這裡很安全。」這兩個暗娼走後，又陸續有暗娼到他們房間招攬生意。據這兩位公安人員稱，第一天到他們房間招嫖的暗娼達30人次，電話約20餘次。

　　當A君向這裡的保安人員詢問為何沒有人管時，一位保安人員回答說：「現在，虎門鎮的賓館，旅店都這樣，誰來管？酒店為賺錢，對這些人都是睜一隻眼閉一隻眼的啦。」據瞭解，這裡的暗娼都徵得了賓館負責人的同意，同時還要接受賓館經理、保安人員及服務員的嫖宿。賓館的這些「主人」們不但嫖娼不給錢，而且還要向這些暗娼索取「保護費」、「小費」或「好處費」。

　　虎門鎮的另一賓館，其暗娼的活動同樣十分猖獗。這個賓館被收審的保安隊副隊長供認：在1989年初，這家賓館的香港老闆召集部分員工開會說，某旅店都住了「女仔」（暗娼），我們這裡也要住「女仔」，這樣生意才興旺。他還指示保安隊要管好這班「女仔」，不

要讓她們到處亂跑。以免惹出麻煩。3層到6層樓都要安排一些房間給「女仔」住。「女仔」住進來要經賓館經理批准。這個保安隊副隊長還說，當公安人員前來查房時，保安人員便及時為暗娼、嫖客通風報信，讓他們躲避起來。

賣淫、嫖娼氾濫甚廣，不但大城市有，偏僻的小縣城也有。湖南省岳陽縣境內長達40公里的107國道上，開有216家個體旅店、餐館，其中一大批旅店、餐館雇用了年輕姑娘，專門從事賣淫勾當，以招攬過往的出差人員和司機。個體汽車司機張某，與某一個體餐館老闆勾結，這個老闆長期為他提供婦女陪睡，張某則把旅客拉到這個餐館就餐、住宿。岳陽縣公安局一次行動，就從這條公路上抓獲賣淫婦女112人。

據有關部門介紹，從目前已抓獲的嫖客看，不但有腰纏萬貫的個體戶、集體企業的廠長、經理、供銷人員，也有國營企業的大廠長、大經理；既有普通拿工資吃飯的工人，也有吃「皇糧」的國家幹部和軍人。有的嫖客還把嫖娼費用以各種方式拿到財務部門報銷，使得「公費嫖娼」一時成為茶餘飯後的笑談。

從暗娼方面看，不但有農村婦女、城市待業女青年，而且還有女職工、女幹部、女大學生，以致於女知識份子、影視歌壇的女明星等等，不一而足。據有關人士分析，不能否認，最初一些賣淫的暗娼，為生活才幹此勾當。然而，近些年來在「笑貧不笑娼」的風氣中，賣淫的婦女大部分已把賣淫當作追求奢侈生活的手段，成為其生活中難以擺脫的「金箍咒」。

王某，29歲，北京一家文藝團體的演員。她本來有著一個和睦的小家庭，夫妻倆的月收入300多元。然而，看到這些年來那些先富起來的人們，吃肥甘，穿輕裘，出門有計程車，時常進出於大飯店，王某眼紅了，1986年10月初，一個偶然的機遇使她結識了個體老闆張某，為她改變自己的生活提供了機會。張某白天請她去各飯店吃山珍海味，晚上請她去舞場跳舞。她忘卻了丈夫、孩子，成了張某的情婦。據王

某供稱，張某花在她身上的錢達3萬多元。1987年3月，她毅然與丈夫離婚，整天混跡於舞場，張某為她提供的房子，成了她與嫖客進行肉體和金錢交換的場所。1989年11月30日，王某被抓獲，面對公安人員的詢問，她自己也說不清楚接待過多少嫖客，但是，她記得這些嫖客中既有個體老闆，也有廠礦的廠長、經理和供銷員。

過去的妓院，專門有開店的老闆、老鴇。而在三十年後又再度湧起的賣淫、嫖娼暗流中，也出現了一些專操皮肉生意的「皮條客」。武漢市第二起重機廠停薪留職人員林方忠等7人，與珠海澳門等地的不法份子相勾結，從1988年3月到1989年9月，先後拐騙20多批，79多名婦女到珠海、澳門賣淫。

賣淫嫖娼的日益氾濫，使六十年代大陸就宣佈已絕跡的性病，又席捲而來。衛生部門的人士介紹說，全國性病患者到底有多少，很難有一個確切的統計，但從每年到醫療、公安部門登記的情況看，逐年呈上升趨勢。性病的蔓延，已引起了人們的不安。漫步廣州街頭，隨處可見張貼的專治梅毒、性病的廣告。在廣州市一個治療性病的私人診所裡，一位張醫師質詢時說，從1985年開業到1987年7月，他共治療性病患者1.25萬餘人。最近衛生部的統計表明，截止1989年底，大陸累計報告愛滋病病毒感染者194例。其中，國內居民153例，北京市共檢出愛滋病病毒感染者15人，其中1例為國內首次從性病中發現。

三、「萬里長城」永不倒！

賭博這一社會陋習，有著悠久的歷史，廣泛的土壤。在大陸進入二十世紀八十年代以後，賭博的浪潮一陣高似一陣，大有「男女老少齊上陣，萬里長城（指麻將）永不倒」之勢。

在農村，低矮的農舍裡，有幾角、幾元、幾十元乃至上百元的小賭。而山西省民間也有「四五百小玩玩，二三千可玩玩，一萬以上真玩玩」的大賭。

在城市，豪華賓館的客房外掛著一塊「請勿打擾」的牌子，二

房間裡卻有一批包房的豪賭，動輒成千上萬。溫州市查獲一個賭博團夥，在數次豪賭中，累計輸贏高達270多萬元。

在家庭中，有娛樂性的小賭；在街頭，有行騙的在設賭。

賭風，在瘋狂地蔓延。在1989年11月旬到12月中旬的一個月的時間裡，大陸共查處聚眾賭博案件8萬多起，大小賭徒竟有24萬之眾。貴州省有關部門調查後發現，該省參賭人員占全省總人口的1/5，有的機關單位參與賭博高達100%。這些數字的背後，除了說明賭博蔓延的嚴重程度之外，還包含著一個個妻離子散、家破人亡的悲劇。

杜志國，安徽省某鄉供銷社幹部。他不會忘記1987年11月8日這一天，這是他倒楣日子的開端。這一天，他懷揣著在農村的妻子種山芋賣得的110元錢，被人拉上了賭場。初試鋒芒的杜志國，不知是財運亨通，還是賭徒們故意放下的釣餌，竟贏了450元錢。懷揣這意外之財，杜志國喜氣洋洋，但他並沒有告訴妻子。夜裡躺在床上，做起了發財的美夢。不料，第二天上場後幾圈下來就輸掉了100多元，第三天，把贏來的錢加上110元輸個精光。此時的杜志國，並未意識到嗜賭的厲害，而是認為這兩天運氣不好。他一心想撈回來。於是妻子辛辛苦苦積攢的400元被他拿去輸掉了，供銷社的1000元公款又輸掉了。兩個姐姐不忍弟弟毀掉了前程，湊齊了1000元，要他補上公款，他又拿到賭場輸掉了，老父親盼望兒子改邪歸正，拿出一生積攢的1220元錢，讓他還上公款和賭債，他又拿到賭場輸掉了。

他整天陷在賭場，創造了5天5夜不下場的記錄，把家裡的電視機、縫紉機和一些值錢的東西都輸進了賭場。妻子的規勸、老父的痛斥，他充耳不聞；妻子提出離婚、老父氣病臥床，也未能使他臨淵止步。沒有錢，他想到偷，在偷取供銷社的錢款時，被值班人員發現，他將值班人員殺害。然而，就是這時，他那沾滿鮮血的雙手，又伸到了賭場。最終，他被送上了斷頭臺。

據江蘇省有關部門統計，1988年，在江蘇省的刑事案件中，因賭博引起的刑事案件占20%。1988年，無錫市因賭博引起的家庭破裂，共

500餘起。福建荊溪軋鋼廠的承包廠長林朝月，自1989年3月染上賭癮以來，先後輸掉公款60餘萬元。9月18日晚，他事先邀來一幫打手，約定如果贏了則罷，如果輸了則硬搶。結果，當晚輸掉6萬餘元，他便與打手用刀棒打傷贏家，搶走了全部賭資。賭博造成的悲劇以及帶來的嚴重危害，常見諸報報端。北京崇文區飲食個體戶趙德聰，因賭博輸掉了10萬多元辛苦錢和所有家產，自殺未成。被救活後，他在北京電視臺現身說法，教育人們認識到賭博的危害性。但北京市另一個體戶余某卻滿不在乎：他說：「我原擁有70萬元資產，在與人一賭輸贏時，一下輸掉了40萬。我並不後悔，我辛苦掙的錢，就是為了自己活得痛快，想幹什麼就幹什麼。」余某的話雖然顯得荒謬，但不少賭徒，確實有這種玩弄人生的心理。

更令人憂慮的是，賭博的蔓延已危害到青少年的健康成長，不少青少年染上了賭博的惡習，小賭徒日益增多。在江蘇省1988年查處的涉賭人員中，青少年占31.3%，而1989年1月至9月查處的涉賭人員中，青少年比重上升到34.6%，年齡最小者僅12歲。賭博的低齡化更應引起家長及全國社會的關注。

四、人口販子

七十年代初期在大陸重新出現的拐賣婦女兒童的犯罪活動，進入八十年代以後，愈加囂張起來，除西藏外，各省、市、自治區均已發現了這一犯罪活動，其中四川、湖南、河南、安徽、山東、河北最為嚴重。

據安徽身宿縣地區統計，1980年以來，外地流入宿縣地區婦女達35172人，其中約有1/3是被拐騙買來的。

四川省17個地、市、州的統計表明，1989年上半年共發生拐賣人口案件2478件，被拐賣婦女，兒童達4194人。

山東省從1989年11月到12月20日，在不到兩個月的時間內，先後挖出拐賣人口窩點134個，解救受害婦女2000多人。

陝西省西安市，出現了一個自發的組織——「難友協會」，成員60人左右，他們都是被拐賣兒童的父母。

現在，拐賣婦女兒童的犯罪份子使用的手段多種多樣，或以介紹物件為名，或以出外旅行觀光為名，或以招工招幹為名，或以合夥做生意為名，利用人們想擺脫貧困、吃皇糧、貪逸樂、賺大錢的心理，騙得信任。不但使農村婦女，城市待業者受騙上當，而且一些工人，幹部乃至大學生、研究生也被拐騙。

1987年12月，年僅15歲的任某，在哈爾濱火車站附近的飯館當臨時工時，結識了一個自稱是廣州老闆叫劉麗的婦女。劉麗以廣州能掙大錢為名，騙得了任某的信任，任某隨劉麗登上南下的列車。劉麗在濟南市將任某以1500元的價格賣給了人販子，這個人販子隨即以2200元的價格，將任某賣給了山東鄆城縣城關鄉張候村34歲的農民張慶功為妻。劉麗抓獲後供認，她先後以同樣手段，拐騙哈爾濱待業青年5人，農村青年6人。

1989年7月，江蘇省海門縣無業人員黃建華夥同毛偉斌，以招收演員為名，將江蘇海門縣東風村農民張某（17歲）騙至上海，不但供其奸宿，還逼迫張某賣淫賺錢，後又將張某帶至山東巨野縣賣給人販子。1989年2月，他們又以同樣的手段，騙取了江蘇省寶應縣女青年胡某和陳某的信任，先奸後賣。

目前，已出現了以暴力脅迫手段拐賣婦女兒童的現象，具有嚴重的危害性。1989年11月13日，福建省莆田市公安破獲了一個由16名成員組成的販賣兒童嬰兒的重大團夥，該團夥是人販子轉手倒賣兒童的中轉站，並為人販子劫持兒童提供便利，其中僅主犯黃淑蘭一人，從1989年4月至11月，就先後轉手倒賣兒童18名。

山東省棗莊市峰城區左莊鄉香屯村民孫中強自1988年以來，衣冠楚楚，先後冒充大學生、研究生，偽稱其父是滕州市勞動局局長，祖父是華僑等，在黑龍江和山東臨沂等地，先後拐騙青年婦女6名，都是先奸後賣，得贓款1.4萬餘元。更為惡劣的是，他將其中幾名姿色較好的

婦女長期關在家中供其姦淫，其中一名婦女生了男孩之後，孫犯又將其母子同時賣掉。

河南的人販子張國振，夥同張國學餘1987年7月至1989年2月，在河南漯河、周口、駐馬店等地火車站，以「能給您找個吃飯的地方」為名，先後拐騙婦女15人，得贓款15760元。1989年3月15日，張國振騙得一位12歲的幼女，關在家中10多天，多次進行姦污。

五、癮君子

毒品，當今世界的一大社會公害，近幾年來又在大陸的西南、西北一些省市區重新發現。一些在解放前就從事販毒、私種毒品和吸毒的「癮君子」，又重操舊業。吸毒者既有企業的職工、個體戶，也有機關幹部、中共黨員。毒品在侵蝕著一個健康的靈魂。

雲南省德宏傣族景頗族自治州一名年輕的少女，因未考上高中，在父母的斥責下苦悶煩惱異常，幾位夥伴勸她吸兩口「白菸」（內裝海洛因的香菸），解除煩惱，她便由此上癮。

28歲的寸某，因夫妻感情不好，經常生悶氣。一個朋友說抽白菸可以產生忘卻痛苦，想要什麼都會有什麼的感覺。寸某想忘卻痛苦，他需要那種傳說中飄飄欲仙的境界，於是開始吸毒，一發而不可收拾，使得夫妻感情裂痕愈深。

據有關人士介紹，現在不少吸食海洛因者，開始都不是自願吸毒的。第一次吸食海洛因的滋味並不好受，胃裡翻騰想吐、肌肉酸痛、關節發麻、四肢無力。但只要吸上兩三次之後就會上癮，只要毒癮一發，不但會出現這些症狀，而且還會鼻涕眼淚口水直流、內心煩躁不安，如果不抽，痛苦得人想一死了之。這些「癮君子」們，染毒之後再也離不開。

方某，三十歲，雙臂上密密麻麻全是注射毒品的針疤。他由吸毒發展到注射毒品，毒癮越來越大，後來就離不開注射了。幾年來，他

花費了數萬元購買毒品。

老毒客吳某，多年來一直用針注射毒品，全身上下的針疤幾乎同汗毛一樣密，有一次毒癮發作後，竟找不到下針的地方，無奈，吳某抗不住毒癮的折騰，只好往自己的生殖器上注射。

西安市碑林區個體戶楊某，因吸毒成癮，在一年多的時間裡將10多萬的家產變賣一空，把房屋、冰箱及所有值錢的東西全賠進去了。1989年上半年，西安市4名青年因毒癮發作，又找不到毒品，遂自縊身亡。號稱西安市第一桿菸槍的郭某，吸毒五年，不但把錢吸光，而且把戶口、房子、親生兒子也都賣掉。

吸毒、販毒日趨嚴重。1982年，雲南省德宏州僅發現10多人吸毒，而現在僅登記在冊的吸毒者，就達1.5萬人，占全州總人口的1.1%，在德宏州，戒毒康復醫療所接受了66名戒毒者，平均年齡僅有二十餘歲。德宏州最小的吸毒者年僅10歲。陝西省西安市目前在公安機關登記在冊的吸毒、販毒人員，達5400多人。

1984年德宏州緝獲的海洛因僅1000多克，1987年即達到6.8萬克，1989年達24萬克。1989年9月和10月的兩個月裡，西安市公安部門查獲吸毒案件524起，繳獲大菸、海洛因24900克。

德宏州成立了禁種、禁販、禁吸的三禁辦公室，進來已開辦戒毒站，戒毒班90多個（次）。西安市目前有26個戒菸所，開辦了14所戒毒醫院，舉辦了30期戒菸學習班。

但至今為止，西安市仍以每月3000名「患者」入院的速度發展著「癮君子」的隊伍。沉渣的再度泛起，引起了國人深深的思索；五十年代基本掃蕩絕跡的諸種社會醜惡現象，為什麼在八十年代又氾濫成災？文明應與富裕相伴，為什麼在人民逐步富裕之後，反而滋生了諸多的愚昧、落後、醜惡？

這矛盾思索起來也許是痛苦的，大陸改革開放帶來了經濟發展和人們生活的改善。然而，物質的富足並不能自發地改變精神的落後

與貧乏。許多人有了錢不能用之於正道，而在吃喝嫖賭吸毒迷信活動中大肆揮霍。而且當種種社會醜惡現象在悄悄產生進而瘋狂蔓延之時，大陸政府往往不願面對這一現象，同時也抱著「家醜不可外揚」的信條，對這些社會毒瘤的存在緘默不言，新聞媒介對這一切也諱莫如深。猶如整個社會已默許了它們的存在。是錯誤？是失誤？還是縱容！

「11.13」緊急行動，轟轟烈烈地「掃」過去了，但是，仿佛一切都依然如故，野火燒不盡，春風吹又生。君不見今天的大陸「黃街」依舊，「鬼集」復活，「人市」「繁榮」……。

（原載美國《中國之春》一九九一年一月號，署名：少君）

文革紅人今安在？

歷史是一面鏡子，有時會使人感到無地自容。

有的人活在這個世界，默默地生存在極小的空間，但他們死而無愧、安然瞑目。有的人生在這個社會，叱吒風雲，曾幾何時，然後悄然匿跡，在痛苦和回憶中靜度餘生。所有的人都是歷史的過客，上帝安排了每個人的一生，我們無法選擇。

二十多年前的中國歷史，給我們這一代人留下了永生難忘的傷痕和記憶，同時也使我們認識了一些過眼雲煙般的人物。也許你還記得他（她）們，也許你已經忘記。但這畢竟是歷史留給我們的現實；他們還都活著，同我們一樣生存在這個世界上，何不讓我們重新再認識他（她）們一次？

一、大陸第一公主，最年輕的市委書記——李訥

提起文化大革命中肖力這個名字，也許今天三十五歲以上的大陸人，還能記得這個經常出現在「人民日報」、「解放軍報」的筆名，文革中許多篇帶有毛澤東最新指示的檄文均出自該作者，可見文章背景之深。其實，肖力乃毛澤東和江青所生的共產黨第一公主李訥也。畢業於北京大學歷史系的李訥，在進入「解放軍報」工作的第一年，就捲進了由其父母導演的無產階級文化大革命，毫不落後地成為名噪一時的軍內造反頭頭，以二十五歲之妙齡奪得第一軍報總編（革委會主任）之職，成為那個年代叱吒風雲的英雄人物。繼而又晉升為北京市最年輕的市委書記，達到了她年輕政治生命的最高點。

今天的李訥，你找也找不出那個體態豐盈，表情自得的市委書記的影子。走進西單靈境胡同中直機關宿舍大院，你常常可以看到一個體態圓胖，面無表情，雙目呆滯的中年女人，提著一個菜籃，推著一輛半新自行車，到西單商場採購蔬菜，和那些平民百姓一起排隊買豆腐。那年輕的售貨員，大概永遠不會想到面前這個未老先衰的女人，

就是共和國領袖的千金，他們過去聲威顯赫的女市委書記。

1976年，對李納來說是一生中最痛苦和倒楣的年度，首先是父親魂歸西天，屍骨未寒，母親又鋃鐺入獄，使她改變了整個人生。隨著政治上剝奪一切權力，她失去了往日的一切。李納一度精神失常，除了每月去秦城監獄探視江青外，一直沒再上班。人們只有偶爾在12月26日毛澤東生日那天的電視新聞中看到那張麻木的臉和半駝的背。

在毛澤東的一些老部下關心下，八五年中旬，李納與軍隊師級幹部再婚，開始了平民生活。

李納現掛名在中共檔案館，但基本上不上班，只是當有人對文革中毛澤東一些講話和流傳極廣的語錄進行核實時，李納才會去檔案館會客室去見見來人，當然這種事情一年也不會有幾次，特別是這幾年，毛澤東的語錄早已被人們忘記。平時的她最愛逛商場，體會著凡人的生活。已經過去的往事常常折磨著她，使她有時會莫名其妙地發怒。好在比她大七、八歲的丈夫頗願意受委屈，每當此時便好言相哄，直到平息為止。和前夫徐某生的兒子已長大，穿戴頗為時髦，就讀於重點高中北京四中，據說十分聰明，大有毛澤東的基因，古詩歷史皆優，對政治有濃厚興趣。此次學潮期間，他帶領四中幾百名同學加入天安門廣場絕食團，大罵老鄧，以報小鄧詆毀外公之仇。

近日聽說李納已看破共產黨和鄧小平，正托人聯繫，幫助兒子出國留學，讓毛澤東的外孫接受西方教育。天知道最恨西方文化的毛澤東聽到這個消息，會作何感想呢？

二、反其父而生，因其父而毀的林豆豆

當周恩來在1971年9月13日接到林豆豆從北戴河打來的電話時，毫不猶豫地下達了發射導彈的命令，他不失時機地除掉了晚年政治生涯中最大的對手，並利用林彪的唯一千金林立衡（林豆豆）之口作為向七億人民交待的砝碼，用完之後，便拋到了大山之中。

文化大革命中的林豆豆，有著與李納相似的經歷和感受，只是

這位「帥府千金」一直生活在由其父控制的軍隊中，從一個連職記者一躍成為副帥職的「空軍日報」副主編，以林立的筆名撰寫了大量文章，成為空軍第一筆。

中國孔孟之道的最根本之處就是孝道，而林豆豆恰恰做出了冒天下之大不諱的舉動，用親生父親、母親和哥哥葬身溫都爾汗的代價，換來了自己的生存。但共產黨並沒有因此而善待她，使她在良心和痛苦失望中成為空軍總醫院精神病房的病人，一住就是三年。歷史嘲弄了她。久經沙場、深具城府的周恩來給她上了人生最難忘的一課。林豆豆七三年出院後，立即被周恩來下令押送內蒙軍馬場勞改，解除軍職。據林的丈夫張清林回憶，他們兩人住在一間四處漏風的帳篷裡，被強迫養雞喂豬，還要種十五畝地。春耕時節，夫妻倆早起晚睡，在刺骨寒風中，林豆豆在前面牽牛，張清林在後面扶犁，簡直是一幅刀耕火種的慘烈景象。

張清林每當談到此處，總是淚流滿面。張清林原是廣州軍區某部軍醫，出身貧寒。後因在湖南醫學院學習期間，因外科手術技術高超而聞名全軍。由於張個子高大，人又英俊漂亮，一表人才，被邱會作老婆挑上，做為林家女婿幾百名後備隊員之一。林彪出走那夜，正輪張清林陪林豆豆公主在北戴河療養。林彪事件後，所有女婿後備隊員一哄而散，唯恐沾身。張清林一往情深，以醫生之職責精心護理左右，終成眷屬。

八十年代初，林豆豆和張清林被安置在晉南山城中的一家軍工廠，過起了凡人生活。也許出於中國平民的質樸和善良，工廠的工人對他們二人十分友好，也因為張清林是醫生的緣故，家中經常客人不斷，人來人往。兩口子工資加起來有二百元左右，這幾年買了彩電、答錄機和洗衣機，平平淡淡在那個小城裡一年又一年地過著。但這一切並不能使林豆豆忘記過去，惡夢和痛苦的回憶使其患了嚴重的神經官能症和全身性關節炎，喪失了工作的能力，每天躺在「特製床」上看書讀報消磨時光。「再不會有往日的歡樂……」這首蘇聯民歌常常哼在嘴邊，消瘦的面孔使人想起在毛澤東身邊搖語錄本的林彪。也許

是前世冤緣，統帥千軍萬馬，被共產黨譽為常勝將軍的林彪，竟死在他最寵愛的女兒手裡，真是開歷史的玩笑。

聽說林豆豆在悄悄寫一本有關林彪事件真相的書，但願我們能早日看到這段真實的歷史。

三、向歷史開炮的聶元梓

聶元梓，這個中國二十世紀六十年代響徹雲霄的名字，一代亂世狂女，在當時曾經引起多少人猜忌、企羨。幾千萬紅衛兵的偶像，文化大革命的點燃者，歷史永遠不會忘記這個不甘寂寞的女強人。

毛澤東曾在標誌著文化大革命開始的動員令「炮打司令部」中說過：「全國第一張馬列主義大字報和人民日報評論員的評論寫得何等好啊！請同志們重讀一遍這張大字報和這篇評論」。

毛澤東所讚賞的「全國第一張馬列主義大字報」的作者就是聶元梓。這在當時瘋狂崇拜毛澤東每一句聖旨的年代，無疑奠定了聶元梓日後在中國政壇上的基礎，使其一夜之間成為中國七億人家喻戶曉的名女人，幾億雙眼睛常常可以看到這身材不高，戴一副無色眼鏡的半老徐娘和年輕人一樣，身穿洗得發白的舊軍裝，手揮毛澤東紅語錄本，常常出現在新聞記錄片中的毛澤東身旁，一張泄私憤的大字報將她推上中國政壇的頂端。

當時任北京大學哲學系黨總支書記的聶元梓，鬼使神差地被康生所看中，幾個熬夜之後和幾位同仁，在康夫人曹佚歐的指點下，以六人聯名義將題為〈宋碩陸平在北大究竟幹了些什麼？〉的大字報，貼在了北大大飯廳裡，頓時引起一片沸騰和喧嘩，繼而使全中國為之喧鬧。她畢竟向歷史開了一炮，在這一點上，我們也許該佩服她當時的勇氣和膽量，無論她當時的心境是什麼，後來所發生的一切已不能由她所左右，歷史也對她開了一個的玩笑。

1988年夏天，北大人久別重逢地發現聶元梓回來了。在燕南園裡，聶元梓上著緞豆青色短袖衫，下穿黑色西裝褲，戴一副茶色眼鏡，儼

然一副北大教授的模樣，只是再沒有英姿煥發的身影，緩慢的步子邁得那麼沉重。她失去了一切，文化大革命她曾是紅極一時的人物，是毛澤東炮膛裡的第一顆炮彈，但毛並沒有給她安排好仕途。只撈了九大中央候補委員。當毛澤東覺得再不需要她時，就把她下放到一個偏遠的農場，進行思想改造，使她成了文革的犧牲品，但歷史卻總忘記不了她。四人幫被抓起來後隨著對文化大革命的聲討，聶元梓又被人們想起，很快被逮捕判刑，關在一間專押刑事犯的監獄中，開始了漫長的牢獄生活。八七年初由於聶患腿疾，被假釋，在位於沙灘北的公安醫院住了很長一段時間，然後投靠在北大任教的女兒家暫居。

聶元梓至今也搞不清她錯在哪裡，甚至為自己叫屈。也許事實確實如此，她的命運是上帝安排的。

她慘兮兮地告訴好友，現在她已被北大開除公職，沒有房子、工資和醫療保健。對以後的生活感到茫然。她甚至羨慕林希翎，希望國外哪家學校或基金會能請她出去，去研究文化大革命史。

歷史是無情的。在抗日戰爭時期，聶元梓是個熱血奔放的文化青年，毅然背離家庭投奔延安，全身心為共產黨工作了二十多年。一場文化大革命毀了幾百萬人的生命和幾千萬人的前途，也毀了她自己。

今年，聶元梓已六十八歲，老矣！

四、重新生活的蒯大富

1987年10月，曾被北京市中級人民法院發革命煽動罪、殺人罪、誣陷罪判處有期徒刑十七年的蒯大富，走出了北京市第一監獄的大門，被安置在寧夏青銅峽鋁廠勞動和工作。

要不是去年七月他的婚事轟動北京，人們也許不會再想起這個當年響噹噹的人物。

做為清華大學造反派首領的蒯大富，顯赫一時的風雲人物。他與北大的聶元梓、北大航空學院的韓愛晶、北師大的潭厚蘭、北京地質

學院的王大賓橫霸天下，被稱為五大學生領袖，是八百萬紅衛兵的旗艦。蒯1945年生於江蘇濱海縣振東鄉一農民家庭，父母均本分守己。1963年聰明過人的蒯大富以六門功課平均80分的成績，考入清華大學工程化學系，時年十八歲。他的政治生涯是從中央人民廣播電臺播發聶元梓的第一張馬列主義大字報後開始。一次激昂的飯廳講演後，被推為學生領袖，開始造反。蒯以勇敢善鬥著稱清華園，從校長到化工系教授均受過他的拳頭。清華大學兩派武鬥時，蒯佩雙槍身先士卒，在血肉橫飛中成為清華大學的主宰人物。至今一幫高幹子弟提起蒯某還有些心驚不已。也許蒯大富拳下對手太多，不免遭人告禦狀。1968年7月8日，毛澤東在中南海召見五大領袖時，當面開罵蒯大富打擊面太大。從此，這位清華大學井岡山兵團總司令，首都大專院校紅代會核心領導小組副組長，北京市革委會常委，開始退出政治舞臺，銷聲匿跡。

離開學校後，他當過電解工，又作為「五一六」份子被關起來審查三年，後被安排到北京石油化工廠勞動。1976年底，蒯大富突然被北京市公安局以反革命罪逮捕，被關進中國巴士底獄——秦城監獄。

公審「四人幫」時，九億中國人從電視上看到了這位元身穿囚服，吐沫橫飛地咒罵江青的樑上君子，令人感到一種難以形容的酸楚和憐憫。也就是因為他有那種出人意料的表現，1983年3月，北京市中級人民法院考慮他立功贖罪的積極態度，寬大判處有期徒刑十七年，剝奪政治權力四年，刑期從關押之日的1970年10月31日算起。

在感情和兩性的問題上，蒯大富至今仍頗有自豪地宣稱文革期間沒有學其他造反派領袖一樣，染指過任何一位女紅衛兵戰士。今年已四十五歲的蒯氏有二十幾年的戀愛經歷，但沒有一個成功，機緣總和政治有扯不清的聯繫。從1987年11月刑滿釋放到1988年4月的工廠勞動生活中，好事之人給他介紹過五十多個「對象」，有工人、記者和工程師，但都由於種種原因沒能「對上」。當一位小報記者採訪他問及擇偶標準時，這位落難者不失當年豪壯之氣勢，定下標準如下：（1）全部接受我的歷史狀況（不得因我坐過牢而有絲毫蔑視，也不得以憐

憫的姿態看待我）；（2）需要長期忍受貧窮；（3）對於由於客觀和主觀原因可能造成的未來惡運，要有充分的思想準備；（4）必須調到寧夏來工作，不能兩地分居。

在大齡男女擇偶難的中國大陸，這個標準高得有些令人難以相信，恐怕一個部長公子以此標準都難以找到女朋友，何況歷史「不清白」的蒯氏。

但樹林大了，什麼鳥都有，中國大陸常有奇人奇事。小報將蒯大富之擇偶標準見報不到兩個月，北京新聞界就爆出一大冷門消息：蒯大富當年7月在北京結婚。新娘竟是畢業於北京大學無線電電子學系七八級的二十六歲的才女羅曉波，舉城震動，家喻戶曉。使蒯氏滿面生輝，特帶嬌小貌美之新娘回清華兜了一圈，給那些研究大齡男女婚姻的專家們留下一道難解之題。去年八月筆者來美之時，聽說蒯大富已攜妻飛往南京某電子研究所辦理羅曉波調往寧夏的手續。

人生之路乃天定也。

五、昔日女總理，今日賢內助——吳桂賢

提起吳桂賢，凡從文革過來的人都不會忘記那個時常拖一條長辮子，和陳永貴、倪志福幾個工農中央委員，拘束而恭敬地站在毛澤東身後的中年女人。1973年的「十大」使她和陳永貴等一躍成為中共中央政治局委員和候補委員，進入中共最高領導階層，舉世矚目。特別是1975年吳桂賢被任命為國務院副總理後，使她成為中國歷史上第一位女副總理。吳桂賢，這個名字成為僅次於江青之下的共和國第二號女公民。西方中國問題專家開始尋找有關她的背景材料，對於當時封閉的中國社會，這個女人無疑是一個謎一樣的人物。

其實，在中共「九大」之前，吳桂賢只是位於陝西的西北國棉一廠一個普通紡織女工，最高的榮譽和職務是一個以已故全國勞動模範趙夢桃的名字命名的小組長。她九大期間的直線上升應該歸功於天命。那年陝西省商定九大代表，根據當時的政治條件把她推上去，接

著在醞釀中央委員會工農候選人時，她既是婦女又是工人勞模，而且年僅三十歲出頭。正好符合選拔條件，成為中共中央委員。那時年近八十的毛澤東由於林彪事件的刺激，又恐懼周恩來手中越來越大的權力，善於搞平衡術的毛開始在工農兵中尋找效忠者。首批進入核心階層的就是王洪文、陳永貴和本文主人公吳桂賢。

她就是這樣在文革那個奇特的潮流席捲著，夢幻般地由一個普通紡織女工成為中共中央政治局候補委員，國務院副總理，從黃土彌漫的渭河之濱，走進彷如仙境的中南海。

隨著華國鋒的政變成功，鄧小平奪得大權之後，吳桂賢和陳永貴一樣被清洗出領導核心。命運恩賜了她，同時又戲弄了她。七九年底，她被隔離審查一年多之後，又重新回到生她養他的渭河畔，回到了那個「趙猛桃小組」，當一名棉車工。

也許西部人太落後太封閉了，面對她這樣一個落難者，西北國棉一廠的二萬名職工似乎無動於衷。質樸的西北民情使吳桂賢又返璞歸真，像十年前一樣投入到這家工廠的生活社會中。特別是在家裡，她好像想彌補過去當副總理的過失，每天只要一回家就收拾屋子、買菜做飯、洗衣服。她丈夫是咸陽電子工業部研究所的高級工程師。兩個孩子，一男一女，都是品學兼優的中學生，給吳氏的後半生多少帶來一點欣慰。

應該說，在文革期間紅過的人，吳桂賢的歸宿是一種幸運，她本人特有的勤勞和純樸，使她贏得了工廠工人的同情。前不久，筆者一位現在西安當記者的朋友打電話來說，吳桂賢又成為陝西省政治人物之一，再次出席陝西省黨代會，並升任西北國棉一廠黨委副書記。

從一個副總理、中央政治局候補委員，到一個地方工廠的黨委副書記，這之間的跨距有多大？熟悉中國大陸政情的人都清楚這一點。不知吳某的內心是什麼樣的感觸，是喜？是悲？大概這只有吳桂賢自己才能回答。

六、從副委員長到副處長的李素文

李素文，稍大一點年紀的人都很熟悉。文化大革命前，她不僅是大陸商業戰線上的一名勞動模範，而且還是著名學毛澤東小紅書的積極份子。當時，全國還曾掀起一個學習李素文潮。

1975年，人們突然看到了李素文這三個字。遼寧人真不敢相信他們這位瀋陽一個菜市場的售貨員，一躍成為人大副委員長。但白紙黑字，照片上就是那個齊耳短髮，經常在電臺介紹學毛著經驗的中年婦女。

作為陪襯作用的人大常委會，在共產黨一黨專政下，實際上是一隻花瓶。而身為花瓶的副委員長，李素文基本上沒有參與當時的權力角逐。但為裝門面還不得不被老毛派出來接見外賓和出訪國外，於是這位小學水準的菜大姐給臣民們留下了許多笑柄。據傳，一次李副委員長接見一日本醫學代表團，日本人恭維時順便說出很崇拜著名醫學家李時珍，聲稱李氏名著《本草綱目》乃驚世之本。李素文立即回首對手下交待安排李時珍明天和日本客人座談。舉座茫然不知所措。此軼聞在大陸家喻戶曉。

現在十多年過去了，李素文今在何方？前不久，筆者的朋友在瀋陽見到了她。現年五十五歲的李素文任瀋陽輕工業管理局供銷處副處長，音容笑貌依然如故，真是能上能下地好幹部。

她是1978年4月被鄧小平清洗回到遼寧的，一直到1979年都在瀋陽糖果廠勞動檢查，1979年到1985年待業賦閑，1986年10月調任現職。

李素文毫無傷感地回憶了一下過去的歲月，仿佛是一次很平常的經歷。反而對現在的工作興趣十足，告訴記者她分管產品銷售、資訊收集、籌措外匯等工作，工作異常繁忙，一年有二百天在外地出差。並不無得意地說，由於過去的職位，使她熟人很多，全國各地許多地方官從縣委書記到省長，見到她都特別客氣，使她在工作上有很多方便之處，特別是搞外匯方面，主管部門常常看她過去的面子多批一

些，使他為公司受益不淺。

李素文的丈夫在瀋陽自動控制研究所搞行政工作，二十來歲的女兒在瀋陽印刷研究所，一家生活愉快。

對於過去的認識，李素文覺得十分委屈。特別是對某些人說她是「假勞模」不滿。她說，自五十年代到六十年代十年中，她確確實實地當選過勞動模範，而且現在仍然是勞模。

李素文的住房還是她七十年代初到瀋陽時，組織上給她安排的普通民房，只有二十八平方米。談到生活時，李素文告訴記者：儘管物價比過去高了，但全家生活水準也確實提高了。從1963年至1982年，我整整拿了二十年的每月六十元工資，連當人大副委員長時也是這個數，只是每天多六毛錢補助而已。可現在我收入都加起來有二百元。冰箱、彩電是回瀋陽才買的。現在這個副處長比副委員長實惠多了⋯⋯

與我朋友告別時。李素文希望人們不要責怪她，因為她只是一個普普通通的女人。

七、姚連蔚的昨天與今天

文化大革命中，在陝西除了前面談到的中國第一位女副總理吳桂賢外，還有一個工人出身的四屆人大副委員長姚連蔚。當時，在陝西省來說，是一種政治上的榮耀，就像德克薩斯州人對國會山莊和白宮中德州佬多而感到飄飄然一樣。

雖然，在四屆人大常委會的十八個副委員長中，姚連蔚排名最後，但他是最年輕的，只有四十歲，又是工人出身，名字仍然令人矚目。

但人們卻很少見他出席公眾活動，幾乎在報紙上找不到他的照片。筆者在北大讀書時，一瑞典留學生做博士論文研究文革眾星，翻遍北京圖書館，才在1975年12月的一張人民日報上找到姚副委員長的光

輝形象。那時他和華國鋒一起率團到拉薩參加西藏自治區慶祝活動的照片，頭戴一頂呢制鴨舌帽，一副不知所措的樣子。

他能當上人大副委員長，連他自己都覺得是個誤會。年輕時的姚連蔚讀過初中，種過田，做過小買賣。後來又當過兵。轉業後當過工廠車間支部書記、廠工會幹部。按理說，這樣的經歷在大陸千千萬萬，很平常。問題在於「文革」的亂世給他一個嶄露頭角的機會。文化大革命的衝鋒陷陣，使他在六九年意外地被推為九大代表，又意外地當上中央候補委員，成為老毛填空的一個棋子。1975年，他從陝西省總工會副主席一躍成為人大副委員長。他的出現甚至比王洪文當黨中央副主席還令人吃驚。因為王洪文畢竟救過毛澤東的命，名聲也早已響徹黃浦江兩岸。而姚連蔚在陝西只是一個小人物。

副委員長的職位只讓他坐了二年半。1977年7月12日，當時的中共中央政治局委員吳德、紀登奎、陳永貴三人找到他，神情嚴肅地說：「陝西省有人告你的狀，如果再讓你繼續工作，中央不好解釋。」這樣，1979年2月姚連蔚又糊裡糊塗地成了階下囚——被關進了西安北郊監獄。

等問題搞清楚時已經到了1981年10月，對什麼都失去信心的姚氏不再對政治感興趣。甚至也不想去申訴為自己「平反」。他覺得這一切都是命中註定，所以他出獄後，不再工作，不再對國情政況感興趣，只是在家燒魚做飯。成為House Husband，熱衷於採購、烹調。偶爾和鄰居下幾盤象棋。對於今天的現狀，他說：「艱難時期已經過去，我沒有什麼可憂慮的了。但今天在臺上的人則不然，他們也許要用上斷頭臺的方式離開政治舞臺。如此相比，我感到欣慰。」

八、恍惚迷離的馬天水

馬老，上海人心中的「聖者」。文化大革命橫掃一切牛鬼蛇神，唯獨留下了原市委書記馬天水，成為老幹部中的不倒翁。

文化大革命前，馬天水是與張春橋平起平坐的上海市委書記，再

早則是張的上級。上海「一月風暴」後，馬天水敏銳地嗅到政治空氣的變化，一把抱住了原來看不起的張春橋。當張春橋榮升中央後，馬天水從當時的上海市第七位革委會副主任，一躍升為主持上海黨政大權的一把手。連四人幫見到馬天水，都一口一聲「馬老」，江青甚至建議毛澤東升馬天水為國家計委主任，可見馬天水之人緣。在最難擺平的上海人中，來自河北的馬天水居然穩穩當當地坐鎮上海十幾年，足見馬老之功力。1976年10月，馬天水一步錯失前途，把北京的政變看得過於簡單，竟安排手下徐景賢、王秀珍準備武裝抵抗，終因不周而鋃鐺入獄。而對高牆鐵窗，馬天水回想一生為共產黨賣命不遺餘力，最後落得這個下場，一根筋沒轉過來，精神失常了。

1982年，由其弟馬登坡作保，把馬天水接回河北唐縣老家養病。但馬天水怨恨難舒，時常犯病，經常從家裡出走，到集市鄉鎮慷慨陳詞，痛罵華國鋒、鄧小平為賊臣狗膽，觀者甚眾。由於涉及政治言論，馬登坡要求政府領回，解除對兄長的擔保的照顧。

1983年4月，公安部和上海市有關單位派人前往河北唐縣接回馬天水，沒料到，吉普車一進村，馬天水就像一匹受驚的野馬，飛也似地朝野外狂奔，不一會兒就消失在密密的樹叢中。幾十個武警經過二個多小時的尋找，才在一條水溝裡找到累昏了的馬天水，只見他趴在溝底，腦袋鑽進草叢，一副恐懼的神情。

當囚車在華北平原賓士時，馬天水環顧這熟悉的原野，喃喃地說：「我們在這個土坡打過小日本，那邊的炮樓，還是我炸飛的……」歷史的回憶對於馬天水是清晰的，但一觸及當前，他仍舊破口大罵鄧小平和趙紫陽。後來聽說由老鄧親筆簽字，將馬天水關進了北京西郊的一家軍隊精神病院，又開始了與世隔絕的生活。

九、他們與我們同代

今天到美國留學的人，大部分在三十歲左右，如果不健忘的話，都會記得當年有兩個知識青年的榜樣：一個是「鐵心務農」的董加耕；一個是堅決與傳統觀念決裂的柴春澤。用「家喻戶曉，人人皆

知」來形容他兩人的知名度，並不過分。後來，「廣闊天地」的狂熱逐漸變為悲愴後，他們也從新聞界和人們腦海裡銷聲匿跡了。然而，今天他們又怎樣呢？

先說董加耕，他於1961年高中畢業，由於學習成績、思想、體制都比較優秀，學校決定保送他上北京大學哲學系，而他卻在升學志願書上填寫了「回鄉務農，立志耕耘」的豪言壯語，成為報紙頭版人物，但在那個年代的政治風雲中，他時而飛升，時而落下，常常是輝煌的榮譽與嚇人的罪名集於一身。從1961年到1978年十七年中，回鄉當了五年的「新型農民」；被打成反革命十九個月；後又被當成五‧一六份子關押審查了三年。事後又擔任過團中央十大籌備小組副組長、國務院上山下鄉領導小組成員等職，在北京工作了四年。四人幫垮臺後，又被隔離審查十三個月，這期間，毛澤東請他吃過飯，江青也請他在她的小放映廳看過電影。

在花冠和重軛交錯的險道上，他跟跟蹌蹌地走過了十八年後，又回到了最初的起跑線，回鄉當了一個普通農民，每月二十五元的生活費。整整四年，他什麼都幹，挖窯、餵豬、挑糞、養雞、種地。直到1982年，他被鄉民選為鹽城縣郭孟鄉管委會副主任。八六年，被鹽城市郊區政府任命為鄉鎮企業局副局長。

見到頭髮不整、滿面皺紋的董加耕，完全一副鄉下老農民的樣子，使人感到失望和疑惑。也許這麼多年的政治生活使他感到懼怕，他堅決拒絕記者採訪，聲稱歷史是虛無的，他還要生存，不想再成為新聞的佐料。

再說柴春澤。1974年1月5日，一封拒絕父親為自己走後門回城，表示與傳統觀念決裂的信，經中央人民廣播電臺和「人民日報」，使一個普通知識青年的名字——柴春澤，傳遍大江南北。隨後，數不清的報告會、座談會、講用會，以及大小報刊連續不斷地介紹，使他與邢燕子、侯雋等揚名五湖四海。

這樣，柴春澤夢幻般地參加了全國及省市的有關會議，受到各級

領導的接見，並出國訪問，升官入黨。

1976年10月後，柴春澤作為知青的「典型」從風口浪尖上墜落下來，輝煌的榮譽變成可怕的罪名。他被關押了二年多，1979年才「審查」結束，又回到當年下鄉的內蒙古和原昭烏達盟大草原務農。也許他終於看清了理想和現實的差距，1980年9月，他做為最後一批知青被招工返程，分配到遼河油田工程局當工人。

現年三十八歲的柴春澤有一個和睦的小家庭，妻子劉麗新是原來一起插隊的「同村」。還有一個挺可愛的八歲女兒。他每天穿一身厚厚的工作服騎車二十里去上班，風雨無阻，默默地掙錢養家。

這就是二位在人生的險峰中漲落沉浮的我們的同代人。

（原載美國《中國之春》一九九〇年三月號，署名：未名）

國家圖書館出版品預行編目資料

來自大陸的報告 / 少君著. -- 初版. -- 臺北市：博
客思, 2016.08
　　面；　公分. -- (當代觀察；6)
　　ISBN 978-986-93139-7-1(平裝)

855　　　　　　　　　　　　105010737

當代觀察 6

來自大陸的報告

作　　者：少君
編　　輯：沈彥伶
美　　編：沈彥伶
封面設計：塗宇樵
出　版　者：博客思出版事業網
發　　行：博客思出版事業網
地　　址：台北市中正區重慶南路1段121號8樓之14
電　　話：(02)2331-1675或(02)2331-1691
傳　　真：(02)2382-6225
E—MAIL：books5w@gmail.com或books5w@yahoo.com.tw
網路書店：http://bookstv.com.tw/ http://store.pchome.com.tw/yesbooks/
　　　　　華文網路書店、三民書局
　　　　　博客來網路書店 http://www.books.com.tw
總　經　銷：成信文化事業股份有限公司
電　　話：(02) 2219-2080　　傳　真：(02) 2219-2180
劃撥戶名：蘭臺出版社　帳號：18995335
香港代理：香港聯合零售有限公司
地　　址：香港新界大蒲汀麗路36號中華商務印刷大樓
　　　　　C&C Building, 36,Ting, Lai, Road, Tai,Po, New,Territories
電　　話：(852)2150-2100　　傳真：(852)2356-0735
總　經　銷：廈門外圖集團有限公司
地　　址：廈門市湖裡區悅華路8號4樓
電　　話：86-592-2230177　　傳　真：86-592-5365089
出版日期：2016年8月 初版
定　　價：新臺幣360元整（平裝）
ISBN：978-986-93139-7-1